TROIS FEMMES

suivi de

NOCES

DU MÊME AUTEUR

L'Homme sans qualités
Prix du meilleur livre étranger
Seuil, deux volumes 1956, 1961
et « Points », n° P3 et n° P4

Les Désarrois de l'élève Törless
Seuil, 1960
et « Points », n° P6

Œuvres pré-posthumes
Seuil, 1965
et « Points Roman », n° R421

Journaux
Seuil, tome I, tome II, 1981

Essais
Seuil, 1984

Théâtre
Les Exaltés, Vincent et l'amie des personnalités
Prélude au mélodrame « Le Zodiaque »
Seuil, 1985

Lettres
Seuil, 1987

Proses éparses
Seuil, 1989
et « Points Roman », n° R482

Robert Musil

TROIS FEMMES

suivi de

NOCES

NOUVELLES

Traduit de l'allemand
par Philippe Jaccottet

Éditions du Seuil

TEXTE INTÉGRAL

TITRE ORIGINAL
Drei Frauen et *Vereinigungen*
dans le volume
Prosa, Dramen, späte Briefe

ISBN 2-02-023814-4

(ISBN 2-02-001452-1, publication brochée
ISBN 2-02-006562-2, 1re publication poche)

PRÉSENTATION
PAR PHILIPPE JACCOTTET

La présente édition regroupe les deux volumes de nouvelles publiés par Robert Musil, *Vereinigungen* (1911) et *Drei Frauen* (1924). Dans le cadre d'une édition d'ensemble, en français, des œuvres de cet écrivain, encore à l'état de projet, j'espère pouvoir l'enrichir un jour de quelques compléments inédits.

En 1908, Robert Musil, âgé de vingt-huit ans, est à Berlin, où il obtient son doctorat en philosophie grâce à une thèse sur le philosophe positiviste Mach. Franz Blei, qui dirige la revue *Hypérion* et qui a sans doute admiré *Törless*, le premier roman de Musil, lui commande un texte. Musil écrit *Das verzauberte Haus* (*La Maison enchantée*), nouvelle qu'il remanie ensuite pour en faire *Die Versuchung der stillen Veronika*, à laquelle vient s'ajouter, dans le même esprit, *Die Vollendung der Liebe*. Ce sont ces deux longues nouvelles, achevées au début de 1911, qui parurent cette année-là en volume sous le titre *Vereinigungen*, que j'ai traduit par *Noces* dans le sens spirituel du terme. Il s'agit en effet, comme le dit Musil lui-même, de ces « mystérieuses noces spirituelles » qui s'accomplissent parfois dans une apparente rupture des liens ordinaires, dans un défi à la morale ou à l'honneur traditionnels. A la date du 11 janvier 1911, Robert Musil écrit dans le cahier 5 de ses *Journaux* (p. 290-291) :

« Une heure du matin, terminé *Véronique*.

« Après une conversation avec Gustl [le Walter de *L'Homme sans qualités*] : il dit : Cette nouvelle – *La Maison enchantée* – me donne l'impression d'avoir été écrite par quelqu'un dont le cerveau est mal nourri. – Exact, physiquement et intellectuellement. Intellectuellement, cela veut dire : par un homme dans le cerveau de qui la vie ne circule pas avec l'ampleur nécessaire. Cela ne se confond donc pas avec ce que j'ai essayé de préciser jusqu'ici : qu'il faut écrire avec une intelligence bien tempérée, etc., le défaut n'est pas appréhendé ainsi dans son germe. Or, il est déjà dans le vécu. Je vis terriblement peu de choses, c'est-à-dire qu'il ne m'en reste bientôt qu'un choix tout à fait abstrait, moins caractérisé d'ailleurs par le manque de détails sensibles que par la réduction de la part intellectuelle. Bien des choses dans lesquelles j'avais vu sur l'instant un beau problème, je suis simplement incapable, intellectuellement, de les conserver ; les dimensions du raisonnement se réduisent aussitôt pour s'adapter à ma personnalité, la zone de combustion, chez moi, est très étroite. Je me rappelle l'avoir senti déjà voilà des années, quand j'étais encore à Brünn et que Gustl venait de Vienne pour me voir

« Au demeurant, *Claudine* et *Véronique* me suggèrent une autre considération particulière. Ces derniers temps, mon but était une concentration maximum du développement et un traitement en profondeur du problème. Je cherchais les véritables motifs déterminants (éthiques, et pas seulement psychologiques) de l'action. Chez Hauptmann et Ibsen, en effet, les personnages ne sont pas déterminés, et ce qui les meut ne m'émeut pas. Le danger (non évité, excusé tout au plus par le genre de la nouvelle) est le suivant :

« En disant : dans l'inclination pour un animal, il peut y avoir quelque chose de l'attachement à un prêtre, ou : une infidélité peut constituer, dans une région plus profonde de l'être, de nouvelles noces – on a circonscrit le sujet de *Véronique* et de *Claudine.* Ces deux nouvelles ne contiennent rien de plus... »

Je tiens à signaler ici la pénétrante étude que Karl Corino a consacrée à ces deux nouvelles depuis la parution de ma traduction : *Robert Musils « Vereinigungen »*, Munich, 1974.

Plus tard, à propos du style évidemment difficile de ces deux nouvelles, il devait dire que derrière ce style se dissimulait une sainte horreur du récit ; et qu'il avait cherché à *envelopper* plutôt qu'à *développer.* La critique devait voir dans ce livre un recul par rapport à *Törless*, certainement plus réussi. Mais il s'agissait en fait d'une expérience menée hardiment, sans souci de plaire. Musil se souciait beaucoup moins de raconter, en effet, que d'approcher de l'étrange royaume qu'il devinait déjà, en dépit de l'incommunicabilité des êtres, accessible à travers il ne savait quelle rupture des conventions. S'il est vrai qu'il y a dans ces deux nouvelles un dédain excessif du dessin extérieur des événements, des êtres ou des objets, il s'y manifeste en revanche, annonçant les plus belles pages de *L'Homme sans qualités*, un don exceptionnel dans l'expression de cette métamorphose quasi magique des sensations, des sentiments et des pensées qu'entraîne quelquefois une tentation périlleuse : qu'il s'agisse de l'extraordinaire voyage de Claudine dans un paysage peu à peu envahi par la neige, voyage au cours duquel elle semble moins changer de pays que rejoindre son être le plus intime ; ou qu'il s'agisse de l'étrange détour par lequel Véronique naît à elle-même, après de longues années de vie spectrale.

Le recueil intitulé *Drei Frauen* parut en 1924, après que chacune de ces trois nouvelles eut été publiée séparément en revue. C'était à Vienne, dans la période la plus faste de la vie de l'auteur, ce peu d'années où il jouit à la fois de la célébrité et du loisir d'écrire.

Les notes du temps de guerre (cf. *Journaux I*, p. 377-388) ont servi à l'élaboration de *Grigia* qui se déroule en effet dans le décor du Tyrol du Sud, comme d'ailleurs *La Portugaise*. Quant au thème de *Tonka*, il apparaît dès 1902. L'histoire est en grande partie autobiographique, et son thème resta longtemps étroitement lié aux premiers thèmes de *L'Homme sans qualités*. De nombreuses notes des *Journaux*, notamment à la fin du Cahier 3, témoignent de l'importance que Musil accordait alors à cette histoire de jalousie et de pitié, d'incertitude et de foi. Tonka s'appelait en réalité Herma Dietz, et le héros, qui n'a pas de nom dans la version définitive, portait à l'origine le prénom même de Musil. Voici l'une de ces notes, capitale pour la compréhension du récit :

« *Qu'ai-je donc fait ?* Ce thème, qui serait sentimental s'il n'était pas lapidaire, est le thème d'Herma. Herma est tout à fait innocente, donc touchante, encore que souvent ordinaire. Ce sont ses faiblesses même qu'il faut souligner. Mais, quand elle entre en scène, une mélodie pleine de simplicité, une sorte d'ampleur concrète doivent dominer. Sa liaison fatale avec Robert incarne symboliquement l'impossibilité relative de faire confiance à l'intellect. Voilà le rapport avec l'idée fondamentale. Au début et à la fin du récit : la mort. C'est aussi une chose lapidaire, donc un cadre symbolique. Par conséquent, la mort doit être représentée également ainsi : dans la mesure où elle est insaisissable, grande – et dans la mesure où elle est saisissable : simplement banale. Le fait que la fin semble répéter le commencement permet de résumer tous les changements survenus entre-temps. »

Comparer ce recueil de nouvelles, qui fut toujours l'une des œuvres les plus lues de l'auteur, au précédent, c'est faire ressortir une fois de plus l'ambivalence profonde de sa nature, partagée entre la violence mâle, l'esprit de technique et de conquête, et le goût féminin du repos, de l'immobilité, de l'accueil. Alors que *Noces* semble tourner autour d'un inaccessible centre sans qu'il y ait d'action proprement dite, les nouvelles de *Trois femmes* sont conduites avec une grande netteté, dans une lumière brutale. Leur mystère ne naît plus d'un lent enfoncement dans les ténèbres, mais semble-t-il précisément de l'excès de lumière où se meuvent les personnages. Ce parti pris de simplification fait de ces trois nouvelles des œuvres moins proprement musiliennes dans le ton ; mais non dans les thèmes, ni dans les personnages.

Grigia et Tonka sont évidemment sœurs par leurs liens étroits avec la terre, le pouvoir de leur mutisme sur l'homme divisé, qui est le pouvoir de la nature sur l'esprit. Et dans chacune des trois nouvelles, un homme d'action, dans l'état de crise que provoque l'effacement du sens de cette action, affronte dans l'amour une épreuve qui le délivre. Dans quelque direction qu'elle s'aventure, l'œuvre de Musil ne pose jamais qu'une question : « Comment vivre pleinement ? » Et l'on voit bien, dans les nouvelles ici réunies, que la réponse est toujours dans l'acceptation d'un risque.

Issu d'une vieille famille de fonctionnaires, d'ingénieurs et d'officiers, Robert Musil est né le 6 novembre 1880, à Klagenfurt en Autriche. Destiné à la carrière des armes, il l'abandonne pour des études d'ingénieur. Puis, nanti de son diplôme, part étudier la philosophie et la psychologie à Berlin. En 1906, il publie son premier roman, Les Désarrois de l'élève Törless, *remarquable et remarqué.*

Il décide alors de se consacrer entièrement à la littérature. Il publie deux recueils de nouvelles, deux pièces de théâtre, mal accueillies, puis attaque une vaste fresque romanesque. En 1933, il quitte Berlin pour Vienne. En 1938, il s'exile en Suisse, à Zurich puis à Genève où il meurt subitement en 1942, pauvre, oublié et sans avoir pu achever ce grand roman auquel il travaillait depuis vingt ans : L'Homme sans qualités.

Il a laissé un important Journal, des Aphorismes, Discours et Essais.

TROIS FEMMES

GRIGIA

Pour tout homme, à une certaine période, la vie ralentit visiblement, comme si elle hésitait à continuer ou songeait à changer de direction. C'est dans cette période-là, peut-être, que les accidents arrivent le plus facilement.

Homo avait un fils malade : cela traîna un an sans s'améliorer ni s'aggraver. Le médecin prescrivit une longue cure, et Homo ne put se résoudre à faire le voyage : il lui sembla que cela le tiendrait trop longtemps séparé de lui-même, de ses livres, de ses plans, de sa vie. Dans cette réticence, il vit la marque d'un grand égoïsme, alors que c'était plutôt, peut-être, une dissolution de sa personne. Jusqu'alors, il n'avait jamais passé un jour loin de sa femme ; il l'avait beaucoup aimée, il l'aimait encore beaucoup, mais cet amour, avec la venue de l'enfant, était devenu « dissociable » comme une pierre où de l'eau a filtré qui en écarte peu à peu les deux moitiés. Cette propriété nouvelle de son amour, alors que rien ne s'en était perdu sciemment ou volontairement, l'étonna beaucoup ; et aussi longtemps que durèrent les préparatifs du départ, il fut incapable d'imaginer comment il passerait cet été solitaire. Il éprouvait seulement une vive aversion pour les « stations » alpestres ou balnéaires. Il resta seul chez lui.

Deux jours plus tard, il recevait une lettre l'invitant à s'associer aux travaux d'une entreprise qui se proposait de rouvrir les vieilles mines d'or vénitiennes du val Fersena. La lettre émanait d'un certain Mozart-Amédée Espérandieu dont il avait fait la connaissance et qu'il avait eu pour compagnon un ou deux jours au cours d'un voyage, quelques années plus tôt.

Néanmoins, il ne douta pas un instant que l'affaire en question n'offrît toutes les garanties voulues de sérieux et d'honnêteté. Il expédia deux télégrammes : dans l'un, il mandait à sa femme qu'il partait aussitôt et ne tarderait pas à lui envoyer son adresse, dans l'autre, il acceptait de participer aux fouilles à titre de géologue, et peut-être même par une importante mise de fonds.

A P., riche bourgade italienne nourrie par le mûrier et la vigne, toute refermée sur elle-même, il retrouva Espérandieu, un grand et bel homme de son âge, noir, toujours en mouvement. Il apprit que la société disposait de moyens américains, fort puissants, et que le travail serait de grand style. Pour commencer, une première expédition composée d'Espérandieu, d'Homo et de trois associés allait s'enfoncer dans la vallée pour organiser les travaux. On acheta des chevaux, on attendit le matériel, on embaucha des aides.

Homo ne logeait pas à l'auberge, mais, sans bien savoir pourquoi, chez une connaissance italienne d'Espérandieu. Trois choses l'y frappèrent : des lits d'un moelleux et d'une fraîcheur inouïs, en bel acajou ; un tapis dont le dessin était d'une complication et d'un mauvais goût insensés, mais en même temps inépuisables et insolites ; enfin un rocking-chair de rotin où, à se balancer en contemplant le tapis, l'on devenait tout entier un entrelacs houleux de vrilles auxquelles deux secondes suffisaient pour sortir du néant, prendre toute leur grandeur et rentrer en elles-mêmes.

L'air, dans les rues, était fait d'un mélange de neige et de sud. On était à la mi-mai. Le soir, de grandes lampes à arc brillaient, suspendues à des fils transversaux, si haut que les rues au-dessous semblaient des gouffres de bleu sombre sur le fond obscur desquels il fallait marcher, tandis qu'en haut, dans l'espace du monde, des soleils blancs tournoyaient en sifflant. Le jour, on voyait des vignes, des forêts. L'hiver n'avait pu éteindre leurs verts, leurs jaunes, leurs rouges. Comme les arbres ne perdaient pas leurs feuilles, le fané et le frais s'y entrelaçaient ainsi qu'aux couronnes de cimetières, et de petites villas rouges, bleues ou roses y étaient enfouies, encore très visibles, comme des dés tombés dans des positions diverses, exposant avec indifférence aux yeux du monde leur ordonnance particulière et dont eux-mêmes eussent ignoré les lois. Mais, plus haut, la forêt était sombre, et la montagne s'appelait le Selvot. Celle-ci portait, au-dessus de la forêt, des pâturages enneigés qui escortaient de leurs ondulations tranquilles, jusqu'au-delà des cimes voisines, la petite vallée latérale, encaissée, où l'expédition devait pénétrer. Quand des hommes descendaient de ces montagnes pour livrer du lait ou acheter de la polenta, ils apportaient quelquefois de grosses druses de cristal de roche ou d'améthyste qui devaient pousser dans certaines failles aussi abondamment qu'ailleurs les fleurs dans les prés ; l'étrange beauté de ces formations féeriques renforçait encore l'impression que sous les apparences de cette contrée, ce tremblement mystérieusement familier qu'ont souvent les astres la nuit, devait se cacher l'objet d'une impatiente et confuse attente. Quand, sur leurs chevaux, les étrangers eurent pénétré dans la vallée et qu'ils passèrent Sant'Orsola, vers six heures, près d'un petit pont de pierre qui enjambait un torrent dissimulé dans les broussailles, sinon une centaine, deux douzaines au moins de rossignols s'ébrouèrent ; il faisait déjà grand jour.

Quand ils furent arrivés, ils virent que l'endroit était un étrange endroit, accroché au versant d'une colline. Le sentier de mulet qu'ils avaient suivi finissait par sauter, pour la forme, d'une dalle à une autre, et il s'en écoulait de loin en loin le long de la pente une sente abrupte, tortueuse comme un ruisseau, qui allait se perdre dans les prés. S'arrêtait-on au bord du chemin, on n'avait devant soi que de minables fermes à l'abandon ; si le regard remontait le long des prairies, on se croyait devant un village lacustre : toutes les maisons, du côté de la vallée, étaient surélevées à l'aide de pilotis, et les cabinets flottaient un peu à l'écart au-dessus de la pente, posés sur quatre fines perches, comme des coffres de chaise à porteur. Le paysage lui-même, aux alentours, n'était pas sans étrangeté. C'était, sur plus d'un demi-cercle, comme une enceinte de hautes montagnes escarpées entourant une sorte de cône boisé d'altitude inférieure : l'ensemble n'était pas sans analogie avec un moule à kugelhopf dont une partie eût été emportée par un torrent encaissé, de sorte qu'à cet endroit le paysage semblait s'ouvrir et s'appuyer sur l'une de ses rives, un haut versant qui longeait le cours d'eau en direction de la vallée et sur lequel le village était accroché. Il y avait çà et là sous la neige des combes plantées de pins mugho, et de loin en loin un chevreuil. Déjà, pour le petit tétras, qui habitait la cime boisée au centre du cirque, la saison des amours avait commencé, et sur les prairies du versant exposé au soleil, des fleurs, des étoiles blanches, jaunes ou bleues fleurissaient, si grandes que l'on eût cru un sac d'écus renversé là par mégarde. Montait-on encore d'environ cent pieds derrière le village, on atteignait une sorte de palier, pas très large, avec des champs, des prés, des granges et des maisons éparpillées, tandis que sur un bastion dominant la vallée la petite église contemplait le monde qui, les jours de beau temps, s'étendait très loin, comme la mer au-delà de l'embouchure d'un fleuve ; c'était à peine si l'on pouvait discerner encore où finissaient les ors fertiles du bas pays et où commençait le sol incertain des nuages.

La vie qui commençait là pour eux était une belle vie. Toute la journée dans les montagnes, des anciennes galeries effondrées aux nouvelles fouilles, ou sur les chemins qui descendaient vers la vallée où une route plus large devait être construite ; dans un air immense, déjà doux et gros de la proche fonte des neiges. Ils dispensaient l'argent partout et régnaient comme des dieux. Ils occupaient tout le monde, hommes et femmes. Avec les hommes, ils formaient des équipes d'ouvriers qu'ils répartissaient dans les montagnes, et les femmes constituaient des colonnes de porteurs qui apportaient, par des sentiers à peine praticables, le matériel de rechange et les provisions de bouche. La maison d'école, un bâtiment de pierre, fut transformée en comptoir pour l'entrepôt et l'expédition des marchandises. Une voix coupante, impérieuse, appelait l'une après l'autre les femmes qui bavardaient en attendant, et l'on chargeait la grande hotte jusqu'à ce que les genoux plient et que les veines du cou se gonflent. Ces jolies créatures une fois chargées, leur regard avait l'air de leur pendre des yeux, leurs lèvres restaient entrouvertes ; elles entraient dans le rang et, au signal, bêtes soudain calmées, commençaient à gravir lentement la montagne, en longs méandres, posant soigneusement un pied devant l'autre. Leur charge était rare, précieuse, c'était le pain, la viande et le vin ; on n'avait pas grand soin à prendre des ustensiles de métal, de sorte qu'en plus du salaire il y avait toujours une ou deux choses utilisables au bénéfice du ménage : c'est pourquoi elles portaient volontiers leur fardeau et se montraient même reconnaissantes aux hommes qui avaient amené la bénédiction dans les montagnes. C'était pour eux un sentiment merveilleux : on ne vous examinait pas, comme partout ailleurs, pour savoir quelle espèce d'homme vous étiez – si on pouvait avoir confiance en vous, si vous étiez puissant, dangereux, charmant, beau ; quelque homme que vous fussiez, quelque opinion que vous eussiez de la vie, vous trouviez l'amour, parce que vous aviez apporté la bénédiction. L'amour vous précédait tel un héraut, il était préparé partout comme la couche de l'hôte avec ses draps frais, les gens portaient au fond de leurs yeux des présents de bienvenue. Les femmes osaient laisser déborder librement ces sentiments ; mais il arrivait aussi qu'en longeant un pré, on y aperçût un vieux paysan debout, faisant un signe de sa faux, traditionnelle image de la Mort.

Les habitants de ce fond de vallée étaient d'ailleurs assez singuliers. Leurs ancêtres étaient venus d'Allemagne comme mineurs sous le règne des évêques de Trente, et ils étaient restés enfouis là comme un très vieux rocher allemand sur sol italien. Ils avaient partie conservé, partie oublié leur ancien mode de vie, et ce qu'ils en avaient conservé, sans doute n'en savaient-ils déjà plus le sens. Au printemps, les torrents leur emportaient le sol sous les pieds, des maisons qui avaient été naguère sur une colline se dressaient maintenant au bord d'un gouffre sans qu'ils fissent rien pour l'empêcher ; par un mouvement inverse, les temps nouveaux déversaient dans leur logis les pires saletés. On y trouvait des armoires bon marché en bois verni, des cartes postales « amusantes » et des chromos, mais parfois aussi une batterie de cuisine qui pouvait dater de Luther. Ils étaient en effet protestants ; mais si c'était bien leur attachement tenace à une foi qui les avait sauvés de l'italianisation, ils n'en étaient pas pour autant de bons chrétiens. Comme ils étaient pauvres, la plupart des hommes abandonnaient leur femme peu après le mariage pour aller passer des années en Amérique ; à leur retour, ils rapportaient un peu d'argent, les habitudes des bordels citadins et le scepticisme, sinon la pénétration des civilisés.

Dès les premiers jours, Homo entendit raconter une histoire qui le frappa vivement. Pas très longtemps auparavant, cela pouvait s'être produit dans les quinze dernières années, un paysan était revenu d'Amérique après une longue absence et s'était couché de nouveau auprès de sa femme, dans la « chambre ». Ils furent heureux quelque temps, parce qu'ils s'étaient retrouvés, et menèrent grande vie jusqu'à ce que les dernières économies eussent fondu. Comme l'argent qui était censé venir ensuite d'Amérique n'arrivait pas, le paysan se mit en route pour gagner sa vie comme colporteur – ainsi que le faisaient tous les paysans de la région – tandis que la femme continuait à s'occuper de la ferme improductive. Mais il ne revint plus. Quelques jours plus tard, en revanche, le paysan d'Amérique fit son entrée dans une ferme éloignée de celle-là ; il raconta à sa femme, au jour près, combien de temps avait duré leur séparation, demanda à manger ce qu'ils avaient eu le jour du départ, se montra même renseigné sur le compte de la vache qui depuis longtemps n'était plus à la ferme, et sut fort décemment se comporter avec les enfants que lui avait donnés un autre ciel que celui qu'il avait eu entre-temps au-dessus de sa tête. Celui-là aussi, après une période d'abondance et de félicité, partit en tournée avec sa camelote, et ne revint plus. Le fait se produisit encore une ou deux fois dans la région avant que l'on comprît qu'il s'agissait d'un imposteur qui avait travaillé en haut avec les hommes et su les cuisiner. Il fut arrêté et jeté en prison par les autorités, et aucune de ses femmes ne le revit jamais. Sans doute en eurent-elles un peu de chagrin : elles auraient bien aimé le garder encore quelques jours et le comparer avec leur souvenir, histoire d'éviter le ridicule : chacune, en effet, prétendait avoir remarqué tout de suite un trait qui ne correspondait pas, mais aucune n'en avait été assez sûre pour assumer le risque de contrecarrer un mari au moment où il rentrait dans ses droits.

Telles étaient ces femmes. Leurs jambes se dissimulaient sous de longues jupes de laine brune ornées de galons larges comme la main, rouges, bleus ou orange ; les foulards qu'elles portaient sur la tête ou croisés sur la poitrine, étaient de l'indienne imprimée, bon marché, à dessins modernes, mais qui, par on ne savait quoi dans les couleurs ou leur répartition, vous faisaient remonter très loin en arrière jusqu'aux temps ancestraux. C'était infiniment plus ancien que l'effet habituel des costumes paysans parce que ce n'était qu'un regard qui s'était attardé à travers les temps, brouillé, affaibli par son voyage, mais que l'on sentait pourtant nettement posé sur soi quand on les observait. Elles portaient des sabots taillés comme des pirogues dans des morceaux de bois et, à cause des mauvais chemins, sous la semelle, deux fers en forme de couteau sur lesquels, dans leurs bas bruns et bleus, elles marchaient comme des Japonaises. Leur fallait-il attendre, elles s'asseyaient non pas sur le talus, mais à même la terre plate du sentier, en ramenant leurs genoux contre elles, comme les nègres. Et quand elles gravissaient la montagne à dos d'âne, ce qui arrivait de temps en temps, elles ne s'asseyaient pas sur leurs jupes, mais comme les hommes, la cuisse insensible aux arêtes de bois de la selle, les jambes de nouveau relevées sans pudeur, et se laissant porter avec un mouvement de toute la taille, comme un balancement léger.

Il leur arrivait aussi de montrer une amabilité, une aménité si libres qu'on en restait déconcerté. « Entrez donc ! je vous prie », disaient-elles, aussi droites que des duchesses, quand on frappait à leur porte rustique ; d'autres fois, quand on restait debout dehors à bavarder un moment avec elles, elles vous demandaient soudain, avec une politesse, une discrétion inconcevables : « Ne voulez-vous pas me donner votre pardessus ? » Un jour que M. Homo, ingénieur, demanda à une ravissante petite de quatorze ans de « venir dans le foin » – simplement parce que le foin lui avait semblé tout à coup aussi naturel que le fourrage pour les bêtes –, le visage d'enfant sous le mouchoir de tête en pointe sur le front, à la mode des ancêtres, ne manifesta pas la moindre frayeur : la petite se contenta de souffler gaiement du nez et des yeux, ses petits sabots basculèrent sur leurs talons et, le râteau à l'épaule, elle fût presque tombée sur son rebondissant derrière si toute cette mimique n'avait dû être simplement l'expression d'un étonnement délicieusement gauche devant la convoitise virile, comme à l'Opéra-Comique. Une autre fois, il demanda à une grande paysanne qui ressemblait à un personnage de veuve du théâtre allemand, en lui prenant le menton :

« Alors, tu as encore ton pucelage ? » – de nouveau simplement parce qu'il faut bien qu'une plaisanterie ait un léger relent de mâle ; mais la femme laissa tranquillement son menton dans la main d'Homo et répondit gravement : « Oui, bien sûr. » Homo faillit en perdre contenance. « Vraiment, tu l'as encore ? » dit-il rapidement d'un air de doute, en riant. Elle se mit à rire à son tour. « Réponds ! » répéta-t-il, plus pressant, en s'amusant à la secouer par le menton. Alors, elle lui souffla au visage, toujours en riant :

– Je l'ai… eu !

– Si je viens te voir, qu'est-ce que tu me donneras ?

– Ce que vous voudrez.

– Tout ce que je voudrai ?

– Tout.

– Vraiment tout ?

– Tout ! tout !

Une passion si parfaitement, si passionnément jouée, d'une telle qualité théâtrale, à mille six cents mètres d'altitude, troubla beaucoup Homo. Il ne pouvait plus se défaire de l'idée que cette vie, tellement plus claire et rapide que toutes celles qu'il avait vécues avant, n'était plus du tout du réel, mais un jeu aérien.

L'été entre-temps avait commencé. Lorsque Homo avait revu pour la première fois, sur une lettre, l'écriture de son fils malade, la panique du bonheur et de la possession clandestine avait couru en lui des yeux aux jambes ; que son adresse fût connue désormais lui fit l'effet d'une prodigieuse confirmation. Il était ici, on savait tout désormais, il n'aurait plus rien à expliquer. Les prairies se dressaient devant lui, blanches et mauves, vertes et brunes. Il n'était pas un fantôme. Sur une pente émeraude se dressait une forêt fabuleuse, de vieux troncs de mélèzes hirsutes. Sous la mousse vivaient sans doute des cristaux violets ou blancs. A un certain endroit, au beau milieu de la forêt, le ruisseau, en tombant sur un rocher, avait l'air d'un grand peigne d'argent. Homo ne répondait plus aux lettres de sa femme. Parmi les mystères de cette contrée, il y avait que l'on devînt si rapidement son complice. Il y avait une fleur d'un écarlate subtil qui n'existait dans le monde d'aucun autre homme, uniquement dans le sien, c'était Dieu qui en avait décidé ainsi : un vrai miracle. Il y avait un point du corps que l'on cachait, que personne, sauf un seul, n'osait voir sans mourir. A ce moment, tout cela lui apparut merveilleusement absurde et mal pratique, comme seule peut l'être une profonde religion. Il comprit alors seulement ce qu'il avait fait en décidant cet été d'isolement et en se laissant porter par le courant qui l'avait saisi. Il tomba à genoux entre les arbres dont les barbes étaient toutes vert-de-grisées, il étendit les bras, ce qui ne lui était jamais arrivé de sa vie, et il eut l'impression que quelqu'un l'arrachait à ses propres bras. Il sentait la main de son amie dans la sienne, sa voix à son oreille, il n'y avait pas un endroit de son corps viril qui ne fût comme fraîchement effleuré, il avait l'impression de n'être plus qu'une forme moulée sur un autre corps. Il avait vidé sa vie. Son cœur s'était fait humble devant la bien-aimée et démuni comme un mendiant, et c'est tout juste si son âme ne laissait pas échapper déjà des flots de souhaits et de larmes. Il restait entendu cependant qu'il ne rentrerait pas : à son excitation demeuraient liés, étrangement, l'image des prairies en fleur autour de la forêt et le sentiment, en dépit de son intense besoin d'avenir, qu'il mourrait là, au milieu des anémones, des ne-m'oubliez-pas, des orchis, des gentianes, de l'oseille des Alpes dont le vert brun est si beau. Il s'allongea dans la mousse. « Comment t'emmener avec moi ? » se demanda Homo. Son corps se sentit étrangement las, comme un visage dont un sourire a dénoué la fixité. Il avait toujours cru vivre dans le réel, mais y avait-il rien de moins réel que de voir un être humain prendre pour lui une autre signification que l'ensemble des autres ? Que dans la multitude innombrable des corps il y en eût un dont son intimité profonde dépendît presque autant que de son propre corps ? Dont la faim et la fatigue, l'ouïe et le regard fussent liés au sien ? La croissance de son fils, comme les secrets du sol en un jeune arbre, s'était concrétisée en soucis et plaisirs terrestres. Il aimait son fils, mais sachant que celui-ci leur survivrait, tout ce qui pouvait advenir ensuite était déjà mort depuis longtemps aux yeux d'Homo. Il sentit soudain flamber en lui une certitude nouvelle. Certes, il n'était pas crédule, mais en cet instant le tréfonds de son cœur s'illumina. Dans cette vive clarté, les pensées n'étaient plus qu'une faible lueur, des chandelles fumeuses, et seule s'imposait une parole splendide, inondée de jeunesse : la « nouvelle alliance ». Il l'emmènerait avec lui à travers toutes les éternités successives : au moment où il s'abandonna à ce rêve, les légers ravages que les années avaient faits sur sa bien-aimée s'effacèrent, et ce fut éternellement le premier jour. Toute considération banale, toute possibilité de saturation ou d'infidélité disparurent, car personne n'irait sacrifier l'éternité à la frivolité d'un quart d'heure ; pour la première fois, il éprouva que l'amour était, indubitablement, un sacrement divin. Il reconnut la providence personnelle qui avait conduit sa vie dans ces solitudes ; et le sol sous ses pieds, avec son or et ses pierreries, cessant à son tour de lui apparaître comme un simple trésor terrestre, lui fit l'effet d'un monde féerique à lui seul destiné.

Dès ce jour, il fut délivré, comme on peut l'être d'une ankylose du genou ou d'un fardeau trop lourd, de l'attachement à la vie, de la terreur de la mort. Il ne ressentit pas ce qu'il avait toujours pensé que l'on devait ressentir quand on croit voir, étant encore en pleine vigueur, approcher sa fin : un désir de jouir plus follement, plus avidement de la vie ; il cessa simplement de se sentir entravé, et une merveilleuse légèreté l'envahit, qui fit de lui le vrai sultan de son existence.

Les fouilles, il est vrai, n'avaient pas eu de résultats très positifs, mais la vie où ils étaient engagés était une vraie vie de chercheurs d'or. Un jeune ouvrier avait volé du vin, c'était un crime contre l'intérêt commun dont on pouvait compter que le châtiment recueillerait l'approbation générale : on l'amena les mains liées. Mozart-Amédée Espérandieu ordonna de le laisser attaché à un arbre pendant un jour et une nuit, à titre d'exemple. Quand le contremaître s'avança avec la corde qu'il s'amusait à balancer de la façon la plus expressive et qu'il fit passer d'abord sur un clou, le garçon se mit à trembler de tous ses membres, sûr qu'il allait être pendu. Quelque chose d'analogue se passait (mais il serait bien difficile de le motiver) quand arrivaient des chevaux : que ce fût un renfort de l'extérieur ou ceux que l'on avait descendus quelques jours pour les faire soigner. Debout ou couchés dans les prés, ils dessinaient toujours, avec une apparente irrégularité, des groupes qui rappelaient irrésistiblement, selon quelque loi esthétique secrète, l'image des petites maisons vertes, bleues ou roses au pied du Selvot. Mais quand ils étaient sur les hauteurs, passant la nuit attachés dans quelque combe, à trois ou quatre autour d'un tronc couché, et que, vous étant mis en route par clair de lune à trois heures du matin, vous passiez près d'eux vers les quatre heures et demie, ils se retournaient tous pour regarder qui passait ; et dans cette lumière immatérielle du petit jour, vous aviez l'impression de n'être plus rien qu'une pensée au cœur d'une très lente méditation. Comme il y avait des vols et des risques de toute espèce, on avait acheté tous les chiens que l'on avait pu trouver à la ronde, pour la garde. Les patrouilles les amenaient par meutes, deux ou trois bêtes attachées sans collier à la même corde. Ainsi eut-on dans ces hauteurs, brusquement, autant de chiens que d'hommes, et c'était à se demander qui, des hommes et des bêtes, avait le droit de se croire le maître, et qui le compagnon tout juste toléré. Il y avait, dans le nombre, des chiens de grande race, des braques de Venise comme on en trouvait encore parfois dans la région, et des roquets toujours prêts à mordre, méchants comme des singes. On ne savait trop pourquoi, ils s'étaient répartis en groupes très cohérents, mais à l'intérieur desquels se déclenchaient parfois de furieuses batailles. Beaucoup étaient à moitié morts de faim, beaucoup refusaient toute nourriture ; un petit blanc devant lequel le cuisinier posait une écuelle de viande et de soupe lui sauta dessus et, d'un coup de dents, lui enleva un doigt.

A quatre heures et demie du matin il faisait déjà tout à fait clair, mais le soleil était invisible encore. Quand on passait à cette heure-là devant les enclos, dans les hauteurs, on voyait les vaches couchées dans les pâturages environnants, mi-éveillées, mi-endormies. Telles de grandes masses de pierre d'un blanc mat, elles étaient allongées sur leurs pattes repliées, l'arrière-train légèrement dévié ; elles ne vous regardaient ni quand vous passiez devant elles ni après, gardant leur tête immobile tournée vers la lumière attendue, et leurs mufles ruminant avec une monotone lenteur semblaient occupés à prier. On traversait leur troupeau comme on eût fait le cercle d'une existence crépusculaire et sublime, et quand on se retournait pour les contempler encore d'au-dessus, la ligne de l'échine, des pattes postérieures et de la queue dessinait de blanches ouïes de violon, dispersées dans l'herbe. Somme toute, il y avait beaucoup de mouvement. Quelqu'un se cassait la jambe et deux hommes passaient, le portant dans leurs bras. Ou bien un cri s'élevait tout à coup : « Feu !... » et tout le monde courait se mettre à couvert, parce qu'on faisait sauter des rochers pour la route. Dès les premières rafales de pluie, les herbages étaient inondés. Sous un buisson, sur l'autre rive du ruisseau, brûlait un feu que le nouvel événement avait fait oublier, si grande qu'eût été jusqu'alors son importance : il n'avait plus maintenant qu'un unique spectateur, un jeune bouleau. Le porc noir y était encore attaché pourtant, une patte en l'air : le feu, le bouleau et le porc sont maintenant tout à fait seuls. Le porc avait commencé à crier simplement parce qu'un homme le tirait au bout d'une corde et l'encourageait, sans rudesse, à avancer ; puis, quand il vit deux autres hommes hilares accourir vers lui, il cria plus fort ; et d'une voix pitoyable quand il se sentit empoigné par les oreilles et traîné, cette fois, sans ménagement. Il enfonçait ses quatre pattes dans le sol, mais la douleur aux oreilles l'obligeait à avancer tout de même, par à-coups. A l'autre extrémité du pont, un autre homme avait déjà la houe en main, et il le frappa du tranchant sur le front. Dès cet instant, tout se fit beaucoup plus tranquillement. Les deux pattes de devant s'effondrèrent en même temps, et le porcelet ne recommença de crier qu'une fois le couteau dans la gorge : ce fut, il est vrai, un coup de trompette strident, déchirant, mais qui très vite ne fut plus qu'un râle, une espèce de ronflement pathétique. Homo remarquait tout cela pour la première fois de sa vie.

Le soir venu, ils se retrouvaient tous dans la petite cure où ils avaient loué une chambre pour en faire leur cercle. Il faut avouer que la viande, qui n'arrivait que deux fois par semaine à cause de la longueur du trajet, étant souvent un peu avariée, on se plaignait assez souvent de légères intoxications. Tous n'en venaient pas moins, dès qu'il faisait noir, trébuchant avec leurs petites lanternes le long des chemins invisibles. Car, plus encore que d'intoxications, ils souffraient de tristesse et de solitude, quelque beauté qu'il y eût sur toutes choses. Ils noyaient cela dans le vin. Au bout d'une heure à peine, un nuage de tristesse et de danse flottait déjà dans la pièce. Le gramophone roulait au travers comme un char de métal doré sur de molles prairies semées de merveilleuses étoiles. Ils ne se parlaient plus, mais ils parlaient. Qu'auraient-ils au monde pu se dire, entre un précepteur, un entrepreneur, un ex-surveillant de pénitencier, un ingénieur des mines et un major à la retraite ? Ils parlaient par signes (des signes qui étaient peut-être quand même des paroles ; traduisant le mal-être, le bien-être relatif, la nostalgie) : un langage de bêtes. Souvent, ils mettaient une vivacité tout à fait superflue à disputer d'une question qui ne touchait aucun d'entre eux, et le lendemain, on voyait circuler des témoins porteurs de cartel. Il apparaissait bientôt que personne n'avait assisté à l'affaire. Ils n'avaient agi ainsi que parce qu'il leur fallait à tout prix tuer le temps, et bien qu'aucun d'entre eux ne l'eût jamais vécu vraiment, ce temps, ils se faisaient l'effet de garçons bouchers malappris, et se montaient les uns contre les autres.

Ici, l'âme avait la même unité de mesure que partout

ailleurs : l'Europe. Un loisir aussi vague que l'était à certains moments le travail. La nostalgie de la femme, des enfants, du confort. Et entre-temps, toujours, le gramophone. « Rose, nous allons à Lodz, Lodz, Lodz… », « Viens dans le bosquet d'amour… » Une odeur, astrale, de poudre et de gaze, un brouillard d'érotisme européen, de lointain music-hall. Des plaisanteries obscènes explosaient en gros rires, elles commençaient toujours de la même façon : « Un jour, un Juif était monté dans le train à… » Une fois, quelqu'un demanda : « Combien de queues de rat faudrait-il pour aller de la terre à la lune ? » Il y eut alors un vrai silence, le major fit tourner *la Tosca* et dit avec mélancolie, pendant que le gramophone prenait son élan : « Un jour, j'ai voulu épouser la Farrar… » Puis la voix de la Farrar sortit du haut-parleur et monta en ascenseur, voix de femme admirée par des hommes ivres, et déjà l'ascenseur s'élevait à toute vitesse avec elle sans aboutir jamais, puis redescendait, rebondissait dans l'air. Ses mouvements faisaient se gonfler ses jupes ; ces montées et ces descentes, ces pauses un moment sur une note tenue puis de nouveau ces temps forts, ces temps faibles, ce ruissellement continuel et pourtant ces arrêts dans un nouveau tressaillement, et de nouveau ce flux : la volupté... Homo le sentait, ce chant n'était rien d'autre, dans sa nudité, que la volupté qui s'étend à toutes choses dans les villes et que l'on ne peut plus distinguer de l'homicide, de la jalousie, des affaires et des courses d'automobiles – ah ! ce n'était plus du tout la volupté, mais le goût de l'aventure ! –, non pas le goût de l'aventure, mais un couteau qui descendait du ciel, l'ange exterminateur, un ange fou, la guerre ?…

D'un des nombreux rubans de papier tue-mouches qui pendaient du plafond, une mouche était tombée devant Homo et gisait sur le dos, empoisonnée, au centre d'une des flaques où confluait, dans les imperceptibles plis de la toile cirée, la lumière des lampes à pétrole, et qui avaient une tristesse d'avant-printemps quand un vent violent souffle après la pluie. La mouche fit quelques efforts, de plus en plus brefs, pour se remettre d'aplomb, et une seconde mouche qui pâturait sur la table allait voir de temps en temps où en étaient les choses. Homo lui aussi regardait avec attention : les mouches étaient une des plaies de l'endroit. Quand la mort vint, l'agonisante replia brusquement à angle aigu ses six petites pattes et les garda ainsi pliées en l'air, puis elle mourut dans sa pâle flaque de lumière sur la toile cirée comme dans un cimetière de silence que l'on ne pouvait pas mesurer en centimètres et qui n'était pas fait pour des oreilles d'hommes sans doute, mais qui n'en était pas moins présent. Quelqu'un était en train de raconter une histoire : « On a calculé une fois, paraît-il, que la famille Rothschild au complet ne serait pas assez riche pour se payer un billet de troisième classe jusqu'à la lune… » Homo murmura à part soi : « Tuer, et deviner Dieu quand même ; deviner Dieu, et tuer quand même ?… » D'une chiquenaude, il envoya la mouche à la figure du major assis en face de lui, provoquant ainsi un nouvel incident qui ne fut pas réglé avant le lendemain soir.

A cette époque, il y avait longtemps déjà qu'il avait fait la connaissance de Grigia, et peut-être le major la connaissait-il aussi. Elle s'appelait Lene Maria Lenzi ; comme Selvot, Gronleit et Malga Mendana, c'était un nom dont la sonorité évoquait les cristaux d'améthyste et la flore alpine, mais Homo préférait lui dire Grigia en traînant sur le *i* et en expirant le *tcha*, à cause d'une vache qu'elle avait et qu'elle appelait Grigia, « la

Grise ». Elle était assise au bord du pré, avec sa jupe brun violet et son fichu moucheté, les pointes de ses sabots recourbées vers le haut, les mains croisées sur le tablier multicolore, aussi naturellement attirante qu'un mince champignon vénéneux, et donnant de temps en temps ses ordres à la vache qui paissait plus bas. Ordres qui se bornaient à vrai dire à quatre mots « *Geh ea ! Geh aua !* » qui semblaient devoir signifier à peu près : « Arrive ici ! Monte donc ! » quand l'animal s'éloignait trop. Mais si le dressage de Grigia échouait, une exclamation violemment indignée s'ensuivait : « *Wos, Teufi, do geh ea !* » (« Vas-tu venir, diablesse ! ») ; et en dernier recours elle dévalait elle-même la pente à grand bruit, comme un caillou, brandissant le premier bout de bois venu qu'elle jetait, une fois à sa portée, en direction de l'indocile. Mais, comme la Grise avait un penchant prononcé à s'éloigner toujours plus loin vers la vallée, l'opération dans toutes ses phases se répétait aussi régulièrement que l'on remonte un poids de pendule arrivé au bas de sa course. Tout cela était d'une absurdité si édénique qu'Homo s'était mis à taquiner la vachère en l'appelant elle aussi Grigia. Il ne pouvait se dissimuler que son cœur, quand il s'approchait d'elle, assise ainsi dans l'herbe, battait plus fort : comme il fait quand on entre dans le parfum des sapinières ou dans l'air aromatique qui s'élève du sol d'une forêt pleine de champignons. Il y avait néanmoins toujours, mêlé à cette émotion, un reste d'effroi devant la nature ; on ne devrait jamais oublier que la nature n'est rien moins que naturelle, qu'elle est terreuse, raboteuse, vénéneuse et inhumaine partout où l'homme ne lui a pas imposé son joug. Probablement était-ce précisément cela qui le liait à la paysanne et, pour une autre part, un étonnement toujours renouvelé à la trouver aussi semblable à une femme. Ne serait-on pas surpris aussi de tomber, en plein bois, sur une dame buvant son thé ?

« Entrez, je vous prie ! » avait-elle dit comme les autres, la première fois qu'Homo avait heurté à sa porte. Elle était debout devant l'âtre, une marmite cuisait sur le feu ; comme elle ne pouvait s'en éloigner, elle se contenta de lui désigner poliment d'un geste le banc de cuisine ; et c'est un peu plus tard seulement qu'elle s'essuya les mains à son tablier, tout en souriant, et en tendit une aux visiteurs : une main bien formée, d'une rudesse veloutée comme du papier de verre très fin ou du terreau léger. Le visage qui correspondait à cette main était un visage un peu moqueur avec un profil fin et plein de grâce et une bouche qui ravit Homo. Cette bouche était renflée comme l'arc d'Éros, mais serrée en même temps comme quand on avale sa salive, ce qui donnait à sa finesse une dureté résolue, et à cette dureté même un rien de gaieté qui s'accordait à merveille aux souliers pareils à de sauvages racines d'où fût monté l'ensemble de la petite figure paysanne. Ils avaient une quelconque affaire à traiter ; quand ils repartirent, le sourire réapparut, et la main resta peut-être dans celle d'Homo un instant de plus qu'à l'arrivée. Ces impressions, insignifiantes en ville, devenaient bouleversantes dans cette solitude, comme si un arbre s'était mis à frémir de toutes ses branches sans que le vent ni l'envol d'un oiseau pussent en rendre compte.

Peu de temps après, Homo était l'amant d'une femme de paysan : le changement ainsi opéré en lui le préoccupait beaucoup, car sans aucun doute ce qui s'était passé, loin d'avoir été cherché par lui, l'avait-il assailli par surprise. La première fois qu'il était revenu la voir, Grigia s'était assise tout de suite à côté de lui sur le banc ; et quand, pour mesurer jusqu'où il pouvait aller déjà, il lui mit la main dans le giron en lui disant qu'elle était la plus belle du pays, elle laissa la main sur sa cuisse et se contenta de poser la sienne dessus : ils étaient promis. Pour sceller le pacte, il l'embrassa, et après le baiser, elle fit claquer ses lèvres, comme quand on les détache, repues, d'un verre dont elles pressaient goulûment le bord. Au début, cette vulgarité fit même un peu peur à Homo, et il ne fut nullement fâché de voir Grigia écarter ses nouvelles avances, sans d'ailleurs qu'il comprît pourquoi : il n'entendait rien aux façons ni aux périls de l'endroit, et ce fut plein de curiosité qu'il se laissa renvoyer à une autre fois. « Dans le foin », avait dit Grigia. Comme il était déjà sur le seuil et lui disait au revoir, elle répondit : « A très vite », et lui sourit.

Il était encore sur le chemin du retour qu'il se sentait déjà tout heureux de sa visite : de même qu'une boisson chaude commence à agir à peine absorbée. L'idée d'aller avec Grigia dans le foin – on pousse un lourd portail de bois, on le referme, et à mesure qu'il tourne sur ses gonds les ténèbres grandissent, jusqu'à ce qu'on finisse par se blottir au pied d'une muraille d'ombre brune – l'amusait comme une équipée enfantine. Il repensa à leurs baisers et réentendit Grigia claquant des lèvres : c'était comme si on lui avait mis un anneau magique autour du front. En essayant de se représenter ce qui l'attendait, il ne put s'empêcher de penser à la manière dont les paysans mangent : ils mâchent lentement, en claquant de la langue, en évaluant chaque bouchée, c'est aussi comme ça qu'ils dansent, un pas après l'autre, et il est probable qu'il en va de même pour le reste. Ces images l'excitèrent à tel point que ses jambes se raidirent comme si ses souliers s'enfonçaient déjà un peu dans le sol. Les femmes baissent les paupières et prennent une mine absolument raide, un masque pour être à l'abri de toute curiosité ; c'est à peine si elles laissent échapper un gémissement : immobiles comme des scarabées faisant le mort, elles concentrent toute leur attention sur ce qui leur arrive. Ce fut bien ainsi que les choses se passèrent : du bord de la semelle, Grigia amassa en un petit tas le peu de foin d'hiver qui restait, et la dernière fois qu'elle sourit, ce fut quand elle se pencha sur l'ourlet de sa jupe comme une dame qui raccroche sa jarretelle.

Tout cela était exactement aussi simple et magique que les chevaux, les vaches et le cochon tué. Quand ils étaient cachés derrière les poutres et que de lourds souliers, dehors, roulaient sur le chemin caillouteux, sonnaient en passant devant la grange puis s'éloignaient, Homo sentait le sang lui battre jusque dans le cou, mais Grigia semblait deviner, dès le troisième pas, si les souliers venaient ou non vers eux. Puis, elle connaissait des paroles magiques : elle disait, à peu près, le « nase » pour le nez, la « cuisse » pour la jambe et la « ceinture » pour le ventre. « Vous êtes un homme, vous », soupirait-elle avec admiration, puis elle ajoutait les yeux lourds de sommeil : « On a un peu couché ensemble, hein ? »... Une fois qu'Homo la menaçait de ne plus venir, elle dit en riant : « J' sonnerons chez vous ! » Il se demanda si cette perspective l'effrayait ou le réjouissait, et elle dut s'en apercevoir, car elle ajouta : « Vous repentez ? Vous repentez beaucoup ? » Ces mots étaient comme les dessins des tabliers et des foulards, comme les galons de couleur à l'ourlet des bas, déjà un peu acclimatés au présent du fait de leur long voyage à travers les siècles, et tout de même encore pareils à de mystérieux intrus. La bouche de Grigia était pleine de ces mots-là, et quand Homo l'embrassait, il ne savait jamais s'il aimait cette femme ou si un miracle se préparait, et que Grigia ne fût qu'un élément d'une élection qui l'attacherait à sa maîtresse pour l'éternité. Une fois, Grigia lui dit tout net : « Vous pensez à aut' chose, je le vois bien » et comme il usait d'une échappatoire, elle ajouta simplement : « Oh ! ça, c'est une bonne *scuse* ! » Il lui demanda ce que cela voulait dire, mais elle refusa de s'expliquer, et il lui fallut réfléchir longtemps avant de pouvoir en tirer d'elle assez pour deviner que deux cents ans plus tôt des mineurs français avaient vécu aussi dans cette contrée, et que le mot avait peut-être signifié « excuse » un jour. Mais ce pouvait être aussi une signification plus bizarre.

On peut être atteint ou non par de tels détails. On peut avoir des principes, et dans ce cas il ne s'agit plus que d'un amusement d'esthète auquel on cède sans scrupules. Ou bien on n'a pas de principes, ou ils viennent de s'assouplir, comme ç'avait été le cas pour Homo au moment où il était parti : il arrive alors que ces étranges phénomènes prennent possession de ce qui, en nous, n'a plus de maître. Non qu'ils donnassent à Homo une personnalité nouvelle que le bonheur eût rendue ambitieuse et terrienne ; ils formaient seulement de belles taches isolées dans le dessin de son corps. Homo sentait à quelque signe obscur qu'il allait bientôt mourir, mais il ignorait encore quand et comment. Sa vie ancienne avait perdu toute vigueur ; elle était pareille à un papillon, de plus en plus faible à mesure que l'automne approche.

Il parlait parfois de ces choses avec Grigia ; elle avait une manière bien à elle de s'y intéresser, pleine de respect comme après un secret confié, et sans aucun égoïsme. Elle semblait trouver normal qu'il y eût au-delà de ses montagnes des êtres qu'Homo lui préférait, qu'il aimait de toute son âme. Homo sentait cet amour non pas s'affaiblir, mais se fortifier et se renouveler ; non point pâlir, mais perdre toujours plus, à mesure qu'il se colorait davantage, le pouvoir de lui autoriser ou de lui interdire quoi que ce fût dans le réel. Amour merveilleusement quitte de toute pesanteur, comme seul peut en faire l'expérience celui qui a dit adieu à sa vie et peut dorénavant attendre sa mort. De quelque santé qu'Homo eût joui auparavant déjà, il se redressa alors comme un paralysé qui rejette soudain ses béquilles, se lève et marche.

Cette vigueur atteignit son paroxysme avec les foins. Le foin déjà fauché et sec, on n'avait plus qu'à l'attacher et à le monter jusqu'aux granges à travers les prairies en pente. Homo contemplait ces travaux du haut de la plus proche éminence qui semblait avoir été soulevée au-dessus du paysage par un élan de balançoire. La fille – toute seule dans le pré, petite poupée tachetée sous l'énorme cloche de verre du ciel – amasse tant bien que mal un gigantesque tas. Elle se met à genoux devant et, des deux bras, le ramène contre elle. Puis, très sensuellement, elle se couche sur le ventre au-dessus du tas et l'empoigne par-dessous. Elle se couche de côté et n'étend plus qu'un seul bras, mais aussi loin qu'elle peut. Elle se traîne sur le tas avec un genou, puis les deux. Homo pense au bousier, au fameux scarabée d'Égypte. Enfin, le tas entouré d'une corde, la femme pousse son corps tout entier dessous et se relève, lentement, avec lui. Le ballot est beaucoup plus gros que la frêle figure qui le porte… Mais… n'était-ce pas Grigia, justement ?

Quand Homo, à la recherche de Grigia, longeait la longue file des tas de foin que les paysannes avaient dressés sur un palier de la pente, elles étaient en train de se reposer : l'émotion l'envahissait, parce qu'elles étaient couchées sur leur tertre de foin comme les statues de la chapelle Médicis, la tête soulevée sur le bras accoudé, le corps paraissant flotter dans un courant. Et quand, causant avec lui, elles avaient besoin de cracher, elles y mettaient beaucoup d'art : arrachant, avec trois doigts, une petite touffe de foin, elles crachaient dans le trou ainsi ménagé, puis remettaient la touffe à sa place. Il y avait de quoi rire ; mais quand on était mêlé à leur vie, comme Homo cherchant Grigia, cette rude dignité pouvait aussi faire un peu peur. Grigia cependant était rarement là ; quand il la découvrait enfin, c'était accroupie dans un champ de pommes de terre et lui riant au nez. Il savait qu'elle ne portait que sa jupe et son jupon, que la terre sèche qui coulait entre ses doigts minces et râpeux touchait son corps. Mais cette idée n'avait plus rien pour lui d'extraordinaire, le fond de son être s'étant déjà familiarisé étrangement avec le contact de la terre ; et peut-être n'était-ce pas du tout à la saison des foins qu'il la rencontrait dans ce champ : tant les événements de leur vie s'entremêlaient.

Les granges se sont remplies. Une lumière argentée filtre entre les poutres disjointes. Le foin répand une lueur verte. Sous la porte s'allonge un gros galon d'or.

Le foin avait une odeur aigrelette. Comme ces boissons africaines faites de pâte de fruits et de salive. Il suffisait de se rappeler qu'on vivait ici parmi des sauvages pour qu'une ivresse montât dans la touffeur de l'étroit espace, pleine jusqu'à ras bord de foin en fermentation.

Le foin porte en toutes positions. Debout, on y enfonce jusqu'aux mollets, mal assuré à la fois et mieux que fermement tenu. Couché, on se croirait dans la paume de Dieu, et l'on aimerait s'y rouler comme un chiot ou un porcelet. On est couché en oblique, presque verticalement même, comme un saint qui monterait au ciel dans un nuage vert.

Ce furent des jours de noces et d'Ascension.

Un beau jour, pourtant, Grigia déclara que « ça n'allait plus ». Il fut impossible à Homo de l'amener à dire pourquoi. La dureté de la bouche et le pli entre les deux yeux qu'elle ne montrait d'ordinaire que pour demander dans quelle grange leur prochain rendez-vous serait le plus beau, annonçaient l'orage imminent. Commençait-on à murmurer ? Les commères, si elles n'avaient pas pu ne pas remarquer quelque chose, étaient toujours aussi souriantes, comme devant un spectacle plutôt plaisant. De Grigia, impossible de rien tirer. Elle se dérobait, se faisait rare ; elle surveillait ses paroles comme un paysan méfiant.

Homo eut un mauvais présage. Ses guêtres s'étant délacées, il s'appuyait à une barrière pour les renouer quand une paysanne qui passait lui jeta, aimablement, ces mots : « Laisse donc tes guêtres comme elles sont, de toute façon la nuit n'est pas loin ! » C'était tout près de la ferme de Grigia. Quand il lui rapporta ces propos, Grigia prit un air hautain et répondit : « Il faut laisser les gens parler et l'eau couler » ; mais elle ravala sa salive, et ses pensées furent ailleurs. Alors, Homo se rappela soudain une étrange paysanne à tête d'Aztèque toujours assise devant sa porte, les cheveux noirs dénoués sur les épaules, avec autour d'elle trois beaux enfants joufflus. Grigia et lui passaient tous les jours devant elle sans lui prêter attention. C'était la seule paysanne qu'il ne connût pas et, chose curieuse, bien que son allure l'eût frappé, il n'avait jamais posé de question à son sujet : c'était presque comme si les impressions contradictoires que donnaient la santé de ses enfants et son visage ravagé s'annulaient réciproquement. Dans l'état d'esprit où Homo se trouvait maintenant, il lui sembla hors de doute que la menace ne pouvait être partie que de là. Il demanda qui était cette vieille, mais Grigia, mécontente, haussa les épaules et dit seulement : « Elle ne sait pas ce qu'elle raconte, une vraie radoteuse ! » En même temps, elle eut un geste violent de la main à la hauteur du front, comme s'il lui importait de déprécier au plus vite le témoignage d'une telle créature.

Comme il n'y avait pas moyen de décider Grigia à retourner dans l'une des granges avoisinant le village, Homo lui proposa de monter plus haut dans la montagne. Elle ne voulait pas. Quand elle finit par céder, elle dit, avec une intonation qui, après coup, parut équivoque à Homo : « Bon. Quand il faut, il faut... » De nouveau une belle matinée enveloppait le monde ; l'océan des nuages et des hommes était infiniment lointain. Grigia évitait farouchement toutes les masures et, en pleins champs, elle qui avait toujours été d'une charmante insouciance quant aux dispositions de leur tactique amoureuse, se montra inquiète des regards trop exercés. Homo s'impatienta, et se rappela soudain qu'ils venaient de passer devant une ancienne galerie dont la réexploitation avait été bientôt abandonnée par les ouvriers. Il poussa Grigia à l'intérieur. La dernière fois qu'il se retourna, il aperçut de la neige sur une montagne, au-dessous un petit champ de blé moissonné, tout doré dans le soleil, et plus haut le ciel d'un bleu presque blanc. De nouveau, Grigia eut une phrase qui avait tout d'une allusion ; elle avait remarqué le regard d'Homo et dit tendrement : « Le bleu du ciel, nous ferons mieux de le laisser gentiment là-haut, pour qu'il reste beau... » Mais Homo négligea de lui demander ce qu'elle voulait dire par là, car ils pénétraient maintenant à tâtons, prudemment, dans une obscurité de plus en plus resserrée. Grigia allait la première. Quand la galerie, au bout d'un moment, s'élargit en une sorte de petite chambre, ils s'arrêtèrent pour s'étreindre. Le sol, sous leurs pieds, donnait une rassurante impression de sécheresse, et ils s'y couchèrent sans qu'Homo eût éprouvé le besoin de l'inspecter d'abord à la lueur d'une allumette, comme l'eût fait un civilisé. Une fois encore Grigia ruissela en lui comme une douce terre sèche, il la sentit dans le noir qui s'engourdissait et se raidissait à force de jouissance ; puis ils furent couchés côte à côte, regardant, sans vouloir parler, le lointain petit carré au-delà duquel rayonnait la blancheur du jour. Alors, Homo revécut sa journée jusque-là, il se vit rencontrant Grigia derrière le village puis monter en lacets interminables, il vit ses bas bleus jusqu'au liséré orange au-dessous du genou, le bercement de sa démarche sur les souliers joyeux, il la vit s'arrêter à l'entrée de la galerie, il vit le paysage, avec le petit champ doré... et tout à coup aperçut dans la lumière de l'entrée la silhouette du mari.

Jamais encore il n'avait pensé à cet homme, l'un de ceux qu'on avait employés aux travaux ; maintenant qu'Homo devinait son visage coupant de braconnier avec ses yeux rusés et sombres, il se rappela la seule fois où il l'avait entendu parler ; c'était au sortir d'une ancienne galerie où personne d'autre n'avait osé pénétrer ; il avait dit : « J' suis passé d'un spectacle à un autre : le retour est plutôt pénible. » Homo, rapidement, saisit son pistolet, mais au même instant le mari de Lene Maria Lenzi disparut, et l'obscurité autour d'eux fut aussi impénétrable qu'un mur. Homo chercha la sortie à tâtons, Grigia s'accrochant à ses habits. Il eut tôt fait de se convaincre que le bloc de rocher qui avait été roulé devant l'entrée était beaucoup trop lourd pour que ses seules forces suffisent à le déplacer. Il comprenait aussi, maintenant, pourquoi l'homme leur avait laissé un si long sursis : il en avait eu besoin pour mettre son plan au point et trouver un tronc d'arbre qui pût lui servir de levier.

Grigia était à genoux devant la pierre, suppliant, tempêtant : c'était répugnant autant qu'inutile. Elle jurait qu'elle n'avait jamais rien fait de mal et qu'elle n'en ferait plus jamais, elle hurlait comme un porc et se précipitait contre le rocher avec des bonds de cheval effrayé. Homo finit par comprendre que tout cela était dans l'ordre des choses ; mais au commencement, en homme civilisé qu'il était, il ne put s'empêcher de refuser l'idée qu'un événement vraiment irrévocable se fût produit. Il était appuyé à la paroi et écoutait Grigia les mains dans les poches. Plus tard, il reconnut son destin ; comme en rêve, il le sentit une fois encore descendre sur lui, pour des jours, des semaines et des mois, précisément ainsi que doit commencer un sommeil destiné à durer longtemps. Doucement, il mit son bras autour de la taille de Grigia et l'attira en arrière. Il s'étendit à côté d'elle et attendit. Sans doute se serait-il imaginé naguère que l'amour, dans une prison à ce point définitive, devait se faire aigu comme une morsure : en réalité, maintenant, il oubliait de penser à Grigia. Elle lui avait été enlevée – ou c'était lui qui l'avait été à Grigia – même s'il devinait encore ses épaules ; toute sa vie, d'ailleurs, lui avait été enlevée, juste assez pour qu'en la sachant encore là, jamais il ne pût mettre la main dessus. Ils restèrent immobiles pendant des heures ; des jours entiers, des nuits entières s'étaient écoulés peut-être, la faim et la soif étaient derrière eux comme une étape fiévreuse et révolue, ils devenaient toujours plus faibles, plus légers, plus fermés. Ils s'endormaient vastes mers et se réveillaient îlots. Une fois, brusquement, au milieu de l'un de ces brefs réveils, Homo eut un sursaut : Grigia était partie ; une certitude l'assurait que le départ venait de se produire. Il sourit : elle ne lui avait rien dit de l'issue, elle voulait l'abandonner là, pour prouver à son mari !... Homo se mit sur son séant et jeta les yeux autour de lui : il aperçut alors, à son tour, une étroite et pâle lueur. Il essaya de s'en approcher, s'enfonçant en rampant dans la galerie ; ils avaient toujours regardé de l'autre côté. Il reconnut alors une mince faille qui menait probablement à l'air libre, par le travers. Grigia avait la taille fine ; lui aussi, peut-être, au prix d'un gros effort, pourrait arriver à passer. C'était une chance. Mais il se peut qu'à ce moment-là déjà il fût trop affaibli pour revenir à la vie, ou qu'il ne le voulût pas, ou qu'il eût perdu connaissance.

En bas, à la même heure, Mozart-Amédée Espérandieu, ayant reconnu l'insuccès de tous leurs efforts et l'inutilité de l'entreprise, donnait l'ordre d'interrompre les travaux.

LA PORTUGAISE

Nombre de pièces les désignaient sous le nom de Delle Catene, d'autres sous celui de Seigneurs von Ketten ; venus du nord, ils s'étaient arrêtés au seuil du midi, utilisant leur appartenance allemande ou latine selon que leur avantage le commandait, ne se sentant liés à nul lieu qu'à eux-mêmes.

Un peu à l'écart de la grande route qui conduit en Italie par le Brenner, entre Brixen et Trente, leur château se dressait au sommet d'une paroi verticale presque entièrement isolée ; cinq cents pieds au-dessous, un torrent effréné menait si bruyant train qu'on n'eût pas entendu une cloche d'église dans la pièce même, pour peu qu'on fût penché à la fenêtre. Aucun écho du monde, à travers ce rideau de sauvage vacarme, ne parvenait à pénétrer dans le château des Catene ; mais le regard, résistant au tapage, traversait sans difficulté cet obstacle et chancelait, surpris, dans le globe profond du paysage.

Tous les von Ketten passaient pour avoir l'œil attentif et perçant ; il n'y avait pas d'avantage à cent lieues à la ronde qui pût leur échapper. Ils étaient mauvais comme des couteaux qui coupent tout de suite profond. Jamais la colère ne les faisait rougir, ni rosir la joie : la colère les rendait sombres, et la joie rayonnant comme l'or, aussi beaux, aussi rares que lui. Et tous, quels qu'ils aient été au cours des années et des siècles, ont dû se ressembler encore en ceci que des fils blancs se mêlaient très vite au brun de leur barbe et de leurs cheveux, et qu'ils mouraient avant soixante ans ; en ceci aussi que la force prodigieuse qu'ils déployaient parfois ne semblait nullement avoir son origine ou son séjour dans leur corps, svelte et pas très grand, mais provenir de leurs yeux et de leur front : toutefois, c'était là bavardage de valets et de voisins apeurés. Ils prenaient ce qu'ils pouvaient prendre, agissant avec loyauté, violence ou ruse selon l'occasion, mais toujours implacables et calmes ; leur courte vie était sans hâte et s'achevait tôt, sans déclin, une fois qu'ils avaient fait leur part.

Dans la famille des Ketten, la coutume voulait que l'on ne se mésalliât point avec la noblesse des environs : on allait chercher sa femme très loin, et on la cherchait riche, pour n'être limité par rien dans le choix des alliés et des ennemis. Le seigneur von Ketten qui avait épousé, voilà douze ans, la belle Portugaise, était alors dans sa trentième année. Le mariage avait été célébré à l'étranger, et la très jeune femme était près d'accoucher quand dans le brimbalement de ses sonnailles le cortège des gens de la suite, des valets, des chevaux, des servantes, des bêtes de somme et des chiens pénétra sur les terres des Catene ; le temps avait passé comme un voyage de noces d'un an. Tous les Ketten étaient en effet de brillants cavaliers ; mais ils ne le montraient que dans l'année où ils faisaient leur cour. Leurs femmes étaient belles parce qu'ils voulaient leurs fils beaux, et il ne leur eût pas été possible, dans ces pays étrangers où ils n'étaient pas appréciés comme chez eux, de les conquérir à moins ; mais eux-mêmes n'auraient su dire si c'était dans cette seule année-là ou dans toutes les autres qu'ils se montraient sous leur vrai jour. Un messager, porteur d'une importante nouvelle, vint au-devant du cortège : les vêtements, les bannières multicolores du train évoquaient toujours un immense papillon, mais von Ketten avait changé. Lorsqu'il eut rejoint sa femme, il continua de chevaucher lentement à côté d'elle, comme s'il voulait s'affirmer au-dessus de toute hâte, mais son visage s'était fermé comme un mur de nuages. Quand soudain, à un tournant, le château apparut, à un quart d'heure de marche au plus, il rompit, non sans effort, le silence.

Il voulait que sa femme fît demi-tour et rentrât. Le cortège s'arrêta. La Portugaise demanda très instamment que l'on continuât : il serait toujours temps de rentrer quand on en saurait les raisons.

Les évêques de Trente étaient des seigneurs puissants, et leur parole avait du poids ; les Ketten, depuis le temps de leur arrière-grand-père, étaient en lutte avec eux pour quelques lopins de terre ; ç'avait été tantôt des procès, tantôt de sanglantes rencontres que suscitaient la provocation ou la résistance, mais chaque fois les Ketten avaient dû s'incliner devant la supériorité de l'adversaire. Ce regard auquel nul avantage d'ordinaire n'échappait, l'épiait ici en vain ; le père transmettait la tâche au fils, et, dans le déroulement des générations, leur fierté, sans mollir, continuait d'attendre.

Ce fut donc à ce Ketten-là que l'occasion s'offrit. Il frémit d'avoir failli la laisser passer. Au sein de la noblesse, un parti puissant s'insurgeait contre l'Évêque, on avait décidé de le surprendre et de le faire prisonnier ; Ketten, dès qu'on apprit qu'il rentrait, fut souhaité comme un atout. Il était absent depuis trop longtemps pour savoir encore où en était la puissance épiscopale ;

mais il savait que ce serait une épreuve sérieuse, longue de plusieurs années, d'une issue incertaine, et qu'il ne fallait pas compter, si l'on ne réussissait pas à emporter Trente dès le début, que chacun tînt jusqu'à l'amère fin. Il en voulut à sa belle épouse d'avoir failli lui faire manquer cette occasion. Il chevauchait à son côté, en retrait d'une encolure, et elle continuait pourtant à lui plaire, à lui paraître mystérieuse comme ses innombrables colliers de perles : choses minuscules qu'on aurait pu broyer comme des petits pois quand on les soupesait au creux d'une main tressée de muscles (pensait-il), n'était qu'elles y paraissaient si étrangement rassurées… Ce sortilège, néanmoins, avait été écarté par la récente nouvelle, comme s'enfuient les fantasmagories de l'hiver quand reviennent les jours de soleil dur, pareils à des gamins nus. Des années de selle l'attendaient, dans lesquelles femme et enfant, étrangers, s'évanouissaient.

Les chevaux cependant avaient atteint le pied de la paroi au sommet de laquelle se dressait le château. La Portugaise, quand elle eut écouté jusqu'au bout, réaffirma sa volonté de rester. Le château montait avec un élan sauvage. Çà et là, sur le poitrail rocheux, on voyait des arbustes rabougris comme du crin clairsemé. Les montagnes boisées formaient un tel chaos qu'il eût été tout à fait impossible de décrire tant d'horreur à qui ne connaissait que les vagues de la mer. L'air était chargé d'une saveur refroidie, et l'on aurait dit que le cheval pénétrait à l'intérieur d'un immense pot éclaté plein d'un vert vénéneux. Mais dans les forêts vivaient le cerf, l'ours, le sanglier, le loup, peut-être la licorne. Au-delà séjournaient les bouquetins et les aigles. Des gouffres vierges offraient aux dragons leur abri. La forêt, sillonnée par les seules pistes des bêtes sauvages, avait des semaines de largeur et des semaines de profondeur ; en haut, où la couronnait la montagne, commençait le royaume des esprits. Là logeaient les démons, avec vents et nuages ; ce n'était pas une route pour un chrétien ; mais qu'une curiosité impie y égarât quelqu'un, elle entraînait des conséquences dont les servantes, dans les chambres d'hiver, ne parlaient qu'à voix basse, tandis que les valets gardaient un silence flatté en haussant les épaules, parce que la vie des hommes est dangereuse et qu'ils peuvent toujours s'attendre à de pareilles aventures. Mais, de tout ce que la Portugaise avait pu entendre conter, une chose lui semblait particulièrement étrange : de même que personne n'a jamais pu atteindre le pied de l'arc-en-ciel, personne, prétendait-on, n'avait réussi à porter le regard au-delà des grandes murailles de pierre ; toujours il s'en dressait d'autres plus loin ; et de l'un à l'autre des vallons étaient comme des draps tendus remplis de pierres, de pierres grosses comme des maisons ; et jusqu'au plus fin gravier, sous les pas, gros encore comme une tête d'homme ! Somme toute, un monde qui n'en était pas un. Souvent, dans ses rêves, elle s'était représenté le pays d'où venait celui qu'elle aimait à l'image de celui-ci, et l'homme à l'image de ce qu'il lui disait de son pays. Lasse de la mer pareille à un paon bleu, elle s'était attendue à un pays chargé d'imprévu comme la corde roidie de l'arc ; mais, quand elle fut devant le mystère, elle le trouva laid au-delà de toute attente, et souhaita de fuir. Le château avait l'air d'un assemblage de poulaillers. Pierre amoncelée sur du roc. Parois vertigineuses où ne poussait que moisissure. Bois pourri, troncs rêches et humides. Attirail de paysans et de soldats, chaînes d'étable, flèches de char. Mais, maintenant qu'elle était là, c'était là sa place, et ce qu'elle voyait n'était peut-être pas laid du tout, mais d'une beauté pareille aux mœurs de ces hommes auxquels il fallait commencer par s'habituer.

Quand von Ketten vit sa femme gravir la montagne, il ne put la retenir. Non qu'il lui en sût gré, mais il y avait là quelque chose qui, sans dominer sa volonté ni lui céder, par esquive, l'attirait ailleurs et l'obligeait à y suivre la jeune femme, dans un maladroit silence, telle une pauvre âme perdue.

Deux jours plus tard, il se retrouvait en selle.

Onze ans plus tard, il y était encore. Le coup de main contre Trente, préparé à la légère, avait échoué, coûtant ainsi d'emblée au parti des chevaliers plus d'un tiers de ses forces, et plus de la moitié de son audace. Von Ketten, blessé pendant la retraite, ne rentra pas immédiatement chez lui ; resté caché deux jours dans une cabane de paysans, il fit ensuite le tour des châteaux pour réveiller la flamme de la résistance. Arrivé trop tard pour les préliminaires et l'organisation de l'entreprise, il s'y accrocha, après l'échec, comme le chien à l'oreille du taureau. Il représenta aux seigneurs ce qui les attendait si la puissance épiscopale passait à la contre-attaque avant que leurs rangs ne se fussent reformés, stimula les indolents et les ladres, leur soutira de l'argent, amena des renforts, mobilisa et fut élu général en chef de la noblesse. Au début, ses blessures saignaient encore tellement qu'il lui fallait changer les pansements deux fois par jour ; et il ne savait pas, tandis qu'il galopait, parlementait et faisait payer d'un jour d'absence chaque semaine qui l'avait retenu loin de son poste, s'il le faisait en pensant à l'ensorcelante Portugaise qui, sans doute, s'inquiétait.

Ce fut cinq jours seulement après la nouvelle de sa blessure qu'il l'alla voir ; il ne resta qu'un jour. Elle le regarda sans poser aucune question, comme on suit le vol d'une flèche pour voir si elle touchera.

Il recruta ses gens jusqu'au dernier gamin, fit mettre le château en état de défense, organisa, ordonna. Vacarme de valets, hennissements de chevaux, transports de poutres, bruit de fer et de pierre, tel fut ce jour. Dans la nuit, il repartit. Il fut aimable et tendre comme on l'est pour une créature noble et admirée, mais avec un regard aussi fixe que s'il sortait d'un heaume, même quand il n'en portait pas. Quand vint le moment des adieux, la Portugaise, dans un soudain accès de féminité, demanda de pouvoir au moins laver sa plaie et lui mettre un pansement propre. Il ne le lui accorda point. Avec plus de hâte qu'il n'était nécessaire, il prit congé, le rire aux lèvres ; elle l'imita.

La tactique de l'adversaire était brutale quand elle pouvait l'être, ainsi qu'il convenait à l'homme noble et rude qui portait la robe d'évêque, mais aussi bien, comme ce costume féminin pouvait le lui avoir enseigné, souple, tenace, astucieuse. Sa richesse et l'étendue de ses biens déployèrent lentement leurs effets en permettant des sacrifices progressifs, retardés d'ailleurs jusqu'à la dernière extrémité, quand situation et influence ne suffisaient plus à attirer les alliés. Une telle méthode évitait les décisions ; on se repliait aussitôt que la résistance se raidissait, on ripostait dès qu'on en devinait l'épuisement. Ainsi arrivait-il parfois qu'un château fût investi et tombât, s'il n'était pas débloqué à temps, après de sanglants massacres, et parfois aussi que des troupes occupassent des localités des semaines durant sans que rien ne se produisît, hors une vache volée aux paysans, ou deux ou trois poules saignées. Les semaines firent un été, puis un hiver, puis des années. Deux forces étaient aux prises, l'une agressive et déchaînée, mais trop faible, l'autre pareille à un corps inerte et mou, mais terriblement lourd, et auquel le temps même ajoutait du poids.

Von Ketten le savait. Il eut le plus grand mal à retenir les chevaliers, affaiblis et moroses, de gaspiller leurs dernières forces en une attaque brusquée. Il cherchait le défaut de la cuirasse, il attendait le tournant, le miracle que l'on ne pouvait plus espérer que du hasard. Son père, son grand-père avaient attendu. Quand on attend très longtemps, même l'exceptionnel peut finir par se produire. Il attendit onze ans. Onze ans durant il chevaucha des manoirs aux bivouacs pour tenir la résistance en éveil, ne cessant de rafraîchir, par cent escarmouches, une réputation de courage et d'audace telle qu'on ne pût lui reprocher de conduire trop timidement les opérations, autorisant parfois de grandes et sanglantes rencontres pour exciter la rage de ses alliés ; mais, comme l'Évêque, il évitait la décision. Plusieurs fois, il fut blessé légèrement, mais jamais il ne resta chez lui plus de deux fois douze heures. Des égratignures et la vie errante le couvraient de leurs croûtes. Sans doute redoutait-il de rester chez lui davantage, comme un homme fatigué évite de s'asseoir. Des chevaux nerveux sous le licou, des rires d'hommes, la lueur des torches, la colonne d'un feu de camp pareille à un tronc de poudre d'or dans le scintillement vert des forêts, l'odeur de la pluie, des jurons, des chevaliers hâbleurs, des chiens flairant les blessés, des jupes troussées, des paysans terrorisés, telles furent ses distractions en ces années. Il resta svelte et fin au milieu de tout cela. Des chevaux blancs commençaient à se mêler à ses cheveux bruns, mais son visage était sans âge. Il lui fallait trouver réplique à de grossières plaisanteries, et il le faisait en homme, mais sans que cillent ses yeux.

Il savait foncer en bouvier là où la discipline se relâchait, mais il ne criait point : ses paroles étaient brèves, sourdes, les soldats le craignaient, jamais la colère ne s'emparait de lui : c'était lui plutôt qui avait l'air d'en rayonner, et son visage devenait sombre. Dans le combat, il s'oubliait ; il ne s'exprimait plus qu'à travers la violence, généreuse en blessures, du geste, il s'enivrait de danse, il s'enivrait de sang, ne sachant plus ce qu'il faisait et faisant toujours ce qu'il fallait. Les soldats l'idolâtraient ; on murmurait qu'il s'était vendu au diable, par haine de l'Évêque, et qu'il lui rendait de secrètes visites, car celui-ci logeait à son château sous les traits d'une belle étrangère.

La première fois que Ketten ouït ce conte, sans s'indigner, sans rire, il prit, de joie, la couleur de l'or sombre. Souvent, assis devant un feu de camp ou le foyer en plein air d'un paysan, la journée parcourue fondant à la chaleur comme le cuir raidi s'amollit sous la pluie, il songeait. Il songeait à l'Évêque de Trente, couché sur du lin pur, au milieu de savants clercs, de peintres à sa solde, tandis qu'il lui tournait autour comme un loup. Lui aussi pouvait avoir ces parures. Au château, afin de pourvoir aux besoins de l'esprit, il avait nommé un chapelain, un lecteur et une joyeuse chambrière ; on alla fort loin chercher un cuisinier qui pût bannir le mal du pays de la cuisine, on reçut des docteurs et des écoliers en voyage pour tirer de leur commerce quelques jours de distraction ; des tapisseries et des étoffes précieuses vinrent orner les murs. Lui restait à distance. Pendant toute une année, d'abord chez ces étrangers, puis au cours du voyage, il avait su dire des folies, jouer, cajoler : car les Catene, comme tout ce qui est bien fait – épée ou vin capiteux, cheval ou jet d'eau –, avaient de l'esprit ; mais sa patrie alors était lointaine, et sa véritable nature, il eût fallu pour la rejoindre plusieurs semaines de cheval. Maintenant encore, il lui arrivait de tenir des propos légers, mais cela durait le temps que les chevaux, à l'écurie, récupèrent ; il arrivait la nuit, repartait à l'aube, ou restait des matines à l'Angélus. Il semblait familier comme ces choses que l'on a portées longtemps : quand on rit, le rire les secoue, quand on s'en va, elles vous suivent, quand on se tâte de la main, la main les sent ; mais élevez-les une fois en l'air pour les regarder, les voilà qui se taisent et semblent détourner les yeux. Fût-il resté une seule fois plus longtemps, qu'il eût dû se montrer tel qu'il était. Mais il se rappelait bien n'avoir jamais dit : « Je suis ceci, je veux être cela » ; il lui avait simplement parlé de chasse, d'aventures, des choses qu'il faisait. Elle non plus, d'ailleurs, contrairement à l'habitude des jeunes filles, ne lui avait jamais demandé ce qu'il pensait de telle ou telle chose, ni ne lui avait confié comment elle voudrait vivre quand elle serait plus âgée ; elle s'était ouverte sans mot dire, comme une rose, si vive qu'elle se fût montrée d'abord, et déjà elle était debout, prête à partir, sur les degrés de l'église, comme on grimpe sur une pierre pour sauter en selle, disposée à galoper au-devant de cette nouvelle vie. Il connaissait à peine les deux enfants qu'elle avait eus de lui, mais eux aussi, déjà, aimaient passionnément ce père lointain dont la gloire emplissait leurs petites oreilles depuis qu'elles étaient capables d'entendre. Étrange était le souvenir du soir auquel le cadet devait la vie. Il y avait, lorsque arriva Ketten, une robe souple, gris clair, semée de fleurs gris foncé, les cheveux noirs nattés pour la nuit ; le beau nez se profilait délicatement sur le jaune miroir d'un livre éclairé, couvert de mystérieux dessins. Une sorte de sortilège. Paisiblement assise dans son riche appareil et le ruissellement multiplié des plis de la jupe, la figure paraissait ne surgir que d'elle-même et ne retomber qu'en elle-même, telle un jet d'eau ; or, comment délivrer un jet d'eau et l'arracher à cette existence vacillante, soumise à sa propre pesanteur, sinon par magie ou miracle ? On pouvait, en enlaçant cette femme, buter soudain contre une résistance magique… Ce ne fut pas le cas : mais la tendresse est-elle moins mystérieuse ? Elle le considéra, qui était entré sans bruit, comme on reconnaît un manteau longtemps porté et que l'on n'avait plus revu depuis longtemps, qui vous reste un peu étranger et dans quoi soudain l'on se glisse.

Comme les ruses de guerre, les mensonges politiques, la colère, le meurtre paraissaient familiers au seigneur, en comparaison ! Tel fait se produit parce que tel autre est advenu ; l'Évêque compte sur ses pièces d'or, le général sur les capacités de résistance de la noblesse ; commander est chose claire ; cette vie est claire comme le jour, solide comme un objet, comme quand on montre un objet du doigt en disant : c'est ceci, ou c'est cela. Tout le reste nous est aussi étranger que la lune. Ni l'ordre, ni le train de sa maison, ni l'accroissement de ses richesses n'eût jamais fait sa joie. Et, quoiqu'il luttât depuis plusieurs années pour s'approprier les biens d'autrui, ses désirs n'allaient pas à la paix que donne le gain, ils faisaient craquer les limites de son âme. C'était dans le front que se situait la puissance des Catene, mais il n'émanait de ce front que des actes muets. Chaque fois qu'il remontait en selle, le matin, il éprouvait à nouveau le bonheur de ne pas céder, l'âme de son âme ; mais quand il en redescendait, le soir, il n'était pas rare de voir fondre sur lui l'hébétude morne qui succède à toute démesure, comme s'il avait voué toutes ses forces, le jour durant, à être, non sans peine, quelque chose de beau, quelque chose qu'il ne pouvait nommer. Le sournois Évêque, quand Ketten le serrait de près, pouvait prier ; lui ne pouvait que galoper sur les semailles mûrissantes, sentir vivre sous soi la vague rétive de son cheval et provoquer l'amitié par la contrainte. Mais que toute cette activité existât lui faisait du bien : c'était la preuve que l'on pouvait vivre et mourir sans le « reste ». Cela niait, cela chassait un quelque chose qui s'insinuait dans le feu lorsqu'on le regardait trop longtemps, et disparaissait à peine se redressait-on, raidi de songes, pour retourner la tête. Parfois, quand il pensait à l'Évêque auquel il imposait cette guerre, le seigneur von Ketten se perdait dans un emmêlement de fils, et il lui semblait que seul un miracle pourrait le trancher.

Sa femme, quand elle n'était pas assise devant les images de ses livres, prenait le vieux valet qui administrait le château pour errer avec lui dans les forêts. Une forêt peut s'ouvrir, mais son âme recule à mesure ; la Portugaise franchissait des étendues boisées, grimpait sur des rochers, découvrait des pistes et des bêtes, mais elle n'en ramenait guère que ces petites peurs, ces difficultés surmontées, ces curiosités satisfaites qui perdaient toute intensité dès qu'on les faisait sortir de la forêt, et ce même sempiternel mirage vert que les récits lui avaient déjà fait connaître avant qu'elle ne vînt en ce pays ; dès que l'on cessait de foncer sur lui, il se refermait derrière vous. Au château, cependant, son indolence savait faire régner l'ordre. Ses fils, dont aucun n'avait vu la mer, étaient-ils vraiment ses enfants ? C'étaient plutôt, lui semblait-il quelquefois, de jeunes loups. Un jour, de la forêt, on lui amena un jeune loup. Elle l'éleva lui aussi. Entre lui et les molosses s'établit une tolérance gênée : on laissait faire sans manifester. S'il traversait la cour, les chiens se dressaient, regardaient dans sa direction, mais ne grondaient ni n'aboyaient. Le loup regardait droit devant soi, même quand il louchait de leur côté, pour qu'on ne s'en aperçût pas. Il suivait sa maîtresse partout, sans donner aucune marque d'affection ou de familiarité ; souvent, il la regardait de ses yeux forts, mais ces yeux n'exprimaient rien. La Portugaise aimait ce loup parce que ses muscles, son pelage brun, sa muette sauvagerie et la force de ses yeux lui rappelaient von Ketten.

Enfin vint le moment qu'il ne fallait pas se lasser d'attendre : l'Évêque tomba malade, mourut, le chapitre n'eut plus de maître. Ketten vendit ses biens meubles, prit des hypothèques sur les biens-fonds et, par tous les moyens, équipa une petite armée personnelle ; puis il traita. Placé devant cette alternative : ou reprendre la vieille lutte contre une puissance armée de neuf avant même que le successeur pût se décider, ou trouver une conclusion pas trop coûteuse, le chapitre opta pour cette dernière solution ; le dernier debout, Ketten, qui restait fort et menaçant, empocha forcément la majeure partie des indemnités que le chapitre paya sur le dos des plus faibles et des plus timides.

Ainsi prit fin cette guerre qui, dès la quatrième génération, avait été comme un mur que l'on a devant soi chaque matin en déjeunant, et que l'on voit sans le regarder ; brusquement, elle faisait défaut. Jusque-là, tout s'était passé comme dans toutes les autres existences de Ketten ; mais ce qui restait à faire dans la vie de celui-là, ce n'était plus que mise en ordre et fignolage, besogne d'artisan, non plus propos de seigneur.

Alors le piqua, comme il rentrait chez lui, une mouche.

La main enfla sur l'instant et il se sentit très las. Il entra à l'auberge d'un misérable hameau et, comme il était assis derrière la crasseuse table de bois, le sommeil l'envahit. Il posa sa tête dans la crasse et vers le soir, quand il se réveilla, il avait de la fièvre. Pressé, il n'en eût pas moins continué ; mais il ne l'était plus. Le lendemain, au moment de monter à cheval, il fut pris de faiblesse et tomba. Bras et épaule avaient enflé, et comme il les avait comprimés dans la cuirasse, il fut obligé de la faire délacer. Tandis qu'il restait là debout, docilement, il fut pris de frissons comme il n'en avait jamais vu ; ses muscles tremblaient et dansaient si fort qu'il ne pouvait même plus joindre les mains, et que les pièces de sa cuirasse à demi défaite cliquetaient comme une gouttière arrachée par la tempête. Il sentit qu'il s'agissait d'une espèce de vertige, et, la rage au visage, se mit à rire de ce vacarme ; dans les jambes, il était faible comme un enfant. Il dépêcha un messager à sa femme, d'autres à un barbier et à un médecin fameux.

Le barbier, le premier sur place, prescrivit des compresses de simples, chaudes, et demanda l'autorisation de le saigner. Ketten, maintenant beaucoup plus impatient de rentrer, lui en donna l'ordre, et eut bientôt autant de blessures fraîches que d'anciennes. Étranges étaient ces douleurs contre lesquelles il ne pouvait rien faire. Le seigneur resta couché deux jours dans ces bandages d'herbes qui le suçaient, se laissa emmaillotter de la tête aux pieds puis transporter chez lui ; la marche dura trois jours, mais cette intervention brutale qui, en épuisant les forces défensives de la vie, eût pu tout aussi bien le conduire à la mort, parut avoir freiné la maladie. Quand ils touchèrent au but, l'intoxiqué avait une fièvre de cheval, mais l'infection avait cessé de s'étendre.

Cette fièvre, tel un vaste incendie d'herbages, dura plusieurs semaines. Dans ce feu, le malade continuait à fondre, mais les poisons aussi semblaient y être consumés ou étouffés. Le fameux médecin lui-même n'en put dire davantage ; mais la Portugaise, sur la porte, sur le lit, apposait des signes. Le jour où il ne resta plus de von Ketten qu'une forme emplie de molle cendre brûlante, la fièvre tomba brusquement de plusieurs degrés et se contenta désormais de brasiller à ce niveau, doucement, paisiblement.

Si ces douleurs à elles seules étaient étranges, contre lesquelles il n'y avait aucune arme, tout ce qui suivit, le malade ne le vécut en quelque sorte que du dehors. Il dormait beaucoup et, même quand il ouvrait les yeux, restait absent ; et quand la conscience lui revenait, ce corps sans volonté, sans pouvoir, chaud comme un corps d'enfant, n'était toujours pas le sien, ni la sienne cette âme faible et qu'un souffle irritait. Sans doute s'était-il en allé déjà et se contenta-t-il, durant toute cette période, d'attendre quelque part, pour le cas où il lui serait enjoint de revenir encore une fois. Il n'avait jamais pensé que mourir fût si paisible ; une part de son être était morte d'avance et il s'était dispersé comme une bande de voyageurs ; tandis que ses os étaient encore dans le lit, et le lit était là, sa femme se penchait sur lui, et lui, par curiosité, pour changer un peu, observait les mouvements de son visage attentif – tout ce qu'il aimait était déjà loin devant lui. Le seigneur von Ketten et sa lunaire magicienne étaient sortis de lui et doucement s'étaient éloignés : il les voyait encore, il savait qu'il lui suffirait de quelques bonds pour les rejoindre : seulement, il ne savait plus s'il était à leur côté déjà ou encore dans son lit. Mais tout cela reposait au fond d'une bonne main géante, aussi douce qu'un berceau, et qui soupesait tout sans faire grand cas de la décision. Ce pouvait être Dieu. Ketten ne doutait pas, ni ne s'en trouvait davantage excité ; il attendait simplement, et ne répondait point au sourire qui se penchait sur lui, ni aux tendres paroles de sa femme.

Vint le jour dont Ketten sut, brusquement, que ce serait son dernier jour s'il ne rassemblait toute sa volonté pour rester en vie ; ce fut le jour au soir duquel tomba la fièvre.

Lorsqu'il sentit sous ses pieds ce premier palier de la guérison, il se fit porter tous les jours sur le petit espace vert couronnant l'éperon rocheux qui pointait, dépourvu de remparts, dans le ciel. Emmailloté de draps, il restait là étendu au soleil. Dormait-il, veillait-il, il ne le savait point.

Une fois, comme il s'éveillait, le loup fut là. Ketten regarda fixement ses yeux aiguisés, mais il ne put faire un mouvement. Ensuite, il n'aurait pu dire combien de temps après, sa femme se trouva aussi près de lui, le loup contre la jambe. Il referma les yeux, feignant de ne s'être pas réveillé. Mais, comme on le reportait dans son lit, il se fit donner son arbalète. Il était trop faible pour la tendre, et s'en étonna. Il fit signe à un valet d'approcher, lui passa l'arbalète en désignant le loup. Voyant que le valet hésitait, il se mit en colère comme un enfant, et le soir même la peau du loup pendait dans la cour du château. Quand la Portugaise la découvrit, et d'apprendre l'événement par les seuls valets, le sang se figea dans ses veines. Elle s'approcha du lit de son époux. Il était étendu, blafard comme le mur, et pour la première fois la regardait à nouveau dans les yeux. Elle lui dit, en riant : « De cette peau, je me ferai faire une cagoule, et je viendrai la nuit vous sucer le sang. »

Plus tard, il renvoya le prêtre qui avait dit un jour

que l'Évêque, du fait qu'il pouvait prier Dieu, était dangereux pour lui, et ne lui en avait pas moins donné ensuite l'extrême-onction : mais il n'y réussit pas du premier coup ; la Portugaise intervint pour que l'on voulût bien tolérer le chapelain jusqu'à ce que celui-ci eût trouvé un autre emploi. Ketten céda. Il était encore faible et continuait de dormir beaucoup sur son petit herbage ensoleillé. Lors d'un autre réveil, ce fut l'ami d'enfance qui était là. Debout à côté de la Portugaise. Il arrivait de son pays et ici, dans le nord, il ressemblait à sa compatriote. Son salut fut d'une noble décence, et les paroles qu'il prononça devaient être, à en juger par sa mine, d'une amabilité extrême : Ketten cependant était couché dans l'herbe comme un chien, couvert de honte.

Peut-être ne s'était-ce passé ainsi, d'ailleurs, que la deuxième fois : Ketten avait encore de fréquentes absences. Ce fut également plus tard qu'il s'aperçut que son bonnet lui était devenu trop grand. Ce bonnet de cuir souple qui lui avait toujours été un peu petit, à un léger mouvement qu'il fit lui glissa de l'oreille, qui le retint. Comme ils se trouvaient ensemble tous les trois, sa femme s'écria : « Mon Dieu ! voilà ta tête qui se réduit ! » La première pensée de Ketten fut qu'il s'était peut-être fait couper les cheveux trop court, sauf qu'il ne pouvait se rappeler à quel moment ; il y passa discrètement la main : ses cheveux, depuis le début de sa maladie, n'avaient pas été soignés, et ils étaient plus longs qu'ils n'auraient dû. Ketten pensa donc que son bonnet avait dû s'élargir ; mais il était encore comme neuf, et comment aurait-il pu s'élargir à rester inutilisé au fond d'un bahut ? Ketten décida de s'en tirer par une plaisanterie : de tant d'années passées avec des soudards, loin des cavaliers cultivés, son crâne pouvait bien s'être réduit !... Il sentit combien la plaisanterie était grosse, et que d'ailleurs elle ne résolvait rien : un crâne peut-il rapetisser ? La force des veines peut faiblir, la graisse sous la peau du crâne fondre un peu au feu de la fièvre : mais c'est si peu de chose ! Il feignit désormais, de temps en temps, de se lisser les cheveux ; il se gardait de sécher sa sueur, ou bien il tâchait de se pencher en arrière dans l'ombre sans qu'on le vît, se dépêchant de saisir son crâne entre les pointes de deux doigts comme un compas de maçon, à des endroits chaque fois différents : mais il n'y avait aucun doute, la tête s'était réduite ; et quand on la tâtait de l'intérieur, avec les pensées, elle semblait plus petite encore, toute pareille à deux fines et minuscules coquilles accolées.

Sans doute y a-t-il beaucoup de choses inexplicables ; mais ces choses-là, du moins ne les porte-t-on pas sur ses épaules et n'est-on pas contraint d'y repenser chaque fois que l'on se tourne vers deux êtres qui parlent, tandis que l'on feint de dormir. Il avait depuis longtemps oublié, hors quelques mots, la langue étrangère ; un jour, néanmoins, il saisit cette phrase au vol : « Tu ne fais pas ce que tu veux, et tu fais ce que tu ne veux pas... » Le ton semblait pressant plutôt que plaisant : que pouvait signifier cette phrase ? Une autre fois, il se pencha par la fenêtre, dans le tapage de la rivière ; c'était un jeu auquel il s'amusait souvent maintenant : le bruit, brouillé comme du foin qu'on balaie, emplissait les oreilles puis, quand on revenait de sa surdité, on en entendait émerger, minuscule, lointain, le dialogue de la femme et du visiteur, un dialogue animé à quoi les âmes paraissaient se plaire. La troisième fois, il courut franchement après le couple qui gagnait la cour, bien que le soir fût tombé déjà : s'ils passaient devant le flambeau allumé au sommet du perron, leur ombre devrait se projeter sur la couronne des arbres ; Ketten se pencha très vite, mais d'elles-mêmes, dans les feuillages, les deux ombres se fondirent en une. En tout autre temps, il eût essayé d'éliminer le poison de son corps avec chevaux et valets, ou de le consumer dans le vin. Mais le chapelain et le clerc engloutissaient et buvaient tant que vin et nourriture leur dégouttaient aux commissures, tandis que le jeune chevalier leur tendait le pichet en riant, comme on excite deux chiens l'un contre l'autre. Le vin qu'absorbaient ces rustauds vernis de scolastique dégoûtait Ketten. Ils mélangeaient le Millénaire, les problèmes d'École et les histoires de coucheries, l'allemand et le latin d'église. Un humaniste de passage servait d'interprète, quand il le fallait, entre ce roman et le roman du Portugais ; il s'était foulé un pied qu'il soignait au château, énergiquement. Le clerc plaisantait : « Il est tombé de cheval en voyant passer un lièvre ! » « Il avait cru voir un dragon ! » dit avec un accent involontaire de raillerie le seigneur von Ketten qui assistait, réticent, à la conversation. « Mais le cheval aussi, gronda le chapelain, sans quoi il n'eût pas sauté ! Ainsi le magister comprend-il mieux une cervelle de rosse que le seigneur ! » Les ivrognes se mirent à rire, aux dépens de Ketten. Celui-ci les regarda, fit un pas en avant, frappa le chapelain au visage. C'était un jeune paysan tout rond, qui rougit jusqu'à la racine des cheveux, puis blêmit, et ne bougea de son siège. Le jeune chevalier se leva en souriant et alla chercher son amie. « Pourquoi ne pas l'avoir poignardé ? » dit l'humaniste au lièvre, bouillonnant, quand ils furent seuls. « Il est plus fort que deux taureaux, repartit le chapelain, et puis, la doctrine chrétienne est faite tout exprès pour vous servir de baume en de telles occasions. » En réalité, Ketten était encore très faible, et la vie revenait trop lentement en lui : il n'arrivait pas à trouver le second degré de la guérison.

L'étranger ne poursuivait pas son voyage, et la Portugaise, sa compagne, comprenait mal les allusions de son seigneur. Onze ans elle avait attendu son époux, onze ans il avait été l'amant de la gloire et de la fantaisie ; maintenant, il errait dans le château et dans la cour et, rongé comme il l'était par la maladie, il semblait fort quelconque comparé à la jeunesse et à l'élégance courtisanes. Quoiqu'elle s'en souciât peu, elle commençait à être lasse de ce pays qui avait promis des merveilles inouïes, et elle ne pouvait se décider, rien que pour une mine contrariée, à éloigner le camarade qui avait l'odeur de la patrie, et des pensées capables de la faire rire. Elle n'avait rien à se reprocher. Depuis des semaines, elle était sans doute un peu plus frivole, mais cela faisait du bien, et elle sentait son visage rayonner parfois de nouveau, comme jadis. Ketten consulta une voyante qui lui prédit qu'il ne guérirait pas à moins d'accomplir quelque chose… Comme il la pressait de lui révéler quoi, elle se tut, se déroba, et finit par avouer qu'elle ne pouvait le deviner.

En tout autre temps, il se fût entendu à dénouer finement les liens de l'hospitalité plutôt que de les rompre ; aussi bien le caractère sacré de la vie, et de l'hôte, n'est-il pas un obstacle infranchissable pour celui qui fut pendant des années un intrus chez l'ennemi. Mais cette fois, la faiblesse où le mettait sa convalescence le rendait quasi fier de sa maladresse ; et l'astuce ne lui semblait pas valoir mieux que la puérile intelligence verbale du jeune homme. Quelque chose d'étrange lui advenait. Dans les brumes de la maladie qui le tenait captif, la figure de sa femme lui apparaissait plus tendre qu'elle n'aurait dû ; elle ne lui semblait pas différente d'avant, quand il s'était étonné de retrouver parfois son amour plus violent que d'habitude, alors qu'il n'y avait, dans l'absence, aucune raison. Il n'aurait même pas pu dire s'il se trouvait triste ou serein : tout comme en ces journées d'intimité avec la mort. Il ne pouvait faire un mouvement. Quand il regardait sa femme dans les yeux, ces yeux semblaient aiguisés de frais, sa propre image peinte dessus, et ils ne laissaient pas entrer son regard. Il semblait à Ketten que faute d'un miracle, rien ne se produirait jamais ; et si l'on n'a pas le droit d'ordonner au destin de parler quand il veut se taire, on n'en a pas moins le devoir d'être attentif à ce qu'il trame.

Un jour qu'ils remontaient au château de compagnie, ils aperçurent un petit chat devant la porte. Il se tenait là, de l'air de vouloir non pas sauter par-dessus le mur à la façon des chats, mais entrer comme les humains ; il fit le gros dos en signe de bienvenue et caressa les bottes et les vêtements de ces grandes créatures qui, sans aucune raison, s'étonnaient de sa présence. On le fit entrer, mais ce fut comme si l'on accueillait un hôte ; et dès le lendemain, il apparut qu'on avait reçu peut-être un petit enfant, à coup sûr pas un simple chat, si grandes étaient les prétentions de la jolie bête qui, loin de rechercher les joies des caves et des greniers, ne quittait pas un instant la société des humains. Elle savait même leur prendre du temps, ce qui était parfaitement incompréhensible dès lors qu'il y avait au château tant d'autres bêtes plus nobles, et que les humains avaient déjà tant à faire avec eux-mêmes ; peut-être cet intérêt s'expliquait-il précisément par le fait qu'ils devaient baisser les yeux pour découvrir cette infime créature, à la conduite fort effacée, qui avait quelque chose d'un petit peu trop tranquille, on pourrait même presque dire de trop triste et de trop pensif pour un jeune chat. Sans doute jouait-il comme il devait bien savoir que les humains l'attendent d'un jeune chat, grimpant dans leur giron et se donnant une peine visible pour être aimable avec eux ; mais on sentait bien qu'il n'y était pas tout à fait, et cela même qui lui manquait pour qu'il fût un chaton ordinaire, était comme une seconde nature, une absence, une tranquille auréole qui l'entourait sans que personne eût encore trouvé le courage de le dire. La Portugaise se penchait avec tendresse sur le petit être couché sur le dos dans son giron et qui cherchait de ses griffes minuscules les doigts jouant avec lui ; le jeune ami se penchait très bas, en riant, sur le chat et le sein, et ce jeu distrait rappelait au seigneur von Ketten sa maladie à demi surmontée seulement, comme si, avec sa douceur mortelle, elle s'était métamorphosée en ce petit corps d'animal et qu'elle fût maintenant non plus seulement en lui, mais entre eux. Puis un valet fit remarquer que le chat avait la gale.

Le seigneur von Ketten fut surpris de ne pas s'en être aperçu lui-même ; le valet répéta qu'il fallait l'abattre sans attendre.

Le petit chat, cependant, grâce aux livres de contes, avait reçu un nom. Il était devenu plus doux encore, et plus docile. On voyait bien maintenant qu'il était malade, envahi par une faiblesse presque luminescente. Il restait de plus en plus longtemps sur les genoux des châtelains à se reposer des affaires du monde, et ses petites griffes s'accrochaient avec une tendresse pleine d'anxiété. Il commençait aussi, maintenant, à les dévisager l'un après l'autre : Ketten blafard et le jeune Portugais assis, incliné en avant, qui ne le quittait pas des yeux, ou était-ce la respiration du sein qui le portait ? Le chaton les regardait comme pour leur demander pardon que dût être si laid ce qu'il souffrait pour eux tous, en un mystérieux intérim. Alors son martyre commença.

Une nuit, il se mit à vomir, et vomit jusqu'au matin ; on le découvrit tout terne, tout confus dans la lumière revenante, comme s'il avait reçu une volée de coups sur le crâne. Peut-être était-ce simplement que l'on avait trop gâté, dans l'excès de zèle de l'amour, un pauvre chaton affamé ? Mais, dans la suite, il fut impossible de le garder dans la chambre à coucher ; on l'installa dans une chambre de la tour avec les palefreniers. Au bout de deux jours, les palefreniers se plaignirent que c'était toujours pire, et il est probable qu'ils le jetèrent dehors pendant la nuit. Le chat, maintenant, non seulement continuait de vomir, mais ne pouvait plus garder ses selles, dont rien n'était plus à l'abri. C'était une lourde épreuve que de choisir entre une auréole à peine visible et cette horrible saleté. On décida enfin, ayant appris entre-temps d'où il venait, de le ramener chez lui : c'était une ferme au bord de la rivière, non loin du pied de la montagne. On dirait aujourd'hui qu'ils le restituaient à sa commune d'origine, évitant à la fois la responsabilité de le chasser et le ridicule de le garder. Tous avaient mauvaise conscience, néanmoins : ils offrirent du miel, un peu de viande et même de l'argent pour que les paysans, chez qui la saleté gênait moins, le soignassent bien. Pourtant, pensant à leurs maîtres, les domestiques secouaient la tête.

Le valet qui avait descendu le petit chat raconta que celui-ci lui avait couru après comme il remontait, et qu'il avait dû s'y reprendre à deux fois ; deux jours plus tard, l'animal était de nouveau au château. Les chiens l'évitaient, les domestiques, de crainte des maîtres, n'osaient le chasser ; quand ces derniers l'aperçurent, il fut admis tacitement que personne ne lui refuserait plus de mourir là-haut. Il avait perdu toute sa graisse, tout son brillant, mais semblait avoir surmonté la phase répugnante de sa maladie, se contentant de perdre presque à vue d'œil sa matérialité. Suivirent deux jours où se renouvela, s'aggrava même ce qui s'était produit auparavant : de lentes et frêles randonnées dans le grenier où on le soignait ; un sourire distrait des pattes cherchant à s'emparer d'une boulette de papier qu'on faisait danser devant lui ; de temps en temps, un léger chancellement de faiblesse, malgré son assiette de quadrupède ; et deux jours après, il lui arrivait même de tomber sur le flanc. Chez un homme, on n'eût rien trouvé d'extraordinaire à un tel évanouissement ; chez une bête, c'était comme une métamorphose en homme. Ils le considéraient presque avec respect ; aucun de ces trois êtres, chacun dans sa situation particulière, ne pouvait s'empêcher de penser que c'était son propre destin qui avait passé dans ce petit chat déjà plus qu'à demi délié de la terre. Le troisième jour, vomissements et diarrhée reprirent. Le valet était là, et bien qu'il n'osât pas le répéter, son silence n'en disait pas moins qu'il fallait abattre cette bête. Le Portugais baissa la tête comme devant une tentation, et dit à son amie : « On n'en sortira pas autrement. » Il lui semblait avoir prononcé sa propre condamnation à mort. Soudain, tous se tournèrent du côté de von Ketten : il était devenu blanc comme la paroi. Il se leva et sortit. La Portugaise dit au valet : « Prends-le chez toi. »

Le valet avait pris le chat dans sa chambre ; le lendemain, celui-ci avait disparu. Personne ne posa de questions. Tous savaient qu'il l'avait abattu. Tous se sentaient chargés d'une culpabilité inexprimable : une part d'eux-mêmes les avait quittés. Seuls les enfants ne s'aperçurent de rien, jugeant normal que le valet eût abattu un sale petit chat avec lequel on ne pouvait même pas jouer. Les chiens, dans la cour, flairaient parfois une tache d'herbe sur laquelle brillait le soleil, leurs pattes se raidissaient, leur poil se hérissait, et ils regardaient de travers. Ce fut à un de ces moments-là que von Ketten et le Portugais se rencontrèrent. Ils restèrent debout l'un près de l'autre, regardèrent les chiens et ne trouvèrent rien à dire. On avait vu le signe, mais comment fallait-il l'interpréter ? Une coupole de silence les surplombait.

Si elle ne l'a pas renvoyé d'ici ce soir, il faut que je le tue, se dit le seigneur von Ketten. Le soir vint, rien ne s'était produit. Vêpres étaient passées. Ketten était assis, le visage très grave, échauffé par une légère fièvre. Il gagna la cour pour se rafraîchir, et y resta longtemps. Il n'arrivait pas à trouver l'ultime décision, chose qui, toute sa vie, lui avait été un jeu. Seller des chevaux, lacer une cuirasse, tirer l'épée, tout ce qui avait fait la musique de sa vie lui paraissait dissonnant ; le combat lui semblait un mouvement absurde, sans rapport avec lui-même ; jusqu'au bref chemin du couteau qui avait l'air d'une de ces routes interminables où l'on a cent fois le temps de flétrir. Souffrir n'était pas davantage dans la manière de Ketten ; il sentait que plus jamais il ne guérirait, à moins qu'il s'arrachât à ce cauchemar. Entre ces deux pensées, une autre peu à peu s'insinua : adolescent, il avait toujours rêvé de gravir la paroi impraticable qui s'élevait au pied du château ; c'était une idée insensée, un vrai suicide, mais qui avait pour elle un sentiment obscur, comme un jugement de Dieu ou un imminent miracle. Lui non, mais le petit chat de l'au-delà pourrait, semblait-il à Ketten, en revenir. En riant doucement, il secoua la tête pour s'assurer qu'elle était bien sur ses épaules ; mais déjà il se surprit fort loin sur le chemin caillouteux qui descendait la montagne.

Au fond, près du fleuve, il tourna ; passant à gué sur des rocs entre lesquels l'eau fonçait, puis à travers des broussailles jusqu'à la paroi. La lune soulignait d'un trait d'ombre les petites cavités où les doigts des mains et des pieds pouvaient trouver une prise. Soudain, une pierre céda sous le pied de Ketten ; le choc frappa les muscles, puis le cœur. Ketten écouta : il lui sembla qu'un temps infini s'écoulait avant que la pierre ne tombât dans l'eau ; il devait avoir déjà au-dessous de lui au moins un tiers de la paroi. Alors, sembla-t-il, il s'éveilla, et comprit ce qu'il avait fait. Seul un mort, désormais, pouvait rejoindre le bas, et le diable seul atteindre le sommet. Ketten chercha à tâtons au-dessus de lui. A chaque prise, sa vie tenait aux dix petites courroies des tendons de ses doigts ; la sueur perlait à son front, une chaleur folle incendiait son corps, ses nerfs semblaient des fils de pierre. Mais, chose étrange, dans ce combat avec la mort, la force et la santé recommençaient à circuler dans ses membres, comme s'ils lui revenaient de l'extérieur. L'invraisemblable réussit : il fallut encore, tout en haut, contourner une console, puis son bras passa à l'intérieur d'une fenêtre. Il eût été d'ailleurs strictement impossible d'aboutir ailleurs que là. Ketten savait où il était, bondit, s'assit sur la balustrade et laissa ses jambes pendre dans la chambre. La sauvagerie lui était revenue en même temps que la vigueur. Il se vida de son souffle. Il avait toujours son poignard au côté. Il crut voir que le lit était vide. Mais il attendit que son cœur et ses poumons fussent parfaitement calmes. Alors, il comprit de plus en plus clairement qu'il se trouvait seul dans la chambre. Il s'avança prudemment vers le lit : personne n'y avait couché cette nuit-là.

Von Ketten, passant des chambres, des couloirs, des portes que personne ne peut trouver du premier coup s'il n'est guidé, gagna la chambre de sa femme. Il épia, il attendit, mais nul murmure ne se trahit. Il se glissa à l'intérieur : la Portugaise dormait, respirant doucement ; Ketten explora en se courbant les recoins les plus sombres, palpa les parois et, lorsqu'il se rejeta hors de la pièce, faillit chanter, tant était vive la joie qui essayait en lui d'ébranler l'incrédulité. Il fouilla le château entier, mais déjà les parquets et les carreaux craquaient sous ses pas, comme si ce qu'il cherchait était une joyeuse surprise. Dans la cour, un valet l'interpella pour savoir qui il était. Ketten demanda des nouvelles de l'étranger. Le valet répondit qu'il était parti comme la lune se levait. Von Ketten s'assit sur un tas de bois à moitié écorcé, et la sentinelle s'étonna de le voir s'attarder là si longtemps. Tout à coup, il eut la certitude que s'il rentrait immédiatement dans la chambre de la Portugaise, elle ne serait plus là. Il heurta violemment, il entra : la jeune femme se leva en sursaut, comme si, dans quelque rêve, elle n'avait attendu que cela, et elle le vit debout devant elle, tout habillé, tel qu'il était parti. Rien n'était prouvé, rien n'était effacé, mais elle ne posa aucune question, et quant à Ketten, il eût été incapable de le faire. Il écarta le lourd rideau qui masquait la fenêtre, et le grondant rideau monta, derrière lequel tous les Catene furent mis au monde et moururent.

« Si Dieu a pu se faire homme, il peut aussi se faire chat », dit la Portugaise. Pour le blasphème, il aurait dû lui fermer la bouche de la main, mais ils savaient bien qu'aucun écho n'en pourrait jamais sortir de ces murs.

TONKA

I

Une barrière. Le chant d'un oiseau. Le soleil déjà disparu derrière les buissons. Le chant qui se tait, le soir qui vient. Les chansons des jeunes paysannes à travers champs. De bien petits détails ! Que de tels détails s'accrochent à quelqu'un comme des bardanes, faut-il le croire mesquin ? C'était cela, Tonka. L'infini vous est donné parfois au compte-gouttes.

Il y avait aussi le cheval, un rouan vineux, qu'il avait attaché à un saule. C'était pendant son service militaire ; et que ce fût pendant cette période n'était pas un hasard, car on n'est jamais aussi démuni de soi-même et de ses œuvres, aussi exposé qu'à ce moment de l'existence où une puissance extérieure vous dépouille jusqu'à l'os.

D'ailleurs, à tout prendre, était-ce bien ainsi que les choses s'étaient passées, ou avait-il tout reconstitué après coup ? La féerie s'en était mêlée dès les premiers instants : impossible d'être au clair. Ce qu'il y avait de sûr, c'est qu'au moment où il fit sa connaissance, elle vivait chez une tante à elle. Et de temps en temps, la cousine Julie venait les voir. Vraiment. Il était bien un peu surpris que l'on pût s'asseoir à la même table que la cousine Julie et lui passer une tasse de café, car c'était une « pas grand-chose », la cousine. Tout le monde savait qu'on pouvait l'aborder dans la rue et l'avoir dans sa chambre le même soir, qu'elle acceptait même d'aller dans les maisons des entremetteuses : elle n'avait pas d'autre ressource. On avait beau désapprouver son activité, elle n'en était pas moins de la famille : si légère fût-elle, il était difficile de lui refuser une place à table, d'autant que ses visites n'étaient pas fréquentes. Un homme eût peut-être crié au scandale, parce qu'un homme, ça lit les journaux, ça fait partie d'une société bien-pensante, ça a toujours la bouche pleine de grandes phrases ; la tante se contentait de quelques remarques acides après le départ de Julie, et tant qu'on était à table avec elle on ne pouvait s'empêcher de rire, parce qu'elle avait de l'esprit et qu'elle ne tarda pas à être mieux informée que personne des moindres potins de la ville. On désapprouvait, mais il n'y avait pas de fossé : ou du moins le franchissait-on aisément.

Il en allait de même avec les femmes de la maison d'arrêt. C'était elles aussi, pour la plupart, des prostituées, que l'on ne tarda pas d'ailleurs à devoir déplacer : beaucoup d'entre elles s'étaient trouvées enceintes en pleine détention, parce qu'elles transportaient le mortier sur les chantiers où d'autres détenus travaillaient comme maçons. On les loua donc pour le ménage : elles lavaient très bien, par exemple, et revenaient si bon marché que les petites gens les appréciaient beaucoup. La grand-mère de Tonka en faisait venir elle aussi les jours de lessive, on leur donnait du café et des petits pains, et comme on avait travaillé sous le même toit, on pouvait bien partager le petit déjeuner avec elles sans répugnance. A midi, le règlement exigeait que quelqu'un les reconduisît à la maison d'arrêt, et c'était d'ordinaire Tonka, encore fillette alors, qu'on en chargeait : elle bavardait en marchant à leur côté, nullement honteuse de cette compagnie, en dépit de l'uniforme gris et des mouchoirs de tête blancs reconnaissables de fort loin. On jugera peut-être que c'était de l'imprudence de livrer une jeune créature sans défense à des influences propres à la blaser ; mais quand plus tard, à seize ans, Tonka continua de plaisanter tranquillement avec la cousine Julie, peut-on dire qu'elle fût encore inconsciente de la dépravation, ou son âme n'y était-elle déjà plus sensible du tout ? Même si ce n'était pas sa faute, ce trait ne serait-il pas extrêmement révélateur ?

Il serait bon de ne pas oublier non plus la maison. Subsistant au milieu d'immeubles en construction et déjà fort élevés, c'était une vieille maison qui comportait cinq fenêtres sur la rue et, sur l'arrière, un corps de bâtiment où Tonka habitait avec sa tante – une cousine beaucoup plus âgée en réalité –, le jeune fils de cette tante – fils naturel à vrai dire, mais d'une liaison qu'elle n'avait pas prise moins au sérieux qu'un mariage – et une grand-mère qui n'était pas la vraie grand-mère mais la sœur de celle-ci ; il y avait eu encore autrefois un frère, authentique celui-là, de la défunte mère de Tonka, mais lui aussi était mort précocement : tout ce monde dans un appartement d'une pièce et cuisine, tandis que les cinq fenêtres de la façade, derrière leurs rideaux élégants, ne dissimulaient rien de moins qu'une maison de rendez-vous où de petites bourgeoises légères et même des professionnelles recevaient des « visites ». Dans la maison, on passait là-dessus comme chat sur braise, allant même jusqu'à saluer l'entremetteuse pour éviter les histoires : c'était une grosse personne très à cheval sur les principes, et qui avait une fille de l'âge de Tonka. Elle l'envoyait dans une excellente école, lui faisait apprendre le français et le piano, lui achetait de belles robes et prenait grand soin de la tenir à l'écart de ce qui se passait dans l'appartement ; elle avait le cœur tendre, ce qui lui facilitait un métier dont elle n'ignorait pas qu'il était sordide. Autrefois, on avait permis à Tonka de jouer parfois avec cette fille : c'était l'occasion, pour elle, de pénétrer dans l'appartement du devant, vide à ces heures-là et de proportions telles qu'il laissa longtemps à Tonka une impression de « chic » et de magnificence que son ami fut le premier à ramener à de plus justes proportions. Elle ne s'appelait pas vraiment Tonka, d'ailleurs : elle avait été baptisée sous le prénom allemand d'Antonie, alors que Tonka est l'abréviation d'un petit nom tchèque, Toninka : on parlait, dans ces ruelles, un bizarre mélange des deux langues.

Mais à quoi bon penser à tout cela ? Le fait est qu'il l'avait aperçue d'abord appuyée à une barrière, devant une sombre porte béante, dans la première maison du village en allant vers la ville. Elle portait des bottines à lacets, des bas rouges, des cotillons multicolores, à la fois amples et empesés ; tout en parlant, elle semblait regarder la lune qui était pâle au-dessus des blés moissonnés, ses réponses étaient à la fois rapides et craintives, elle riait, elle se sentait protégée par la lune, et le vent soufflait sur les éteules aussi doucement que s'il avait eu une soupe d'enfant à refroidir. Au retour, il avait dit en riant à son camarade, le Volontaire baron Mordansky : « J'aimerais assez avoir une aventure avec une fille comme elle, mais ce serait un peu dangereux pour moi : pour m'éviter de tomber dans le sentimentalisme, il faudrait que tu me promettes de devenir l'ami de la maison ! » Mordansky, qui avait travaillé comme surnuméraire dans la raffinerie de son oncle, lui avait alors parlé de la récolte de betteraves pour laquelle on employait dans les champs des centaines de ces filles de paysans, contraintes à obéir en toutes choses aux contremaîtres et à leurs aides, aussi docilement que des esclaves nègres. Il se souvenait même d'avoir une fois interrompu tout net Mordansky, offensé de l'entendre continuer sur ce ton, mais ce n'était pas le même jour : ce qui essayait là de se faire passer pour un souvenir n'était une fois de plus qu'une épine de ce buisson qui avait poussé beaucoup plus tard dans sa tête.

En réalité, la première fois qu'il l'avait vue, c'était sur le *Ring*, cette grande rue à arcades aux carrefours de laquelle on voyait stationner les officiers et les officiels, les étudiants et de jeunes hommes d'affaires faire les cent pas, les filles passer à deux ou trois, en se donnant le bras, après la fermeture des magasins, ou certaines, plus curieuses, à la pause de midi déjà ; où l'on voyait parfois aussi un avocat, un député, un industriel connu se laisser porter par la foule, d'un pas lent, avec de respectueux saluts, et même des dames enfin, de celles qui ne pouvaient passer ailleurs pour rentrer chez elles, leurs achats faits. C'était dans cette rue que le regard de Tonka, un regard plein de gaieté, l'avait touché soudain, une seconde, telle une balle lancée par mégarde au visage d'un passant, regard aussitôt détourné avec un air de fausse ingénuité. Il s'était détourné sur-le-champ, certain du fou rire, mais Tonka avait continué son chemin la tête haute, presque apeurée. Elle était avec deux autres jeunes filles plus petites qu'elle, son visage, sans être beau, avait quelque chose de net et de lisible. On n'y eût pas trouvé trace de ces petits détails, féminins avec ruse, qui ne font de l'effet que par leur agencement : la bouche, le nez, les yeux étaient bien distincts, chacun supportait d'être considéré en soi sans bénéficier d'aucun autre attrait que la franchise et la fraîcheur répandues sur le tout. Il était étrange qu'un regard aussi gai pût vous frapper comme une flèche barbelée : Tonka elle-même semblait s'y être blessée.

Cela au moins était clair. Tonka, à cette époque-là, travaillait dans un magasin de tissus, entreprise importante qui employait un grand nombre de jeunes filles dans ses entrepôts. Elle devait contrôler les pièces d'étoffe et trouver, au besoin, l'échantillon demandé ; ses mains, irritées par la finesse du fil, étaient toujours légèrement moites. Tout cela n'avait rien d'un rêve, et son visage était très ouvert. Mais il y avait aussi les fils du directeur : l'un d'eux avait une moustache d'écureuil et des souliers vernis à toutes les heures du jour. Tonka ne se lassait pas de vanter sa distinction, elle connaissait le nombre de ses paires de chaussures, et elle savait qu'il étendait chaque soir son pantalon entre deux planches, sous de gros poids, pour en préserver le pli.

Maintenant que l'on commençait à voir se dessiner des formes dans le brouillard, un sourire émergeait, le sourire incrédule et attentif de sa propre mère, empreint de pitié et de mépris pour lui ; ce sourire était bien réel, et il disait : « Mon Dieu ! tout le monde sait que dans ce magasin… » Et, bien que Tonka fût encore jeune fille quand il l'avait connue, ce sourire n'en était pas moins réapparu, sournoisement dissimulé ou déguisé, dans plus d'un cauchemar ; peut-être n'avait-il jamais été un sourire unique : même maintenant, il n'était pas possible d'en décider. D'ailleurs, il y a bien des nuits de noces où l'on n'arrive jamais à la certitude absolue, il existe des ambiguïtés quasi physiologiques où la nature elle-même refuse les clartés décisives. Et au moment précis où tous ces souvenirs lui revinrent, il comprit que le ciel lui-même avait été contre Tonka.

II

Il avait été bien étourdi d'amener Tonka chez sa grand-mère pour qu'elle la soignât et lui tînt compagnie. Il était très jeune encore, et avait imaginé une petite ruse : la belle-sœur de sa mère connaissait la tante de Tonka qui venait coudre le linge dans les « bonnes maisons » ; il avait obtenu qu'on lui demandât si elle ne connaîtrait pas une jeune fille qui... et de fil en aiguille... La jeune fille devrait rester auprès de la grand-mère dont on attendait la délivrance d'ici deux ou trois ans ; outre son salaire, elle ne serait pas oubliée dans le testament.

Entre-temps s'étaient produits quelques menus événements. Un jour qu'il était allé faire une course avec Tonka, des enfants jouaient dans la rue, parmi lesquels ils aperçurent soudain une petite fille qui pleurait : son visage, éclairé brutalement par le soleil, se tordait en tous sens comme un ver. Il vit dans l'évidence impitoyable de ce visage sous la lumière une image de la vie, si pareille à la mort, dont ils venaient de quitter pour un instant les parages. Tonka, simplement, « adorait les enfants » : elle se pencha sur la petite, la consola d'une plaisanterie, peut-être trouva-t-elle l'incident amusant, et ce fut tout, quelque effort qu'il fît pour lui faire comprendre que se cachait autre chose derrière. Par quelque côté qu'il la prît, il finissait toujours par se heurter à la même opacité d'esprit. Tonka n'était pas bête, mais quelque chose semblait l'empêcher d'être intelligente, et ce fut la première fois qu'il éprouva pour elle cette immense compassion qui était si difficile à motiver.

Un autre jour, il lui demanda :

– Depuis combien de temps êtes-vous donc chez grand-maman, mademoiselle ?

Quand elle lui eut répondu, il ajouta :

– Vraiment ? C'est un long temps, quand il faut le passer au chevet d'une vieille dame.

– Oh ! fit Tonka. Je me plais bien.

– Allons ! ne craignez pas de me dire le contraire. Je ne puis concevoir qu'une jeune fille s'en accommode.

Tonka répondit en rougissant :

– On fait son travail.

– On fait son travail, d'accord, mais on attend tout de même autre chose de la vie ?

– Oui.

– Et cet autre chose, vous l'avez ?

– Non.

– Oui, non, oui, non, répéta-t-il impatienté, qu'est-ce à dire ? Vous feriez mieux de nous envoyer tous au diable !

Il s'aperçut alors qu'elle luttait pour ravaler au dernier moment quelque réponse, et il eut tout à coup pitié d'elle :

– Sans doute ne me comprenez-vous pas bien, mademoiselle, ce n'est pas que je pense aucun mal de ma grand-mère, non : elle est à plaindre elle aussi, mais pour le moment permettez-moi de ne pas adopter ce point de vue, mais le vôtre : pour vous, elle n'est qu'un sac d'immondices. Me comprenez-vous, maintenant ?

– Oui, dit doucement la demoiselle en rougissant jusqu'à la racine des cheveux. Je vous avais déjà compris. Mais je n'arrivais pas à le dire.

Il se mit à rire.

– Voilà qui ne m'est jamais arrivé, de ne pas pouvoir dire quelque chose ! Mais je n'en suis que plus désireux maintenant de savoir ce que vous vouliez répondre, je vous aiderai.

Comme il se tournait franchement de son côté, elle n'en fut que plus embarrassée.

– Eh bien ! allons-y : serait-ce cette tâche régulière, paisible, cette petite vie ordonnée qui vous plaît ici ? Est-ce cela ?

– Je ne vois pas bien ce que vous voulez dire : mais j'aime bien mon travail.

– Vous l'aimez, c'est entendu. Mais est-ce un besoin ? Pas exactement ? Je connais des gens qui ne cherchent pas autre chose que leur travail quotidien.

– Comment, autre chose ?

– Je veux dire des désirs, des rêves, une ambition… Une journée comme celle-ci vous laisse-t-elle insensible ?

C'était entre les murs de la ville une journée toute tremblante de miel printanier. Elle se mit à rire :

– Non. Mais ce n'est pas ça.

– Ce n'est pas ça ? En ce cas, peut-être avez-vous une prédilection pour les chambres dans la pénombre, les conversations étouffées, l'odeur des remèdes ? Il y a aussi des gens comme ça, mademoiselle, mais je vois à votre visage qu'une fois de plus je n'ai pas deviné.

Mademoiselle Tonka hocha la tête, et les coins de ses lèvres, raillerie timide ou simple gêne, s'abaissèrent légèrement. Mais il ne lui laissait plus aucun répit :

– Voyez comme je me trompe, comme mes suppositions erronées me rendent ridicule : cela ne vous encourage-t-il pas ? Allons !…

Enfin elle se décida, lentement, avec des hésitations,

en se reprenant, comme si c'était une chose très difficile à faire comprendre :

– Il fallait bien que je gagne un peu ma vie…

Quoi de plus simple !?

Il faisait un bel âne, avec ses subtilités ! Au fond de cette banale réponse logeait l'inentamable éternité.

Un autre jour, il était allé se promener en cachette avec Tonka ; ils profitaient du jour de congé dont elle bénéficiait deux fois par mois ; c'était l'été. Quand le soir venait, l'air paraissait aussi chaud que le visage ou les mains, et si l'on fermait les yeux en marchant, on avait l'impression de se diluer et de flotter à l'infini dans l'air. Il décrivit cette sensation à Tonka et, comme elle riait, il lui demanda si elle comprenait :

– Oh ! oui…

Mais il était devenu méfiant et lui demanda de la décrire à son tour : elle en fut incapable.

C'était donc qu'elle n'avait pas compris.

– Mais si !

Et tout à coup :

– On devrait chanter !

– Ah non ! Surtout pas !

– Si !

Ils se querellèrent. Puis finalement ils se mirent à chanter, comme on pose le corps du délit sur une table, comme on procède à une inspection des lieux. C'était affreux, des fragments d'opérette, mais par bonheur Tonka chantait à mi-voix, et cette petite preuve de tact lui fit plaisir. Sûrement, se disait-il, ne sera-t-elle allée au théâtre qu'une seule fois en sa vie, et cette musique minable est-elle à ses yeux toute la beauté de la vie. Ce n'était même pas ça : elle avait entendu ces quelques airs sur les lèvres de ses anciennes amies du magasin.

Il lui demanda s'ils lui plaisaient vraiment. Tout

ce qui pouvait encore attacher Tonka à ce magasin l'irritait.

Elle ne sut le lui dire, ni si cette musique était belle ou stupide ; elle lui donnait simplement le désir de paraître un jour elle aussi sur scène, et de se vouer tout entière à rendre les gens heureux ou malheureux. Cette idée, quand on voyait la bonne Tonka, paraissait parfaitement ridicule, et une telle irritation le prit que son chant, du coup, se transforma en grommellement. Tonka se tut brusquement ; elle aussi semblait s'être rendu compte ; ils marchèrent un moment côte à côte sans plus rien dire, puis Tonka s'arrêta : « Ce n'était pas du tout ce que je voulais dire, à propos du chant. » Et comme, dans les yeux du garçon, lui répondait une petite lueur de bonté, elle se remit à chanter à mi-voix : c'était cette fois des chants de son pays. Ils reprirent leur route, et ces airs étaient aussi attristants que des piérides en plein soleil. Et tout à coup, c'était Tonka qui était dans le vrai.

Et c'était lui, maintenant, qui ne pouvait plus traduire ce qui lui arrivait. Tonka, parce qu'elle ne parlait pas le langage de tout le monde mais quelque langue élémentaire, avait dû souffrir de passer pour sotte et insensible. Il comprit alors ce que signifiait une tournure comme « des chants vous montent aux lèvres ». Tonka lui apparut infiniment solitaire. Qui d'autre que lui la comprendrait ? Ils chantèrent ensemble. Tonka lui récitait le texte étranger et le traduisait, puis ils chantaient la main dans la main, comme les enfants. A chaque pause qu'ils faisaient pour reprendre haleine, un petit silence s'établissait aussi devant eux sur le chemin, dans les traînées du crépuscule. Tout cela était stupide sans doute ; n'empêche que le soir était à l'unisson de leur cœur.

Une autre fois encore, ils étaient assis à l'orée d'un bois, et lui silencieux, plongé dans ses pensées, c'est tout juste s'il laissait son regard filtrer sous ses paupières. Tonka prit peur, et redouta de l'avoir de nouveau blessé. Elle chercha des mots, prit son élan pour les dire, mais la timidité l'arrêta. Ainsi n'entendit-on plus pendant un long temps que le bégaiement tracassier de la forêt qui s'élevait puis retombait à chaque seconde ailleurs. A un moment donné, un papillon brun passa devant eux et se posa sur une fleur à haute tige que le contact fit trembler et osciller à deux ou trois reprises, jusqu'à ce que le mouvement cessât brusquement, comme tourne court un entretien. Tonka enfonça ses doigts dans la mousse sur laquelle ils étaient assis ; il suffit d'un instant pour que les tigelles se redressent de rangée en rangée, et d'un autre pour que toute trace de la main qui s'y était posée ait disparu.

C'était, sans que l'on pût dire pourquoi, à pleurer. Eût-elle appris à penser comme son compagnon, Tonka eût compris alors que la nature était un amalgame d'horribles détails insignifiants aussi tristement isolés les uns des autres que les étoiles de la nuit. La « belle nature » : il observait une guêpe qui trottinait près de son pied avec une tête comme une lanterne ; et il observait aussi son large pied noir au travers du chemin brun.

Tonka avait redouté souvent le moment où un homme serait debout devant elle et où elle ne pourrait plus lui échapper. Ce que ses amies de la fabrique, ses aînées, radieuses, lui avaient raconté, c'était l'ennuyeuse et grossière frivolité de l'amour ; et l'idée qu'elle aussi, à peine expédiés les premiers mots, les hommes essaieraient tendrement de l'y amener, l'exaspérait. Comme elle regardait son compagnon, elle eut, soudain, un choc ; jusqu'alors, elle n'avait jamais eu l'impression d'être avec un homme, tant les choses étaient différentes. Il s'était laissé aller en arrière, confortablement accoudé, la tête inclinée sur la poitrine ; Tonka chercha ses yeux presque anxieusement. Elle y trouva une espèce de sourire bizarre : l'un était fermé, tandis que l'autre semblait viser un point à l'autre extrémité du corps ; sans doute savait-il que la position de sa chaussure n'était pas belle, et peut-être savait-il aussi qu'être étendu avec Tonka à l'orée d'un bois était peu de chose… mais il n'y changerait rien : chaque détail avait beau être laid, l'ensemble faisait du bonheur. Tonka s'était redressée sans bruit. Il y avait tout à coup sous son front une grande chaleur, son cœur battait. Elle ne comprenait pas ce qu'il pensait, mais elle devina tout d'un seul regard dans son œil, et elle se surprit à désirer prendre cette tête dans ses bras et lui fermer les yeux. Elle dit :

– Il va être temps de rentrer, la nuit ne tardera pas.

Quand ils eurent retrouvé le chemin, il lui dit :

– Vous vous êtes ennuyée sûrement, mais il faudra vous habituer à moi.

Il prit son bras parce que déjà l'on n'y voyait plus très bien, et chercha à s'excuser de son mutisme, puis aussi, machinalement, de ce qu'il avait pensé. Elle ne comprenait pas de quoi il parlait, mais, à sa manière, elle devinait les propos si sérieux qui lui parvenaient à travers la brume. Et quand il trouva moyen de s'excuser encore du sérieux de ses propos, elle fut définitivement désemparée, et la Vierge Marie ne put lui suggérer rien de mieux, pour toute réponse, que de presser un peu plus étroitement contre elle le bras du garçon, quelle que fût sa honte d'un pareil geste.

Il lui caressa la main.

– Je crois que nous nous entendons bien, Tonka, mais me comprenez-vous ?

Au bout d'un moment, elle répondit :

– Peu importe que je sache ou non ce que vous voulez dire. De toute façon je ne pourrais pas répondre. Mais j'aime que vous soyez si sérieux.

Sans doute n'étaient-ce là que de menus événements, mais l'étrange est qu'ils se retrouvèrent deux fois dans la vie de Tonka, tout à fait analogues. A vrai dire, ils s'y trouvèrent toujours. Et l'étrange est qu'ils signifièrent plus tard le contraire de ce qu'ils avaient signifié au début. Tonka restait si semblable à elle-même, elle était si simple et si transparente que l'on pouvait se croire le jouet d'une hallucination ou d'un mirage.

III

Survint alors la mort prématurée de la grand-mère. Les événements ne sont jamais que des circonstances intempestives et déplacées : on vous dépose ou on vous oublie là où vous n'avez que faire, dans un endroit où vous restez aussi impuissant qu'un objet quand personne ne le ramasse. Même ce qui se produisit beaucoup plus tard arrive fréquemment dans le monde, et le seul mystère fut que cela se produisît avec Tonka.

On eut donc le médecin, puis les employés des pompes funèbres, l'acte de décès fut délivré, et grand-maman enterrée, chaque chose en bon ordre comme il convient aux bonnes familles. La succession fut réglée à son tour ; on pouvait s'estimer heureux de ne pas y avoir droit. Un seul point requit une attention particulière, celui qui concernait l'entretien de Mlle Tonka, dont le nom de famille était l'un de ces fabuleux noms tchèques qui signifient « Il chantait » ou encore « Il est venu à travers prés ». Il y avait un contrat de service. Outre le salaire, minime, la demoiselle, pour chaque année de service accomplie, devait toucher une certaine somme à prélever sur l'héritage ; mais, comme on avait supputé que les souffrances de la grand-mère dureraient plus longtemps, et que le montant de la somme était calculé selon une formule lentement croissante correspondant à des soins supposés de plus en plus pénibles avec le temps, il était impossible que ledit montant n'apparût pas dérisoire et scandaleux à un jeune homme qui chiffrait en minutes les mois de jeunesse que Tonka avait sacrifiés chez lui. Il était là quand Hyacinthe fit les comptes avec elle. Tout en feignant de lire – c'étaient toujours les *Fragments de journal* de Novalis – il suivait attentivement l'opération, et quand son oncle articula la somme, il eut honte. Même celui-ci parut éprouver un sentiment analogue, car il entreprit d'exposer en détail à la jeune fille les termes du contrat qu'elle avait conclu en son temps. Mlle Tonka écoutait attentivement, lèvres pincées ; le sérieux avec lequel elle suivait l'explication donnait à son jeune visage une expression infiniment touchante.

– Nous sommes bien d'accord ? dit l'oncle en déposant l'argent sur la table.

En fait, on avait l'impression qu'elle n'en avait pas la moindre idée. Elle tira de sa jupe un petit réticule, plia les billets pour les y faire entrer ; mais, si peu qu'il y en eût, comme elle devait les plier plusieurs fois, ils formèrent une liasse si épaisse qu'elle n'arrivait pas à les y glisser. Sous la jupe, contre la jambe, la bourse ainsi déformée avait l'air d'un gros abcès.

La demoiselle avait encore une question à poser :

– Quand pourrai-je m'en aller ?

– Voyons ! fit l'oncle. Il faudra bien encore deux ou trois jours avant que tout soit réglé : vous pouvez en tout cas rester jusque-là. Mais si vous le désirez, vous pouvez partir plus tôt, nous n'avons plus besoin de vous.

– Merci, dit la demoiselle qui se retira dans sa petite chambre.

Les autres en étaient arrivés déjà au partage des objets usuels. On eût dit des loups dévorant un congénère abattu, et ils étaient déjà passablement montés les uns contre les autres quand il demanda s'il ne conviendrait pas d'offrir à la jeune fille, si mal lotie en fait d'argent, au moins un souvenir de valeur.

– Nous lui avons réservé le gros livre de prières de grand-maman.

– Ah bien. Mais ne pensez-vous pas que quelque chose de pratique lui ferait un plus grand plaisir ? Ça, par exemple ?

Il souleva un col de fourrure brun qui était posé sur la table.

– C'est pour Emmi ! (Emmi était sa cousine.) D'ailleurs, à quoi penses-tu, du vison !…

Il se mit à rire.

– Qui vous dit que chez une jeune fille pauvre, l'âme seule puisse recevoir des cadeaux ? Voulez-vous passer pour des ladres ?

– Laisse-nous faire, dit alors sa mère.

Et comme elle ne lui donnait pas entièrement tort, elle ajouta :

– Tu n'y comprends rien : elle y trouvera son compte.

Alors, d'un geste généreux et maussade, elle mit de côté pour la jeune fille quelques mouchoirs, chemises et culottes de la défunte, à quoi elle joignit par-dessus le marché une robe noire dont l'étoffe était encore neuve.

– Maintenant, ça suffit ! D'ailleurs, la jeune fille n'en mérite pas tant, et on ne peut dire qu'elle pèche par excès de cœur : ni à la mort, ni à l'enterrement, elle n'a versé une seule larme ! Tiens-toi donc, je t'en prie, pour satisfait.

– Il y a des gens qui n'ont pas les pleurs faciles : cela ne prouve rien.

Ainsi répondit-il, non qu'il lui parût important de dire cela, mais emporté par son éloquence.

– Pardon ?... repartit la mère. Ne sens-tu pas à quel point tes remarques sont déplacées ?

Sur cette remontrance, il se tut ; non par pusillanimité, mais parce qu'il se sentait soudain follement heureux que Tonka n'eût pas pleuré. Les membres de sa famille parlaient avec animation, et il fut frappé par l'habileté avec laquelle chacun défendait ses intérêts. Ils avaient la parole moins élégante qu'aisée, le bruit de leurs discours leur donnait du courage, et chacun finissait par obtenir ce qu'il voulait. La parole, pour eux, n'était pas un moyen d'échanger des pensées, mais un capital, un ornement destiné à imposer aux autres ; debout devant la table où les lots étaient répartis, il se rappela un vers : « Apollon lui offrit le don du chant, la douce bouche des chansons », et il comprit pour la première fois que c'était vraiment un don. Comme Tonka était muette ! Elle était incapable de parler comme de pleurer. Mais un être qui ne peut ni parler ni être exprimé, qui disparaît sans voix dans la masse humaine, petit griffonnage sur les tables de l'Histoire, un être pareil à un flocon de neige égaré en plein été, est-il réalité ou rêve, est-il bon ou mauvais, précieux ou sans valeur ? On sent que la pensée se heurte là à une limite où elle est bien près de se dissoudre. Il sortit, sans un mot, pour aller dire à Tonka qu'il ne l'abandonnerait pas.

Il trouva Mlle Tonka en train d'emballer ses affaires. Un grand carton était posé sur un fauteuil et deux autres sur le plancher. L'un était déjà ficelé, mais les deux autres se refusaient à accueillir toutes les richesses éparses autour ; la demoiselle réfléchissait et retirait tour à tour un autre objet pour le glisser ailleurs : une paire de bas, une pile de mouchoirs, des bottines, un nécessaire de couture ; elle avait beau essayer dans tous les sens, si misérables que fussent ses biens, elle ne parvenait jamais à tout caser, parce que ses « valises » étaient plus misérables encore.

La porte de la petite chambre était ouverte, de sorte qu'il put rester un moment à l'observer sans être vu. Quand elle l'aperçut, elle rougit et se hâta de se relever, comme pour cacher les cartons.

– Vous voulez nous quitter ? dit-il, heureux de la voir gênée. Qu'allez-vous faire ?

– Je retourne chez ma tante.

– Pensez-vous y rester ?

Mlle Tonka haussa les épaules.

– J'essaierai de trouver quelque chose.

– Votre tante ne sera-t-elle pas fâchée ?

– J'ai de quoi vivre un ou deux mois, et d'ici là j'aurai bien déniché une place.

– Mais vos petites économies auront fondu.

– Qu'y faire ?

– Et si vous ne trouvez pas une place aussi rapidement ?

– On me le jettera de nouveau à la tête à chaque occasion…

– Vous jeter quoi à la tête ?

– Eh bien, justement ! que je ne gagne rien ! C'était déjà la même chose quand j'étais au magasin. Je n'y gagnais pas grand-chose, mais ce n'était pas ma faute, et elle n'a jamais crié, sauf quand elle était en colère, mais là, alors, je n'y coupais pas…

– C'est alors que vous êtes venue chez nous ?

– Oui.

– Savez-vous ? dit-il soudain. Il ne faut pas retourner chez votre tante. Je… je m'arrangerai.

Elle ne dit ni oui, ni non, ni merci ; mais quand il fut parti, elle retira lentement des cartons un objet après l'autre, et les remit non moins lentement à leur place. Elle était devenue toute rouge, elle n'arrivait plus à mettre de l'ordre dans sa tête, et plus d'une fois resta un bon moment à regarder droit devant elle, un objet à la main, en se disant que maintenant, c'était vraiment l'amour.

Lui, pourtant, quand il eut regagné sa chambre, retrouva les *Fragments de journal* de Novalis sur la table, et fut embarrassé de la charge qu'il avait si brusquement assumée. Quelque chose l'avait surpris qui allait changer sa vie sans lui tenir vraiment à cœur. Peut-être même éprouva-t-il quelque méfiance à l'idée que Tonka avait accepté sans plus d'hésitations son offre.

Puis il se demanda comment il en était venu à la lui faire. Et il n'en trouva pas plus de raisons que de son acceptation à elle. Il y avait eu sur le visage de Tonka le même désarroi que sur le sien. La situation était d'un comique cruel : comme ces rêves où l'on est jeté sur une hauteur et incapable d'en redescendre. Mais il parla de nouveau à Tonka. Il ne voulait pas être déloyal. Il parla de liberté d'action, d'esprit, de grands projets, d'ambition, il dit qu'il avait en horreur le genre « roucoulant », que des femmes supérieures pouvaient intervenir plus tard dans sa vie… exactement comme parle un très jeune homme qui a peu vécu et qui exige d'autant plus. Mais, quand il surprit un tressaillement dans les yeux de Tonka, il eut pitié d'elle, et, envahi par un sentiment opposé, la crainte de lui faire mal, il ajouta sur un ton suppliant :

– Surtout, ne le comprenez pas tout de travers !

– Mais je le comprends très bien ! fut toute la réponse de Tonka.

IV

« Mais ce n'est qu'une fille tout à fait simple, une employée du magasin de tissus », avait-on dit. Qu'est-ce que cela signifiait ? Il y a beaucoup de femmes qui ne savent rien, qui n'ont jamais étudié. On tient à vous accrocher une étiquette dans le dos pour être certain que vous ne puissiez pas l'enlever. Il faut avoir appris quelque chose, avoir des principes, faire figure dans le monde, c'est-à-dire porter un masque : le visage ne suffit pas, on ne peut lui faire confiance. Mais quel air avaient donc ceux qui portaient un masque, ceux sur qui l'on pouvait compter ? Il était vraisemblable que sa mère craignît de voir sa vie à lui renouveler le vide de la sienne ; elle n'avait pas été assez difficile dans son choix : son mari, le père de son fils, officier de carrière, avait été un homme jovial et plat. Dans la vie de son fils, elle voulait rattraper sa vie ratée. Elle luttait pour cela. Au fond, il approuvait cette fierté. Pourquoi donc sa mère ne le touchait-il pas ?

La nature de cette femme était *devoir* : son mariage n'avait cessé d'être une formule qu'avec la maladie de son mari. Dès lors, elle était restée au chevet de cet homme lentement déclinant comme une espèce de soldat, de sentinelle défendant son poste contre un ennemi supérieur en forces. Jusqu'alors, elle n'avait su comment se comporter avec l'oncle Hyacinthe. Ce n'était pas un vrai parent, mais un ami du ménage, un de ces oncles que les enfants trouvent penchés sur eux dès la première fois qu'ils ouvrent les yeux ; grand conseiller aux Finances, il était par-dessus le marché l'un des plus lus parmi les romanciers allemands. Il apportait à sa mère le vent de l'esprit et du large qui la consolait de ses insatisfactions affectives ; il possédait une certaine culture historique, ce qui donnait à ses idées, embrassant la succession des siècles et les plus vastes problèmes, de paraître d'autant plus grandes qu'elles étaient plus creuses. Pour des raisons que le jeune homme n'avait jamais tirées au clair, cet homme nourrissait depuis de nombreuses années un amour patient, admiratif et désintéressé pour sa mère ; probablement parce que celle-ci, fille d'officier, était tenue par certaines idées sur l'honneur et le caractère qui rayonnaient avec éclat sur elle, et qu'elle possédait cette fermeté de principes dont il avait besoin pour étayer les idéaux de ses livres, tout en ayant conscience obscurément que s'il avait le style aisé et le don du récit, c'était justement parce que cette fermeté lui faisait défaut. Mais comme il ne pouvait évidemment admettre que ce fût chez lui une carence, il était réduit à la transférer sur le plan d'un pessimisme universel et à voir dans ce besoin de quêter la force d'âme chez autrui le triste lot du génie : de sorte que la femme aussi trouvait, à ce compte, mainte occasion d'exaltation douloureuse. Ils prenaient le plus grand soin de travestir, même à leurs propres yeux, leur liaison en amitié intellectuelle, mais ils n'y parvenaient pas toujours ; quelquefois, l'épouvante les prenait à l'idée des périls auxquels les exposaient les faiblesses de Hyacinthe : alors, ils ne savaient plus s'il leur fallait se laisser franchement tomber ou courageusement remonter à l'ancienne altitude. Enfin, quand le mari tomba malade, leurs âmes trouvèrent l'appui dont elles rêvaient pour se hausser du dernier centimètre qui leur manquait encore. Dès ce moment, l'épouse fut protégée par son devoir ; s'il leur arrivait de pécher dans leur cœur, un redoublement de soumission au devoir le rachetait, et la pensée, grâce au triomphe d'une règle simple, fut enfin garantie de ces hésitations entre l'abandon à la grandeur de la passion et l'obéissance à la grandeur de la fidélité qui avaient été si fort désagréables.

Tels étaient les gens à qui l'on pouvait faire confiance : ils le prouvaient par la mentalité autant que par le caractère. Et si nombreux que fussent encore les coups de foudre dans les romans de Hyacinthe, tout être humain qui en eût suivi un autre sans la moindre hésitation – comme une bête qui sait où elle trouvera de quoi se désaltérer – leur aurait fait l'effet d'un sauvage, d'un primitif, d'un amoral. Mais le fils, à qui faisait pitié l'animale bonté de son père, et qui combattait sa mère et Hyacinthe comme une véritable peste spirituelle aux moindres occasions que lui offrait la vie de famille, avait été porté par ce combat vers une attitude exactement opposée. Très doué dans tous les domaines, il étudiait la chimie et refusait catégoriquement tous les problèmes menacés d'obscurantisme ; il en était presque arrivé à haïr toute explication douteuse pour servir d'autant plus fanatiquement le nouvel esprit technique, cet esprit glacé, ambitieux, créateur de sèches fantasmagories. Il était pour la destruction du sentiment contre la poésie, la bonté, la vertu, la naïveté. Aux oiseaux chanteurs il faut une branche où se percher, à la branche un arbre, à l'arbre la terre brune et nue : lui volait en plein ciel entre deux ères. A cette époque qui détruisait au moins autant qu'elle bâtissait en succéderait une autre fondée sur les hypothèses nouvelles que cet ascétisme était en train de créer : alors seulement on saurait quels sentiments il eût fallu éprouver maintenant... Telles étaient à peu près ses pensées. En attendant, il s'agissait d'être impitoyable et parcimonieux comme au cours d'une expédition. Emporté par cet élan, il n'avait pu manquer d'attirer dès l'école l'attention de ses professeurs ; il possédait les éléments d'inventions nouvelles et pensait consacrer à leur élaboration, après son doctorat, deux ou trois années, après quoi il comptait bien s'élever avec une assurance irrésistible au-dessus de cet horizon radieux qui est l'image que se font les jeunes d'un avenir à la fois incertain et magnifique. Il aimait Tonka parce qu'il ne l'aimait pas, parce qu'elle n'émouvait pas, mais rinçait son âme comme une eau fraîche ; il l'aimait plus qu'il ne croyait, et les quelques enquêtes prudentes mais subtiles de sa mère qui pressentait un danger sans pouvoir, faute de la moindre certitude, lui en demander compte, le poussèrent à faire vite. Il passa ses examens et quitta la maison paternelle.

V

Son chemin le conduisit dans une grande ville d'Allemagne. Il avait emmené Tonka : la laisser dans la ville où habitaient la tante de la jeune fille et sa propre mère eût été, à ses yeux, la livrer à des ennemis. Tonka fit son baluchon et quitta son pays aussi froidement, aussi naturellement que le vent passe avec le soleil, ou la pluie avec le vent.

Dans cette nouvelle ville, elle accepta une place dans un magasin. Elle se mit vite à son nouveau travail, et s'en vit chaque jour complimentée. Pourquoi donc était-elle si mal payée, et pourquoi ne réclamait-elle jamais d'augmentation, quand on ne l'en privait précisément que faute de se la voir réclamer ? Elle acceptait sans aucun scrupule que son ami l'aidât. Non pour cette raison, mais parce que la modestie de Tonka ne lui plaisait pas toujours, et qu'il espérait la rendre un peu plus habile, il essayait parfois de la sermonner :

– Pourquoi n'exiges-tu pas que l'on te donne un emploi mieux rétribué ?

– Je ne peux pas.

– Tu ne peux pas, et tu prétends que chaque fois que quelque chose cloche, c'est à toi que l'on a recours ?

– Oui.

– Alors, pourquoi donc ?…

Devant de telles conversations, Tonka se butait. Elle ne répliquait rien, mais restait imperméable à tous les arguments. Il avait beau lui dire :

– Voyons, Tonka, tu te contredis ! Je t'en prie, tâche de m'expliquer pourquoi…

Tout était inutile.

– Tonka, si tu t'entêtes, je me fâcherai !

Il fallait ces claquements de fouet pour que son petit attelage de modestie et d'entêtement s'ébranlât enfin lentement et pour qu'elle sortît quelque maladroite réponse ; comme le jour où elle avait reconnu qu'elle avait une mauvaise écriture et qu'elle était brouillée avec l'orthographe ; elle le lui avait caché par vanité, maintenant l'inquiétude frémissait au coin de ses chères lèvres, et l'arc-en-ciel de son sourire ne se reforma pas avant qu'elle eût compris que cet affreux défaut lui était pardonné.

Au contraire, il aimait ces défauts, comme il aimait cet ongle qu'elle avait déformé en travaillant. Il l'envoya au cours du soir et se réjouit de la ridicule calligraphie commerciale qui lui vint là-bas. Il aimait jusqu'aux préjugés qu'elle en rapportait tout chauds dans sa bouche, sans les avaler ; il y avait une sorte de naturelle noblesse dans cette façon d'être désarmée devant les fausses valeurs sans les assimiler pourtant, comme par intuition. La sûreté qu'elle mettait à refuser, sans pouvoir expliquer pourquoi, le grossier, le lourd, le vulgaire, même travestis, était surprenante ; Tonka n'en éprouvait pas pour autant le moindre désir de s'élever au-dessus de son niveau ; comme la nature même, elle restait pure et brute.

Aimer cette simplicité n'était pas aussi simple qu'on aurait pu le croire. Quelquefois, Tonka le surprenait par la connaissance de notions qui auraient dû lui être absolument étrangères : même en chimie. Quand, porté par l'élan de son travail, il se mettait à en parler, monologuant plutôt qu'il ne s'adressait à son amie, il apparaissait soudain qu'elle savait ceci ou cela. Dès la première fois, évidemment, il l'avait questionnée, stupéfait. Le frère de sa mère, celui qui avait vécu chez eux dans le petit bâtiment derrière la maison de rendez-vous, était étudiant.

– Et maintenant ?

– Il est mort juste après les examens.

– Et tu as retenu cela ?

– J'étais encore petite, raconta Tonka, mais quand il apprenait, c'était toujours moi qui l'interrogeais. Je ne comprenais pas un mot, mais il me notait les questions sur un bout de papier.

Point final. Et dix ans plus tard, c'était toujours là, comme dans un coffret, de jolies pierres dont on ne sait plus le nom ! Tonka, depuis ce temps, n'avait pas changé : rester près de lui sans mot dire pendant qu'il travaillait, c'était tout son bonheur. Elle était la nature qui se soumet à l'esprit, qui ne cherche pas à devenir esprit, mais qui l'aime et adhère profondément à lui, telle quelqu'une de ces nombreuses créatures qui se sont attachées à l'homme au cours des temps.

Leurs rapports étaient alors étrangement tendus, aussi éloignés de l'inclination amoureuse que du libertinage. Dans leur pays déjà, ils avaient pu vivre ensemble étonnamment longtemps sans succomber. Ils se retrouvaient le soir pour une promenade, ils se racontaient les rares incidents de la journée et leurs petits ennuis, et c'était aussi simple, aussi agréable que de manger du pain et du sel. Plus tard, il est vrai, il avait loué une chambre ; mais seulement pour sacrifier à l'usage et parce qu'on ne peut pas traîner, l'hiver, des heures durant dans les rues. C'est là qu'ils s'étaient embrassés pour la première fois. Un baiser un peu gauche, confirmation plutôt que plaisir ; et l'excitation avait fait à Tonka des lèvres dures, râpeuses. Alors déjà, ils avaient parlé de « s'appartenir entièrement ». C'est-à-dire que c'était lui qui avait parlé, tandis que Tonka l'écoutait sans piper mot. Il se rappelait avec la précision ridicule que gardent toujours et pour toujours les bêtises commises, le pédantisme puéril de ses développements sur ce thème : comme quoi, s'ils devaient en venir là, c'était qu'il n'y avait pas d'autre moyen pour un homme et une femme de s'ouvrir vraiment l'un à l'autre ; ainsi avaient-ils été ballottés entre la théorie et le sentiment. Tonka s'était contentée de lui demander une ou deux fois d'attendre quelques jours. Jusqu'à ce qu'il se sentît offensé et lui demandât si elle jugeait le sacrifice trop grand… Alors, ils avaient fixé un jour !

Et Tonka était venue. Dans sa petite veste vert mousse, avec son chapeau bleu à bouillons noirs, les joues rouges d'avoir marché vite dans l'air du soir. Elle met la table, elle sert le thé. A peine plus affairée que d'habitude, et ne regardant jamais que l'objet dont elle est en train de se servir. Et lui, bien qu'il ait attendu ce moment avec impatience toute la journée, il reste assis sur le divan à la regarder, engoncé dans le corset de fer de sa jeunesse. Quand il s'aperçut que Tonka faisait un effort pour ne pas penser à l'inéluctable, il souffrit de lui avoir fixé une date, comme un huissier. Alors seulement, l'idée lui vint qu'il aurait dû la prendre par surprise, la gagner par des caresses !…

Toute joie s'était évanouie. Plutôt redoutait-il, maintenant, de porter la main sur cette fraîcheur qui, chaque soir, quand ils se retrouvaient, lui soufflait au visage comme un vent froid. N'empêche qu'il fallait que cela se fît une fois, il se cramponnait à cette nécessité, et tandis qu'il épiait les gestes machinaux de Tonka, il croyait voir sa propre pensée s'enrouler autour des chevilles de la jeune fille comme une corde à chaque tour plus courte.

Après le repas, presque muet, ils s'assirent côte à côte. Il essaya de plaisanter, Tonka essaya de rire. Mais sa bouche eut une grimace, comme une crispation des lèvres, et elle redevint grave tout d'un coup.

Sans transition, il lui dit :

– Tonka, es-tu d'accord ? Ou veux-tu que nous en restions là ?

Tonka baissa la tête, il sembla au garçon qu'un nuage passait devant ses yeux, mais elle ne dit ni oui, ni je t'aime ; il se pencha vers elle et, dans son embarras, ajouta encore, très bas :

– Vois-tu, au commencement c'est déconcertant, répugnant même peut-être. Mais réfléchis, nous ne pouvons tout de même pas… il n'y a tout de même pas que ça, tu sais. Tu fermeras les yeux. Oui ?

Le lit était ouvert déjà, Tonka fit un pas dans sa direction, mais soudain, reprise par l'irrésolution, elle se rassit sur une chaise voisine.

Il l'appela : « Tonka ! » Elle se releva de nouveau et, le visage détourné, commença de se dévêtir.

Une pensée ingrate resta liée à la douceur de cet instant.

Tonka se donnait-elle ? Il ne lui avait promis aucun amour ; pourquoi ne s'élevait-elle pas contre un état de choses qui excluait les plus grands espoirs ? Elle agissait sans mot dire, comme subjuguée par la puissance de l'« homme » : peut-être obéirait-elle de même à un autre, pourvu qu'il eût autant de volonté ? Mais il la vit alors debout dans la maladresse de sa première dénudation ; la peau moulait son corps de façon émouvante, comme une robe trop étroite ; sa chair de jeune homme était plus humaine et plus intelligente que son cerveau farci de savoir puéril, et Tonka, comme si elle cherchait à fuir devant lui qui s'était levé brusquement, d'un mouvement curieusement gauche et insolite se glissa dans le lit.

Tout ce dont il se souvint plus tard, ce fut le sentiment que ce qui lui était le plus familier était resté sur la chaise avec les vêtements qu'il connaissait si bien ; quand il passa devant, il respira la fraîche odeur bien-aimée qui avait toujours été sa première sensation lors de leurs rencontres ; ce qui l'attendait dans le lit, en revanche, c'était l'inconnu, l'étranger. Il s'arrêta encore une fois. Tonka était couchée dans le lit, les yeux fermés, la tête tournée vers le mur, infiniment longue, dans la terrible solitude de l'angoisse. Lorsqu'elle le sentit enfin à côté d'elle, elle avait les yeux brûlants de larmes. Puis vint une nouvelle vague de crainte, l'effroi d'être par trop ingrate ; une parole dénuée de sens, comme un appel à l'aide roulant à travers un interminable corridor désert, devint le nom de son ami ; puis elle fut sienne. C'est à peine s'il comprit par quel sortilège, avec quel puéril courage elle s'était insinuée en lui, quelle naïve ruse elle avait imaginée pour posséder aussi tout ce qu'elle admirait en lui : quand on se donne tout entière, il n'est rien qui reste au-dehors.

Par la suite, il lui fut impossible de se rappeler comment les choses s'étaient passées.

VI

Il suffit d'un matin pour que tout ne fût plus qu'épineuses broussailles.

Il y avait quelques années déjà qu'ils vivaient ensemble quand Tonka s'aperçut qu'elle était enceinte ; mais ce ne fut pas n'importe quel jour, le ciel l'avait choisi tel qu'en faisant le calcul, la date de la conception tombait juste sur une période où il s'était absenté pour un voyage ; et Tonka ne voulut avoir remarqué son état que lorsqu'il ne fut plus possible d'en fixer avec précision le début.

Dans une situation pareille, ce sont toujours, inévitablement, les mêmes idées qui vous viennent à l'esprit : il n'y avait pourtant aucun homme à la ronde que l'on pût songer sérieusement à mettre en cause.

Quelques semaines plus tard, le destin parla plus clairement encore : Tonka tomba malade. C'était une de ces maladies qui peuvent avoir été transmises au sang de la mère soit par l'enfant, soit, directement, par le père : une maladie effrayante, dangereuse, sournoise ; mais, qu'elle eût pris le chemin le plus direct ou fait un détour, l'étrange était que dans les deux cas le délai requis ne concordât pas. De plus, à vues humaines, lui-même n'était pas malade : il fallait donc soit qu'il y eût quelque chose de surnaturel dans ses rapports avec Tonka, soit qu'elle se fût rendue coupable d'une très vulgaire et terrestre faute. Sans doute y avait-il encore d'autres possibilités naturelles – théoriques, platoniques comme on dit – mais leur probabilité, pratiquement, était égale à zéro. Pratiquement, la probabilité qu'il ne fût ni le père de l'enfant ni le responsable de la maladie équivalait à une certitude.

Tâchons un peu de comprendre pourquoi il eut tant de peine à saisir cela. Pratiquement, si, vous rendant chez un commerçant, loin de lui laisser entrevoir un marché qui excite sa convoitise, vous lui tenez de grands discours sur « les temps que nous vivons » et les devoirs des riches, il ne doutera pas que vous ne soyez venu pour le voler. Il ne s'y trompera jamais, encore que vous puissiez être venu pour le gratifier de vos lumières. Pas plus qu'un juge n'a un instant de doute quand l'accusé lui raconte que la pièce à conviction découverte à son domicile lui venait d'un « inconnu ». Il se pourrait pourtant que ce fût vrai une fois. Mais la vie du monde repose sur le fait que l'on n'est pas obligé de tenir compte de toutes les possibilités, que les extrêmes, pratiquement, ne se réalisent jamais. Mais théoriquement ? Le vieux médecin chez qui il avait conduit Tonka au début, une fois qu'ils s'étaient retrouvés seuls, avait haussé les épaules : était-ce possible ? Sûrement pas impossible... Il avait un bon regard désarmé, mais il semblait vouloir dire : ne nous arrêtons pas à cette hypothèse, demeurons plutôt dans la marge de probabilité qui convient aux vues humaines. Un savant est un homme, et plutôt que d'admettre une hypothèse médicalement invraisemblable, il préfère supposer une faute humaine à la source : dans la nature, les exceptions sont, précisément, exceptionnelles.

Dès lors, comme d'autres sont saisis par la manie des procès, il se mit à consulter des médecins, quantité de médecins. Le deuxième conclut comme le premier, le troisième comme le deuxième. Il marchanda. Il essaya de faire jouer les unes contre les autres les théories des différentes écoles. Ces messieurs l'écoutaient sans mot dire, ou avec le sourire indulgent que l'on réserve aux fous ou aux imbéciles fieffés. Lui-même, naturellement, se rendait compte tout en parlant qu'il aurait pu demander aussi bien si la parthénogenèse était possible. Et tout ce qu'on aurait pu lui répondre, c'était que l'on n'en connaissait encore aucun cas. Énoncer une loi qui l'exclût, on n'eût même pas pu le faire : il y avait simplement que l'on n'en connaissait encore aucun exemple. N'empêche que s'il voulait y croire à tout prix, il ferait un beau cornard !

Peut-être était-ce quelqu'un qui lui avait jeté cette phrase à la tête, peut-être lui était-elle venue toute seule à l'esprit : elle l'eût pu, en tout cas. Mais de même que l'on ne pourrait jamais boutonner son col si l'on voulait d'abord analyser toutes les combinaisons possibles des doigts, il y eut pendant toute cette période, à côté de la certitude rationnelle de son cerveau, une autre évidence immédiate : le visage de Tonka. On marche parmi les champs de blé, on sent la proximité de l'air, les hirondelles tournoient, et dans le lointain s'élèvent les tours de la ville, des filles chantonnent… On est éloigné de toute vérité, dans un monde qui en ignore jusqu'à la notion. Tonka avait rejoint le pays profond des légendes, le pays de l'Oint du Seigneur, de la Vierge et de Pilate… et les médecins répétaient que si l'on voulait qu'elle survécût, il fallait la soigner et la ménager.

VII

Bien entendu, de temps à autre, il essayait quand même d'arracher un aveu à Tonka : en quoi il était bien un homme, et nullement un fou. Mais, à cette époque, elle travaillait dans un horrible grand magasin situé dans un quartier ouvrier ; le matin, elle devait y être dès sept heures, et le soir – bien souvent pour les quelques centimes que rapportait un client tardif – elle ne le quittait pas avant neuf heures et demie ; elle ne voyait pas le soleil, la nuit ils dormaient séparés, on ne leur laissait plus une minute pour leur âme. Et cette existence, si minable fût-elle, risquait encore de s'aggraver le jour où l'on remarquerait l'état de Tonka... Déjà les embarras d'argent avaient commencé. Il avait épuisé les fonds réservés à ses études, et il n'était pas encore en mesure de gagner sa vie, chose toujours particulièrement malaisée au début d'une carrière scientifique ; enfin, il était si près de la solution du problème qui le hantait qu'il voulait garder toutes ses forces pour l'ultime étape. A force de vivre dans l'obscurité et le souci, Tonka s'était fanée ; et tandis que chez certaines femmes ce flétrissement garde quelque beauté parce qu'il s'en exhale un parfum enivrant, chez elle, naturellement, ç'avait été le dépérissement insignifiant d'une petite herbe potagère qui jaunit et devient affreuse sitôt passée la fraîcheur de son vert. Ses joues blêmirent et se creusèrent, ce qui fit paraître le nez plus grand, la bouche plus large et jusqu'à ses oreilles un peu écartées ; le corps maigrit aussi, et là où il y avait naguère la plénitude et la souplesse de la chair transparaissait une charpente de paysanne. Lui dont le visage bien éduqué résistait mieux aux soucis et dont les réserves d'habits neufs duraient plus longtemps ne tarda pas à surprendre sur le visage de plus d'un passant, quand il sortait avec elle, une grimace d'étonnement. Comme il n'était pas sans vanité, l'impossibilité où il se trouvait d'acheter à Tonka de jolies robes l'irritait contre la jeune fille ; il lui en voulait de l'indigence où il l'avait mise ; mais il est vrai que s'il l'avait pu, il eût commencé par lui offrir de belles robes de grossesse, aussi vagues que des nuages, et ne lui eût demandé compte qu'ensuite de sa trahison. A peine essayait-il de lui arracher un aveu que Tonka niait. Elle ne savait pas comment c'était arrivé. Quand, au nom de leur ancienne amitié, il la suppliait de ne pas lui mentir, son visage prenait une expression tourmentée, et quand il s'emportait, elle se contentait de répéter qu'elle ne mentait pas : qu'aurait-il pu faire de plus ? Aurait-il dû la battre, l'insulter, l'abandonner à la cruauté de sa situation ? Il ne dormait plus avec elle ; mais quand même on l'eût torturée, elle n'eût pas avoué, ne fût-ce que parce qu'elle n'ouvrait plus la bouche depuis qu'elle l'avait vu méfiant ; cet entêtement buté, depuis qu'aucun attrait ne venait adoucir la solitude du jeune homme, était réellement désarmant. Il fallait se montrer tenace et se tenir à l'affût.

Il s'était résolu à demander à sa mère un secours financier. Mais le père était depuis longtemps entre la vie et la mort, et tout l'argent disponible était immobilisé du même coup : il ne pouvait pas vérifier cette assertion, mais il n'ignorait pas que sa mère redoutait qu'il pût, avec le temps, songer à épouser Tonka. Déjà elle s'inquiétait à l'idée que la présence de la jeune fille pourrait empêcher d'autres unions ; et quand tout se mit à traîner, les études, le succès, la maladie du père et les soucis ménagers, ce fut toujours plus ou moins la faute de Tonka, en qui l'on vit non seulement la cause première d'une succession d'événements désagréables, mais une sorte d'oiseau de malheur, puisque c'était par elle que le cours habituel de leur vie avait été pour la première fois troublé. Cette obscure conviction avait point dans certaines lettres ou lors de ses visites chez lui ; elle se réduisait en fin de compte au sentiment que l'honneur de la famille serait entaché si l'héritier se laissait retenir par « une fille pareille » plus longtemps qu'il n'était d'usage chez les jeunes gens. Hyacinthe dut crier gare ; le jeune homme, surpris par tant de superstition inavouée et songeant à sa déraisonnable et douloureuse expérience propre, refusa non sans véhémence ; aussitôt, Tonka fut une « fille perdue » qui faisait fi du bonheur d'une famille, et de maladroites allusions de sa mère aux « artifices amoureux » grâce auxquels Tonka l'avait « envoûté » manifestèrent l'extrême inexpérience de la trop convenable dame.

Ces craintes filtraient encore dans la réponse qu'il venait de recevoir, comme si le moindre sou qui le lierait à Tonka ne pouvait servir qu'à aggraver son malheur. Alors, il décida de reprendre la plume et de se reconnaître pour le père de l'enfant.

En réponse, ce fut sa mère elle-même qui vint.

Elle venait « clarifier la situation ».

Elle ne voulut pas mettre les pieds chez son fils, comme si elle risquait de s'y heurter à quelque chose d'intolérable, et le fit venir à l'hôtel. La conscience du devoir l'ayant aidée à chasser un embarras léger, elle évoqua les grands soucis qu'il leur donnait, le danger que cela comportait pour la maladie paternelle, enfin ces liens qui vous enchaînent « pour la vie ». Avec une habileté plutôt maladroite, elle tira toutes les ficelles sentimentales, mais un reste d'indulgence dans le ton lui conserva l'attention méfiante de son interlocuteur lassé par ces ruses trop visibles. Car, disait-elle, cette malheureuse histoire pouvait encore bien tourner, de sorte que l'on en serait quitte pour la peur : il suffirait d'éviter à l'avenir que de pareilles mésaventures se renouvellent !... Aussi avait-elle décidé son mari, en dépit de toutes leurs difficultés, à sacrifier une certaine somme. Elle servirait, dit-elle comme s'il s'agissait d'une preuve de bonté extraordinaire, à indemniser la jeune fille et à pourvoir aux besoins de l'enfant.

A sa propre surprise, son fils lui demanda très posément à combien s'élevait la somme, soupesa la réponse, puis secoua la tête, plus posément encore, et dit simplement :

– Ça ne va pas.

Enflammée par l'espoir, elle répliqua :

– Il faut que ça aille ! Ne t'aveugle pas : bien des garçons ont fait des bêtises pareilles, mais ils se le tiennent pour dit ! Tu as une bonne occasion de te libérer, ne la perds pas pour je ne sais quelle fausse idée de l'honneur : tu te dois cela comme tu nous le dois !

– Comment, une bonne occasion ?

– Mais oui. La fille sera plus raisonnable que toi : elle sait bien que l'on rompt toujours ces sortes de liaisons, quand il y a un enfant.

Il remit sa réponse au lendemain. Quelque chose s'était allumé en lui.

Sa mère, les médecins avec leur sourire raisonnable, le glissement du métro pour aller retrouver Tonka, l'agent de police dont les gestes fermes ordonnaient le chaos, la tonnante cataracte de la ville, tout cela ne faisait qu'un : il était debout dans l'espace solitaire ménagé au-dessous, à l'abri de l'eau sans doute, mais coupé de tout.

Il demanda à Tonka si elle serait d'accord.

Elle répondit que oui. Terriblement équivoque, ce oui. Aussi raisonnable que l'avait prévu sa mère, mais autour de la bouche qui le prononçait tressaillait un grand désarroi.

Le lendemain, sans qu'elle le lui eût même demandé, il jeta au visage de sa mère qu'il n'était peut-être nullement le père de l'enfant, que Tonka était malade, mais qu'il n'en préférait pas moins penser qu'il était lui-même malade et qu'il était le père, à délaisser Tonka.

Sa mère eut un sourire impuissant devant un tel aveuglement, elle le regarda avec tendresse et s'en fut. Il comprit qu'elle allait tout faire désormais pour protéger sa chair et son sang de la souillure, et qu'un puissant ennemi lui était désormais allié.

VIII

Tonka perdit enfin sa place ; déjà il commençait à s'inquiéter que ce malheur tardât tant. Le commerçant chez qui travaillait Tonka était un homme petit et laid, mais à qui leur détresse avait prêté une puissance surhumaine. Ils en avaient parlé pendant des semaines : sans doute sait-il tout déjà, mais c'est quelqu'un de bien, qui ne va pas ajouter au malheur des gens ; et un autre jour : il ne voit rien, Dieu soit loué ! il n'a encore rien vu ! Un jour, pourtant, Tonka fut convoquée au bureau où on lui demanda sans ambages ce qui en était. Elle ne put prononcer un mot, mais ses yeux s'emplirent de larmes. Qu'elle ne pût parler, l'homme raisonnable ne s'en émut guère ; il lui paya son salaire du mois et la congédia sur-le-champ. Il était si fâché maintenant qu'il tempêtait, criant qu'il allait être embarrassé pour lui trouver une remplaçante, que Tonka l'avait abusé en lui cachant son état lorsqu'elle était entrée en service ; et tout ce bruit sans même prendre la peine de faire sortir la secrétaire. Sur quoi Tonka se jugea très coupable ; mais lui aussi admira en secret ce petit commerçant anonyme et sordide qui n'avait pas balancé une minute à sacrifier Tonka à ses affaires, et avec Tonka ses larmes, un enfant, et Dieu sait quelles inventions, quelles âmes, quels destins : toutes choses dont il ne savait rien et dont il était loin de songer à se soucier.

Il leur fallait manger maintenant dans des gargotes,

pour quelques sous, parmi la crasse et la vulgarité, une nourriture qu'il ne supportait pas. Pour ces repas, il allait chercher Tonka, ponctuellement, comme s'il s'agissait d'un devoir. Il faisait une singulière figure avec ses vêtements bien coupés au milieu des apprentis et des employés de magasin, toujours grave, taciturne, fidèle, au côté de sa compagne enceinte dont rien n'eût pu le séparer. Il essuyait plus d'un regard moqueur, d'autres approbateurs, mais qui ne brûlaient pas moins. C'était, avec dans la tête son invention et la certitude de l'infidélité de Tonka, d'étranges marches dans la cohue grossière de la grande ville. Jamais encore il n'avait ressenti avec autant de force la cohésion du monde : dans quelque rue qu'il allât, cela jappait et courait comme une meute de chiens bruyants, chacun avec sa propre avidité, mais tous n'en formant pas moins une seule troupe. Lui seul n'avait personne à qui demander un appui ou simplement raconter son histoire ; jamais il n'avait eu de temps pour l'amitié, et sans doute non plus de goût à des amis, ni d'attrait pour eux ; il portait le poids de ses idées, et c'est un poids qui peut vous coûter la vie, tant que les hommes n'ont pas flairé le profit qu'ils en pourraient tirer. Il ne connaissait même pas une direction dans laquelle il eût eu chance de trouver de l'aide : un véritable étranger. Et Tonka, qui était-elle ? L'esprit de son esprit ? Non, c'était elle aussi une étrangère, avec son secret, qu'une rencontre significative lui avait en quelque sorte adjointe.

Une mince ouverture, cependant, laissait entrevoir une lueur lointaine : ses pensées se tournèrent de ce côté-là. Il travaillait à une invention dont l'importance devait bien finir par s'imposer aussi aux autres, et il est sûr qu'il y avait là pour lui, outre l'effort de la réflexion, un courage, une confiance et un pressentiment qui ne trompaient jamais, une saine vitalité qu'il suivait comme une étoile. Là aussi, il ne faisait que chercher les probabilités les plus grandes, et il y en avait toujours une qui était vraie ; il se disait, avec confiance, que tout se passerait comme d'habitude et qu'il finirait bien par tomber sur ce dont il voulait découvrir l'autre aspect ; s'il avait voulu, comme pour Tonka, épuiser toutes les possibilités, il n'en aurait jamais fini. Penser, c'est ne pas penser trop, et il ne se fait pas de découverte que l'on n'ait plus ou moins renoncé à ce qu'il y a d'illimité dans le don de la découverte. Cette moitié de sa vie semblait être sous une étoile qui s'appelait mystère, ou indémontrable bonheur. L'autre n'était pas éclairée.

Il jouait maintenant aux courses avec Tonka. Le jour où paraissait la liste du tirage, il avait attendu Tonka pour l'acheter et la consulter en chemin. Il s'agissait d'une course misérable dont le gros lot ne dépassait pas deux ou trois mille marks : n'empêche que cette somme lui aurait permis d'assurer l'avenir immédiat. N'aurait-il même gagné que quelques centaines de marks, il aurait pu acheter à Tonka les robes et la lingerie indispensables, ou la sortir de son insalubre mansarde. Et même s'il ne s'était agi que de vingt marks, il y aurait vu un encouragement, aurait acheté d'autres billets. Oui, même s'ils n'avaient gagné que cinq marks, ç'aurait été le signe que, dans des contrées inconnues, son essai de renouer avec la vie était bien vu.

Les billets étaient tous les trois perdants. Alors, bien sûr, il ne les avait plus achetés que par jeu, et il avait senti en lui, déjà lorsqu'il attendait Tonka, un vide de mauvais augure ; n'empêche qu'il avait dû être ballotté entre l'espoir et l'indifférence – ou était-ce que sa situation ne lui permettait même plus de perdre quelques sous pour rien ; il eut soudain l'impression qu'une puissance invisible lui voulait du mal, et il se sentit tout entouré d'hostilité.

Dans la suite, il devint sérieusement superstitieux : du moins l'homme en lui qui allait chercher Tonka tous les soirs, tandis que l'autre continuait à travailler en vrai savant. Il possédait deux bagues, mais ne les portait que tour à tour. Toutes deux avaient de la valeur, mais l'une était ancienne et racée, tandis que l'autre, un cadeau de ses parents, ne lui avait jamais beaucoup plu. Or, il s'avisa que les jours où il portait la bague neuve, coûteuse sans doute mais banale, il évitait plus aisément de nouvelles aggravations de sa situation que les jours où il portait l'autre, qu'il n'osa plus désormais mettre à son doigt, se chargeant de la première comme d'un joug. De même, un jour qu'il avait par hasard oublié de se raser, il eut de la chance ; le lendemain, comme il s'était rasé quand même, en dépit de l'avertissement de l'expérience, un nouveau petit malheur – un incident ridicule qui n'était un malheur que dans sa situation – vint punir son inconséquence : il ne put plus se résoudre à toucher à sa barbe ; elle poussa, il se contenta de l'effiler soigneusement, et il la garda pendant toutes les tristes semaines qui suivirent. Cette barbe le défigurait, mais il en allait pour lui comme pour Tonka : plus il était laid, plus il se sentait protégé avec sollicitude. Peut-être ses sentiments à l'égard de Tonka se firent-ils d'autant plus tendres qu'ils étaient plus profondément déçus : c'était une barbe aussi bonne au-dedans que laide au-dehors. Tonka la détestait et ne la comprenait pas. Sans Tonka, il n'aurait jamais su à quel point cette barbe était laide : quand on n'a personne en qui se mirer, on ne sait presque rien de soi. Et comme on ne sait rien, peut-être souhaitait-il parfois la mort de Tonka, pour que prît fin cette intolérable vie ; et s'il aimait sa barbe, c'était seulement parce qu'elle déguisait et dissimulait tout cela.

IX

Parfois, il tentait encore de la prendre au piège en lui posant une question faussement anodine destinée à faire trébucher sa prudence. Mais le plus souvent c'était lui qui était pris. Il lui disait, insinuant :

– Tu sais bien que c'est absurde de nier l'évidence : dis-moi donc seulement, pour que la sincérité règne de nouveau entre nous, comment c'est arrivé !...

Elle n'avait jamais qu'une réponse, toujours la même :

– Si tu ne veux pas me croire, chasse-moi !

Ce qui était sans doute abuser du fait qu'elle était sans défense, mais aussi, non moins certainement, la réponse la plus véridique : ne pouvant appeler la médecine ni la philosophie à son secours, il fallait bien qu'elle répondît de la vérité de ses paroles par la vérité de sa personne.

Alors il se mit à l'accompagner dans ses sorties, parce qu'il n'osait plus la laisser seule ; non qu'il craignît un danger précis, mais il n'aimait pas la savoir seule dans ces grandes rues inconnues. Et quand il allait la chercher quelque part et qu'en chemin, dans la pénombre, ils croisaient un homme qui ne saluait pas, il croyait quelquefois connaître cet homme et voir Tonka rougir ; aussitôt il se rappelait qu'ils s'étaient en effet trouvés tel jour en sa compagnie, et du même coup lui venait la conviction (avec la même certitude qui montait au visage de Tonka) que c'était *lui* ! C'était une fois un homme aisé, surnuméraire dans une affaire d'exportations, qu'ils avaient connu en passant, une autre fois un chanteur de cabaret qui avait perdu sa voix et logeait chez la même hôtesse que Tonka. C'était toujours de ces figures dérisoirement lointaines, jetées à la mémoire comme des paquets crasseux et bien ficelés qui devaient contenir la vérité et où le premier essai de les ouvrir ne faisait apparaître qu'un tas de poussière, et toujours la même impuissance torturante.

Ces certitudes qu'il avait de l'infidélité de Tonka ressemblaient un peu à des rêves. Tonka les supportait avec son humilité touchante, sa tendresse muette, mais celles-ci pouvaient signifier tant de choses ! Et quand on passait en revue ses souvenirs, comme ils étaient équivoques, du premier au dernier ! La simplicité avec laquelle elle était venue à lui, par exemple, pouvait être aussi bien de l'indifférence qu'une certitude du cœur. La façon dont elle le servait, indolence ou béatitude. Était-elle fidèle comme un chien, elle pouvait, comme un chien, suivre tous les maîtres ! Il avait eu cette impression dès la première nuit, et était-ce vraiment, pour Tonka, la première nuit ? Il n'avait pris garde qu'aux signes de l'âme, et les symptômes physiques n'avaient été rien moins qu'évidents. Maintenant, c'était trop tard. Le silence de Tonka s'étendait sur toute leur aventure, et pouvait signifier innocence ou entêtement, ruse aussi bien que souffrance, repentir, angoisse, honte pour lui, peut-être. Pourtant, eût-il pu tout revivre encore une fois qu'il n'en eût pas été plus avancé. Se défie-t-on d'un être, les marques les plus évidentes de fidélité deviennent des preuves de trahison ; a-t-on confiance en lui, les témoignages les plus tangibles d'infidélité deviennent les signes d'une fidélité méconnue, éplorée comme un enfant enfermé par les adultes. Rien n'avait de sens en soi, tout dépendait de tout, il fallait tout croire ou tout mettre en doute, tout aimer ou tout tenir pour imposture ; et connaître Tonka, c'était être obligé de lui répondre d'une certaine manière, lui crier qui elle était ; ce qu'elle était ne dépendait à peu près que de lui. Alors Tonka perdait ses contours, dans une tendre et aveuglante lumière de légende.

Il écrivait à sa mère : « Ses jambes ont la même longueur du sol aux genoux que des genoux en haut, ce sont de très longues jambes capables de marcher infatigablement, comme des jumeaux. Sa peau n'est pas fine, mais elle est blanche et sans défaut. Ses seins sont presque un peu lourds, et elle a sous les bras une petite houppe de poils noirs : dans ce corps mince et blanc, c'est adorable à en rougir. Ses cheveux descendent en longues mèches sur les oreilles ; certains jours, elle croit bon de les faire friser au fer, ce qui lui donne l'air d'une boniche, et c'est sûrement le seul crime qu'elle ait jamais commis… »

Ou il répondait à sa mère : « Entre Ancône et Fiume, à moins que ce ne soit entre Middelkerke et une ville dont j'ai oublié le nom, il y a un phare dont la lumière passe toutes les nuits sur la mer comme un coup d'éventail : un coup d'éventail, et puis plus rien, et puis de nouveau une lueur. Et dans les prairies du val Venna fleurissent les edelweiss…

« Est-ce de la géographie, de la botanique, de la navigation ? C'est un visage, c'est quelque chose qui est là, unique, seul, éternel, présent et du même coup absent. Ou alors, que serait-ce donc ?… »

Bien entendu, il n'envoyait jamais ces réponses absurdes.

X

Pour faire de sa conviction une véritable conviction, il manquait un impondérable.

Il avait voyagé une fois de nuit avec sa mère et Hyacinthe ; vers les deux heures du matin, à ce moment de fatigue implacable où les corps ballottés par le mouvement du train cherchent un soutien, il lui sembla que sa mère s'appuyait contre Hyacinthe dans une sorte d'entente profonde, et que Hyacinthe lui prenait la main. Ses yeux s'étaient agrandis de colère, de pitié aussi pour son père ; mais quand il se pencha en avant, Hyacinthe était de nouveau à l'écart, et sa mère avait incliné la tête du côté opposé. Un peu plus tard, comme il s'était de nouveau laissé aller en arrière, la même scène se reproduisit. Si vif était le tourment provoqué par l'imprécision de la vision, ou si imprécise la vision dans l'obscurité, par la faute du tourment. Il finit par se déclarer convaincu, et se proposa d'en demander compte dès le lendemain à sa mère ; mais quand le jour parut, tout s'était dissipé avec les ténèbres. Lors d'un autre voyage, sa mère fut légèrement souffrante, et Hyacinthe, chargé d'écrire au mari à sa place, lui avait demandé non sans maussaderie ce qu'il devait dire : lui qui écrivait à la mère, à chaque séparation, des épîtres de plusieurs pages ! Sur quoi ils se disputèrent, le garçon s'étant fâché de nouveau ; le malaise maternel s'aggrava au point de sembler dangereux, il fallut des soins, de sorte que les mains de Hyacinthe ne cessaient de croiser les siennes, et il les repoussait toujours, jusqu'à ce que Hyacinthe, presque tristement, lui demandât pourquoi il ne cessait de le repousser ainsi. L'accent du malheur dans cette voix l'effraya. Si mal l'on sait ce que l'on sait, si faiblement l'on veut ce que l'on veut.

Mais cela peut encore se comprendre. Pourtant, il était capable de rester assis dans sa chambre en proie à tous les tourments de la jalousie, et de se dire qu'il n'était nullement jaloux, que c'était autre chose, un sentiment extrêmement lointain, une étrange découverte : quand il s'agissait de ses *propres* sentiments ! Levait-il les yeux, aucun détail ne manquait. La tapisserie de la chambre était verte et grise. Les portes d'un brun rougeâtre, avec de calmes miroitements. Les gonds de cuivre foncé. Il y avait un fauteuil d'acajou brun recouvert de velours lie-de-vin. Mais toutes ces choses avaient l'air, bien que verticales, de guingois, penchées en avant, prêtes à tomber, elles lui paraissaient absurdes et sans limites. Il se frottait les yeux, regardait encore : non, ce n'était pas la faute de ses yeux, c'étaient les choses. D'elles, on prétendait que la croyance en leur existence devait précéder cette existence. Si l'on ne regarde pas le monde avec les yeux du monde mais qu'on l'a déjà au fond du regard, il s'émiette en détails absurdes qui vivent aussi tristement séparés les uns des autres que les étoiles nocturnes. Il lui suffisait d'aller à la fenêtre : l'univers d'un employé qui passait croisait tout à coup celui d'un cocher de fiacre en stationnement, et il en résultait un monde morcelé, un désordre, un enchevêtrement ou une juxtaposition écœurante, un tohu-bohu de corps planétaires dont chacun avait son orbite et son atmosphère – joie et confiance en soi – tout cela uniquement pour permettre aux gens de se maintenir debout dans un monde privé de haut et de bas. Vouloir, savoir et sentir constituent un écheveau inextricable ; on ne s'en aperçoit que lorsqu'on perd le fil. Mais il y a peut-être un moyen de traverser le monde autrement qu'en suivant le fil du Réel ? Dans ces moments où une sorte de vernis glacé le séparait de toutes choses, Tonka devenait pour lui plus encore qu'une légende, elle était presque une vocation.

Il se dit qu'il lui fallait ou épouser Tonka, ou l'abandonner, elle et ces pensées.

Nul ne lui reprochera pourtant de ne s'être décidé ni à l'un ni à l'autre. Si justifiées que soient de telles pensées, de telles impressions, chacun sait aujourd'hui qu'elles ne sont pour une bonne part que chimères. Y réfléchissait-il, ce n'était jamais tout à fait sérieusement. Sans doute avait-il quelquefois le sentiment d'être mis à l'épreuve ; mais une fois réveillé, s'il se parlait en homme, il était bien forcé de reconnaître que cette épreuve se réduisait à savoir s'il voulait, en dépit des quatre-vingt-dix-neuf chances sur cent qu'il avait de n'être qu'un cocu et un sot, continuer à croire de toutes ses forces en Tonka. D'ailleurs, cette humiliante possibilité avait beaucoup perdu déjà de son importance.

XI

Chose curieuse, ce fut pour lui une période de grands succès scientifiques. Dans les grandes lignes, il avait résolu son problème, dont les conséquences n'allaient pas tarder à apparaître. Déjà des savants s'intéressaient à lui ; pour ne parler que chimie, ils n'en apportaient pas moins une confirmation à son cœur. Tous croyaient à la probabilité de sa réussite : quatre-vingt-dix-neuf chances sur cent suffisaient donc à les tromper ! Il s'abrutissait de travail.

Mais tandis que son personnage social, en s'affirmant, atteignait à la maturité du monde, il suffisait qu'il abandonnât son travail pour que ses pensées s'égarassent : au moindre rappel en lui de l'existence de Tonka, des personnages se mettaient à tourner dans sa tête sans révéler leur signification, comme des inconnus se croisant chaque jour sur le même trajet. Il y avait le commis-chanteur de cabaret qu'il avait soupçonné une fois, et tous ceux sur qui une quelconque certitude pouvait trouver prise. Ils ne faisaient pas grand-chose, ils étaient là ; et même quand ils faisaient le pire, cela n'avait pas grande signification ; comme ils étaient quelquefois deux ou plus en un seul, la simple jalousie devenait impossible : ces incidents devenaient aussi limpides que l'air le plus pur, et même plus encore, pour aboutir à une liberté, à une vacuité quittes de tout égoïsme, dôme immobile au-dessous duquel les hasards du monde, minuscules, continuaient à se jouer. Souvent ces images se transformaient en rêves, quand elles n'en étaient pas à l'origine, et c'est au-dessus de cette pâle région d'ombres qu'il s'élevait quand s'allégeait le poids de son travail, comme s'il devait être averti d'une manière ou d'une autre que ce travail n'était pas sa véritable vie.

Ces rêves réels étaient situés à un niveau plus bas que l'état de veille, et chauds comme des chambres basses aux couleurs vives. Il y voyait Tonka vertement tancée par sa tante pour n'avoir pas pleuré à l'enterrement de la grand-mère, ou un personnage repoussant se reconnaître pour le père de l'enfant, tandis que Tonka, interrogée du regard, pour la première fois renonçait à nier et restait immobile, avec un sourire infini ; cette scène se passait dans une chambre ornée de plantes vertes, de tapis rouges et d'étoiles bleues aux murs ; quand il relevait les yeux, après l'infinité de ce sourire, les tapis étaient verts, les plantes avaient des feuilles rubicondes, les murs des reflets jaunes comme une douce peau de femme, et Tonka était toujours à sa place, bleu clair, pareille à la lumière de la lune. Il se réfugiait dans ces rêves presque comme dans un naïf bonheur ; peut-être n'étaient-ils qu'une preuve de lâcheté ; ils disaient seulement que Tonka devait avouer pour que tout s'arrangeât. Leur fréquence le troublait, mais au moins n'entraînaient-ils pas l'insupportable tension de cette demi-veille qui le poussait à s'élever toujours plus haut.

Dans ces rêves, Tonka était toujours immense comme l'amour, et non plus la malheureuse petite employée de magasin qu'elle était ; mais chaque fois elle changeait d'aspect. Parfois elle était sa propre sœur cadette (alors qu'elle n'en avait jamais eu), et souvent un simple froissement de robe, la sonorité et la cadence d'une autre voix, le geste le plus étrange et le plus surprenant, l'attrait d'aventures inouïes que lui valait, comme cela n'arrive qu'en rêve, la simple intimité chaleureuse de son nom, aventures qui lui dispensaient, dès le moment où elles n'étaient encore tout entières que la tension du désir, la béatitude sans effort qui précède la possession. Avec ces doubles s'élevait en lui une inclination apparemment sans attache et sans réalité, une intimité surhumaine, dont on n'aurait pu dire si elle cherchait à se délivrer de Tonka ou au contraire à s'unir enfin réellement à elle. Quand il y réfléchissait, il devinait que cette mystérieuse faculté de transfert et cette indépendance de l'amour devaient se manifester aussi à l'état de veille. Ce n'est pas l'aimée qui est à l'origine des sentiments qu'elle semble avoir fait naître ; ceux-ci étant simplement posés derrière elle comme une lumière. Mais alors qu'en rêve une mince faille subsiste par laquelle l'amour se détache de l'aimée, à l'état de veille cette faille est bouchée, comme si l'on était simplement la victime d'une histoire de sosies, et condamné par on ne sait quelle puissance à juger merveilleux quelqu'un qui est loin de l'être. Il n'avait pas le courage de placer cette lumière derrière Tonka.

Le fait qu'il pensait si souvent à des chevaux ne devait pas être sans rapport avec ces rêveries, et avait sans doute une signification précise. Peut-être était-ce le souvenir de Tonka, du pari mutuel et des billets perdants, peut-être celui de son enfance, car il voyait de beaux chevaux pie, de lourds attelages ornés de laiton et de fourrures. Parfois la flamme de l'enfance se rallumait en lui, ce cœur pour lequel générosité, bonté et foi ne sont pas encore des devoirs négligés, mais des chevaliers dans le jardin enchanté des aventures et des délivrances. Toutefois, ce n'était peut-être que les derniers feux avant la cendre, ou l'irritation d'une cicatrice qui se formait. Les chevaux traînaient toujours du bois, le pont sous leurs sabots rendait un son étouffé de bois, et les valets portaient de courtes vestes à carreaux bruns et violets. Tous se découvraient devant un grand Christ de fer-blanc dressé au milieu du pont ; seul un petit garçon qui se tenait auprès, en hiver, pour regarder, n'avait pas voulu se découvrir, parce qu'il en savait trop déjà et ne croyait pas. Du coup, il ne pouvait plus boutonner son pardessus : impossible ! Le gel avait paralysé ses petits doigts ; s'ils parvenaient, non sans effort, à saisir un bouton puis à le tirer, dès qu'ils voulaient l'introduire dans la boutonnière, le bouton sautait à son ancienne place, laissant les doigts impuissants et stupides. Ils avaient beau multiplier les tentatives, ils ne faisaient qu'aggraver leur maladresse…

C'était ce souvenir qui lui revenait le plus souvent.

XII

Au milieu de ces incertitudes la grossesse suivait son cours, comme pour lui montrer ce que c'était que le réel.

Ce fut alors la démarche pesante qui imposait à Tonka le secours d'un bras étranger, le corps alourdi, mystérieusement chaud, la façon maladroite, émouvante à force d'être disgracieuse, de s'asseoir en écartant les jambes ; ce furent toutes les étapes du surprenant processus, qui, sans une hésitation, transformait ce corps de jeune fille en capsule à graines, modifiait toutes les proportions, élargissait et abaissait les hanches, émoussait les genoux, gonflait le cou, changeait les seins en mamelles, dessinait sur la peau du ventre un fin réseau de veines bleues ou rouges, si visibles qu'on s'effrayait de voir le sang circuler si près du monde extérieur, comme si cela pouvait signifier l'imminence de la mort. Ces nouvelles formes ne faisaient que contenir l'informe avec puissance et patience ; et le bouleversement de toutes les proportions humaines se reflétait jusque dans l'expression des yeux : le regard, affaibli, s'attardait longuement sur les choses et ne s'en détachait qu'à grand-peine. Sur lui aussi, ce regard s'attardait souvent. De nouveau Tonka prenait soin de son ami, et, péniblement, le servait, comme si elle voulait lui prouver une dernière fois qu'elle ne vivait que pour lui ; on n'aurait pu lire dans ses yeux la moindre honte de sa beauté défigurée ; il n'y brillait que le seul désir de faire encore, si pataude fût-elle, tout ce qu'elle pourrait pour lui.

Maintenant, ils étaient presque aussi souvent ensemble qu'au début. Ils parlaient peu, mais ils restaient l'un près de l'autre, parce qu'ils se sentaient désarmés par cette grossesse qui avançait comme une aiguille de montre. Ils auraient dû enfin s'expliquer, mais le temps seul progressait. L'homme d'ombre, l'irréel en lui s'efforçait quelquefois de trouver des mots ; l'intuition qu'il lui faudrait tout mesurer avec d'autres mesures cherchait à poindre, mais comme toute intuition, elle était équivoque, incertaine. Pendant ce temps le temps passait, s'enfuyait, se perdait ; la pendule sur le mur était plus près de la vie que toute pensée. La chambre où ils se tenaient était une chambre de style petit-bourgeois, la pendule une pendule de cuisine toute ronde, mesurant un temps de cuisine, et sa mère le bombardait de lettres où tout était prouvé par a + b ; elle n'envoyait pas d'argent, parce qu'elle le dépensait chez des médecins dont les avis étaient censés lui redresser les idées : il le comprenait bien et avait cessé de s'en irriter. Un jour, elle lui envoya même une nouvelle explication médicale d'où il ressortait enfin à l'évidence que Tonka devait l'avoir trompé malgré tout ; mais, loin de l'alarmer, cette lettre ne fit qu'éveiller en lui un sentiment presque agréable de surprise ; comme si cela ne le concernait nullement, il chercha à comprendre comment les choses avaient pu se passer, et il se dit seulement : « Pauvre Tonka, que de souffrances elle aura subies pour un bref instant d'égarement ! » Parfois même, il devait se retenir de ne pas lui dire soudain, joyeusement : « Écoute, Tonka, j'ai enfin trouvé ce que nous avions oublié : avec qui tu m'as trompé ! » Ainsi tout s'enfuyait. Jamais rien de nouveau. Seule restait la pendule. Et l'ancienne intimité.

Et celle-ci, bien qu'ils ne se fussent pas expliqués, ramena ces moments où les corps se désirent. Ils revinrent, comme de vieux amis qui même après une longue absence entrent chez vous sans plus de façons. De l'autre côté de la petite cour, à cause de l'ombre, les fenêtres semblaient aveugles, les gens étaient partis travailler, la cour en bas s'emplissait d'obscurité comme un puits, le soleil semblait éclairer l'appartement à travers des vitres de plomb, illuminant et soulignant chaque objet d'un éclat mort. Il se trouva là un jour, par exemple, un vieux petit agenda ouvert comme si Tonka venait de le feuilleter, et sur la grande plaine blanche de la page se dressait, tel un obélisque commémoratif, un petit point d'exclamation rouge. Toutes les autres pages étaient couvertes d'annotations relatives au quotidien, de prix, d'achats à faire, celle-là seule était vide, hors le signe. Il ne douta pas un instant que ce ne fût la célébration du jour dont Tonka lui cachait l'histoire, les dates correspondaient à peu près, et la certitude lui monta au front comme un afflux de sang.

Mais la certitude ne tenait à rien, sinon justement à cette violence subite, et un instant plus tard elle s'évanouissait de nouveau : voulait-on ajouter foi à ce point d'exclamation, on pouvait aussi bien croire au miracle, et l'accablant était justement que l'on ne faisait ni l'un ni l'autre. Ils échangèrent un regard effrayé. Tonka avait aperçu sans doute le feuillet dans sa main. Dans l'étrange lumière de la chambre, les objets ressemblaient maintenant à leurs propres momies. Leurs corps froidirent, les extrémités de leurs doigts se glacèrent, tandis que les entrailles retenaient comme un écheveau brûlant toute la chaleur de la vie. Sans doute le médecin avait-il averti que Tonka avait besoin d'être ménagée si l'on voulait éviter un malheur ; mais c'était un de ces instants où il est impossible, justement, de faire confiance aux médecins. De l'autre côté aussi, tous les efforts demeurèrent inutiles : peut-être Tonka n'avait-elle plus assez de force, n'était-elle plus déjà qu'un mythe inachevé.

« Viens ! » dit Tonka suppliante. Et ils partagèrent douleur et chaleur dans une indifférence triste.

XIII

Tonka était entrée à l'hôpital ; la maladie avait tourné comme on le redoutait. Il avait la permission d'aller la voir, à heures fixes. Ainsi s'était perdu le temps.

Le jour où elle avait quitté la maison, il s'était fait raser la barbe. Il redevenait lui-même.

Il apprit ensuite que le même jour (par impatience, légèreté d'esprit, souci de se débarrasser de quelque chose qu'elle avait longtemps ajourné par économie jusqu'à ce qu'elle eût peur de ne plus pouvoir le faire), elle s'était fait en hâte arracher une molaire, dernier geste de liberté avant l'entrée à l'hôpital. Elle devait avoir maintenant de tristes joues tombantes, parce qu'elle ne voulait jamais se faire aider. Alors les rêves reprirent de la force.

L'un surtout revenait sous toutes sortes de formes. Une fille blonde, insignifiante, pâle de teint, lui racontait qu'une nouvelle maîtresse – tout imaginaire – l'avait quitté, et repris par la curiosité, il jetait : « Croyez-vous que Tonka valait mieux ? » Il hochait la tête et prenait l'air le plus sceptique possible pour inciter la jeune fille à protester d'autant plus énergiquement des vertus de Tonka, appréciant d'avance la saveur de soulagement que le ton décidé de la jeune fille allait lui apporter ; mais, contrairement à son attente, il voyait sur le visage qui lui faisait face un sourire s'ébaucher lentement, s'affirmer avec une terrible lenteur, après quoi la jeune fille disait : « Aïe ! En voilà une qui n'a pas eu peur de mentir. Elle était toute brave, mais pas question de croire un mot de ce qu'elle disait. Elle rêvait de la grande vie… » Le pire tourment de ce rêve n'était pas cette ébauche de sourire pareille à un coup de couteau, mais qu'il ne pût se défendre de s'emporter grossièrement à la fin, une fureur qui, dans l'impuissance du sommeil, semblait puisée au fond de son âme.

Assis au chevet de Tonka, il restait donc souvent silencieux. Il aurait aimé être aussi généreux que dans ses premiers rêves. Peut-être aussi aurait-il pu reprendre élan s'il avait détourné vers Tonka une part de l'énergie qu'il vouait à son travail. Les médecins n'avaient jamais réussi à lui découvrir la moindre maladie, aussi était-il lié à Tonka par la possibilité d'une attache mystérieuse : eût-il cru en elle qu'il fût aussitôt tombé malade à son tour. Peut-être aurait-ce été possible en une autre époque, se disait-il – se complaisant déjà dans ces retours en arrière –, peut-être qu'en une autre époque Tonka aurait été une femme illustre dont les princes même auraient hésité à demander la main : mais de nos jours ?… Il faudrait y réfléchir plus tard avec attention.

Ainsi restait-il à son chevet, plein de tendresse et de bonté pour elle, mais sans jamais lui dire ce qu'il aurait fallu, qu'il la *croyait*. Bien qu'il y eût longtemps déjà qu'il croyait en elle. Il ne la croyait en effet que dans la mesure où il se sentait incapable de continuer à se montrer sceptique et méchant envers elle, mais non jusqu'à répondre devant sa raison de toutes les conséquences que cela supposait. Ce fut cette réserve qui le sauva et l'empêcha de perdre pied.

Ce qu'il voyait à l'hôpital le tourmentait. Les médecins, les examens, la discipline : le monde avait empoigné Tonka et l'avait attachée sur la table. Mais déjà ce fait lui semblait presque une absence d'elle. Sans doute devait-elle continuer, au-dessous de tout ce que le monde lui faisait, à être quelque chose de plus profond, mais en ce cas, pour que l'on pût lutter pour elle, il fallait aussi que tout changeât dans le monde. Déjà il cédait un peu ; quelques jours déjà après leur séparation elle lui était devenue légèrement étrangère, du fait qu'il ne pouvait plus quotidiennement corriger l'étrangeté de sa vie trop simple, cette étrangeté à laquelle il avait d'ailleurs toujours été plus ou moins sensible.

Et comme, à son chevet, le plus souvent il ne disait presque rien, il lui écrivait des lettres où il avouait beaucoup de choses qu'il eût dissimulées d'ordinaire ; il lui écrivait presque aussi gravement qu'à un grand amour ; il n'y avait qu'une phrase : « Je crois en toi » devant laquelle ces lettres, elles aussi, reculassent. Tonka ne répondait pas, il en était décontenancé. Alors seulement il s'avisa qu'il ne les avait jamais postées ; elles n'étaient d'ailleurs pas sa véritable pensée, plutôt le reflet d'un état dont il ne pouvait sortir qu'en écrivant. Il s'aperçut alors qu'il avait encore bien de la chance, lui qui pouvait s'exprimer : Tonka ne le pouvait pas. A ce moment-là, il la comprit profondément. Elle était comme un flocon de neige qui tomberait en plein été. Mais un moment après ce n'était plus une explication du tout, peut-être Tonka n'était-elle simplement qu'une brave fille. Le temps passait trop vite, jusqu'au jour où il eut la terrible surprise d'apprendre qu'elle n'en avait plus pour longtemps. Il se reprocha amèrement d'avoir été assez léger pour ne pas la ménager plus ; mais comme il s'en ouvrait à Tonka, elle lui raconta un rêve qu'elle avait fait l'une des nuits précédentes : car elle aussi s'était mise à rêver.

« J'ai appris en rêve, lui dit-elle, que j'allais mourir bientôt et, c'est à n'y rien comprendre, j'étais toute contente. Je tenais à la main un cornet de cerises et je me disais : Au moins, dépêche-toi de les manger avant !... »

Le lendemain, on ne lui permettait plus de la voir.

XIV

Il se dit alors : peut-être Tonka n'était-elle pas aussi bonne que je me l'imaginais. Mais le mystère de sa bonté tenait justement à ceci qu'elle eût pu être aussi bien celle d'un chien.

Une douleur sèche comme le coup de balai d'une tempête le saisit. Je n'ai plus le droit de t'écrire, je n'ai plus le droit de te voir, c'étaient les cris poussés aux quatre coins de sa forteresse. Mais je serai près de toi comme le bon Dieu, reprenait-il pour se consoler, sans que cela signifiât rien pour lui. Bien souvent il se serait contenté d'appeler au secours, de crier : Je suis à tes genoux ! Il se disait, tristement : Pense donc, un homme avec son chien, tout seul, dans la montagne des astres, dans l'océan des astres ! et des larmes le tourmentaient, grosses comme le globe céleste et qui ne voulaient pas couler.

Tout éveillé, il tissait maintenant les propres rêves de Tonka.

Ainsi songea-t-il qu'un jour, quand Tonka aurait perdu tout espoir, il reviendrait et serait là de nouveau. Dans son manteau de voyage anglais à gros carreaux bruns. Et quand il l'ouvrirait, elle verrait dessous son corps blanc et mince, sans vêtements, avec au cou une fine chaîne d'or chargée de pendeloques sonores. Tout aurait été comme un seul jour, elle en était sûre… Ainsi désirait-il Tonka comme Tonka l'avait désiré. Oh ! elle n'était jamais avide ! Aucun homme ne l'attirait : quand on lui fait la cour, ce qu'elle préfère, c'est glisser une allusion maladroitement romantique à la fragilité de ce sentiment… Et le soir, quand elle revient du magasin, elle est toute pleine du bruit de ce qui s'y est passé, incidents joyeux ou moroses ; elle en a les oreilles bourdonnantes, sa langue continue à parler dans sa bouche de sorte qu'il n'y a plus en elle la moindre place pour un inconnu. Elle devine pourtant qu'il y a en elle une région – hors de portée de cette vie – où elle est grande, noble et bonne, où elle n'est plus une employée mais l'égale de son ami, et digne du plus haut destin. C'est pourquoi elle croyait aussi, en dépit de toutes leurs différences, avoir un droit sur lui : elle ne comprenait rien à son travail, cela ne la regardait pas, mais parce qu'au fond de lui il était bon, du coup il lui appartenait : elle aussi était bonne, et il devait bien y avoir quelque part un palais de la Bonté où ils vivraient ensemble à l'abri de toute séparation.

Mais qu'était cette bonté ? Ni un acte, ni un état. Une lueur quand s'ouvre le manteau de voyage. Et le temps passait trop vite. Il était encore solidement lié à la terre, il n'avait pas encore affirmé avec conviction qu'il crût en elle, il répétait encore : « … et même s'il en était ainsi, qui pourrait bien savoir… », que déjà Tonka était morte.

XV

Il avait donné de l'argent à la garde et elle lui avait tout raconté. Tonka l'avait fait bien saluer.

Alors, en passant, l'idée lui vint, comme un poème qui vous fait dodeliner de la tête, que ce n'était nullement avec Tonka qu'il avait vécu, mais qu'il avait obéi à une sorte d'appel.

Il se répétait cette phrase, il était debout dans la rue avec cette phrase. Le monde était allongé autour de lui. Sans doute se rendait-il compte qu'il avait changé et qu'il changerait encore, mais c'était lui le responsable, ce n'était pas particulièrement grâce à Tonka. La tension des dernières semaines, plus précisément la tension requise par sa recherche s'était relâchée : il avait terminé. Il était debout dans la lumière et elle couchée sous la terre, mais en fin de compte, il sentait que la lumière était bonne. Comme il jetait les yeux autour de lui, il aperçut soudain, dans un groupe d'enfants, un visage par hasard en larmes, éclairé violemment par le soleil et se tordant de tous côtés comme un immonde ver ; alors un souvenir l'envahit : Tonka ! Tonka ! Il sentit sa présence de la tête aux pieds, et toute sa vie. Tout ce qu'il n'avait jamais pu savoir fut à ce moment-là devant lui, comme si le bandeau de l'aveuglement était tombé de ses yeux ; mais peu de temps, car l'instant d'après il lui sembla seulement qu'une idée lui était passée rapidement par la tête. Cela lui arriva souvent dès lors et le rendit un peu meilleur que les autres, à cause de cette chaude petite ombre sur le brillant de sa vie.

A Tonka, cela ne servait plus de rien. Mais à lui, si. Même si la vie humaine s'écoule trop vite pour que l'on puisse en bien discerner chacune des voix, et lui répondre.

NOCES

L'ACCOMPLISSEMENT DE L'AMOUR

– Vraiment, tu ne peux pas venir ?

– C'est impossible : tu sais que je dois m'efforcer d'en finir rapidement.

– Lili serait si heureuse…

– Bien sûr, bien sûr, mais il n'y a pas moyen.

– Et partir sans toi ne me chante guère…

Sa femme prononça ces derniers mots en servant le thé, et ce faisant elle le regardait, assis dans l'angle de la chambre au fond du fauteuil fleuri de petites fleurs claires, une cigarette aux lèvres. C'était le soir, et les jalousies vert foncé donnaient sur la rue dans une longue rangée d'autres jalousies du même vert dont rien ne les distinguait. Telle une paire de paupières baissées sur leurs paisibles ténèbres, elles voilaient l'éclat de cette chambre où maintenant le thé coulait d'une théière d'argent mat dans les tasses, en frappait le fond avec un tintement léger, puis semblait s'immobiliser dans un rayon de soleil comme une colonne torse, translucide, légère, de topaze couleur paille… Il y avait sur les pans légèrement incurvés de la théière des reflets de vert et de gris, d'autres de bleu et de jaune ; tout à fait immobiles, on aurait dit de l'eau ensevelie dans un creux. Mais le bras de la femme s'écartait de la théière et formait un angle aigu, rigide, avec le regard qu'elle tenait tourné vers son mari.

C'était bien un angle, il suffisait d'un peu d'attention pour s'en convaincre ; mais l'« autre chose » presque matérielle qu'il y avait dans cet angle, ces deux êtres étaient seuls à pouvoir la saisir, à qui il semblait que ce fût entre eux comme une poutrelle du plus dur métal qui les eût maintenus chacun à sa place tout en les liant, si séparés fussent-ils, d'un lien quasi tangible… Cela prenait appui au creux de l'estomac où ils en sentaient la pression… Cela les raidissait contre le dossier de leur siège, avec des visages immobiles et des regards fixes, et ils n'en devinaient pas moins, à l'endroit du contact, une mobilité tendre, une légèreté infinie, comme si leurs cœurs, tels deux essaims de papillons, confondaient leurs vols…

A ce sentiment ténu, à peine réel et pourtant si perceptible, ainsi qu'à un axe un peu tremblant, et aux deux êtres sur qui il s'appuyait, toute la chambre était suspendue : les objets retenaient leur souffle, la lumière sur les parois se figeait en pointes dorées, tout se taisait, attendait, tout était là pour eux… Le temps, qui court dans le monde tel un fil qui n'aurait jamais fini d'étinceler, paraissait passer par cette chambre, par ces êtres, et soudain s'arrêter, se figer, toujours plus immobile, toujours plus étincelant… et les objets se rapprochèrent un peu les uns des autres. Ce fut un arrêt puis un affaissement infime, comme quand des surfaces s'organisent soudain en cristal, autour de ces deux êtres à travers qui passait la ligne médiane et qui tout à coup se regardaient dans ce suspens, cet infléchissement, cet enveloppement ainsi que dans une multitude de surfaces miroitantes, et se regardaient encore, comme si c'était la première fois qu'ils se voyaient…

La femme reposa la théière, sa main s'allongea sur la table. Comme épuisé par le poids de son bonheur, chacun se renfonça dans les coussins ; tandis qu'ils se tenaient captifs par le regard, ils eurent un sourire perdu et sentirent le besoin de ne point parler d'eux-mêmes. Ils se remirent à parler du malade – un personnage d'un livre qu'ils avaient lu ensemble – et ils commencèrent par un passage et une question tout à fait précis, comme s'ils y avaient pensé, alors que ce n'était pas vrai, alors qu'ils ne faisaient que reprendre un dialogue qui les avait déjà pendant des jours envoûtés, comme si ce dialogue dissimulait son vrai visage et, tout en ayant l'air de parler du livre, tendait à toute autre chose ; et cette fois encore, en effet, au bout de quelques instants, grâce à ce prétexte inconscient, leurs pensées étaient revenues à eux-mêmes.

– … Un homme tel que ce G., comment crois-tu qu'il se voie ? demanda la femme qui poursuivit, presque comme pour soi, tant elle était absorbée : Il séduit des enfants, il incite des jeunes femmes à se prostituer. Ensuite, le voilà qui sourit, debout, considérant d'un œil fasciné la faible flamme d'érotisme qui vacille quelque part au fond de lui. Crois-tu qu'il pense mal agir ?

– S'il le pense ?… Peut-être ; ou peut-être non, répondit le mari. Je ne sais si l'on peut poser la question ainsi à propos de tels sentiments.

– Moi, je crois… dit la femme, et il apparaissait maintenant qu'elle ne parlait nullement de ce personnage fortuit, mais de quelque chose de précis qui se faisait jour déjà pour elle derrière lui…, je crois qu'il pense bien agir.

Alors, pendant un instant, leurs pensées glissèrent sans bruit côte à côte, puis de nouveau, très loin, ressurgirent en mots. Ce fut néanmoins comme s'ils se tenaient encore les mains sans parler, et que tout fût dit déjà.

– … Il fait du mal, il fait mal à ses victimes, il doit savoir qu'il les démoralise, qu'il détraque leur sensualité, qu'il les engage sur une voie où elles ne trouveront plus jamais la satiété… On a l'impression pourtant qu'il sourit, le visage blême et mou, mélancolique et résolu à la fois, plein de tendresse ; d'un sourire qui flotte avec tendresse au-dessus de lui et de sa victime… Comme une journée de pluie au-dessus des champs, c'est le ciel qui l'envoie, pas question que la pensée comprenne cela, toutes les excuses sont présentes dans sa mélancolie, dans le sentiment dont il accompagne la destruction… Tout cerveau n'est-il pas une entité unique, solitaire ?

« Oui, tout cerveau n'est-il pas une entité solitaire ? » Ces deux êtres qui maintenant de nouveau s'étaient tus pensaient ensemble à ce tiers, à cet inconnu entre les innombrables tiers, comme s'ils marchaient ensemble dans un paysage : des arbres, des prairies, un ciel, et soudain l'on ne sait plus pourquoi tout est bleu d'un côté et nuageux de l'autre. Ils sentaient tous ces tiers autour d'eux comme la grande sphère qui nous entoure nous apparaît parfois vitreuse, étrangère, et nous glace, quand le vol d'un oiseau la raie d'une ligne incroyablement titubante. Il y eut tout d'un coup dans la chambre envahie par le crépuscule une solitude immense, glacée, évidente comme le plein jour.

Alors l'un d'eux dit, et l'on eût cru un violon effleuré :

– … Il ressemble à une maison dont toutes les portes seraient fermées. Ce qu'il a fait est peut-être en lui comme une mélodie sinueuse, mais qui l'entendra ?

Peut-être changerait-elle toute chose en suave mélancolie ?

L'autre répondit :

– … Peut-être n'a-t-il cessé d'y rôder à tâtons pour trouver une issue, et finalement il s'arrête, il se contente d'appuyer son visage sur les vitres embuées, considérant de loin ses victimes bien-aimées et souriant…

Ils n'ajoutèrent rien, mais dans l'heureuse étreinte de leurs mutismes cela continua de parler plus fort : « … Ce sourire seul rejoint les victimes, il flotte au-dessus d'elles, et de l'horreur convulsive de leurs gestes ensanglantés il fait un bouquet de tiges minces… Tendrement, il attend qu'elles aient vu le bouquet, puis il le laisse tomber et monte, résolu, porté sur les ailes de sa secrète solitude, animal inconnu, dans le vide merveilleux de l'espace… »

Ils sentirent que sur cette solitude reposait le secret de leur vie à deux. C'était un sentiment obscur du monde autour d'eux qui les faisait se serrer l'un contre l'autre, c'était un cauchemar de froid de tous les côtés sauf un, celui où ils s'appuyaient l'un à l'autre, se soulageaient de leur fardeau et se recouvraient, telles deux moitiés admirablement adaptées qui, une fois rejointes, réduisent leur limite extérieure tandis que l'intérieur grossit comme des fleuves mêlant leurs eaux. S'il leur arrivait d'être malheureux, c'est qu'ils ne pouvaient pas tout partager jusqu'à l'ultime parcelle.

– Te rappelles-tu, dit soudain la femme, ce soir récent où tu m'as embrassée en sachant que quelque chose nous séparait ? Une idée m'était venue à cet instant-là, une idée sans aucune importance, mais qui n'était pas toi, et cela me fit mal soudain de savoir qu'elle ne pouvait être toi. J'étais incapable de te le dire, de sorte que d'abord je souris de toi, de savoir que tu l'ignorais en croyant être tout près de moi, puis je n'ai plus voulu te le dire et j'ai été fâchée de voir que tu ne le sentais pas tout seul, de sorte que tes caresses ne me trouvaient plus. Je n'osais pas te prier de me laisser, puisqu'en réalité ce n'était rien, qu'en réalité j'étais près de toi ; et pourtant c'était là, c'était comme une ombre indistincte, l'idée que je pourrais être loin de toi, sans toi. T'est-il arrivé aussi de sentir soudain toutes les choses se dédoubler, pleines et sûres comme on sait qu'elles sont et en même temps pâles, douteuses, effrayées, comme si l'autre les considérait en cachette et déjà d'un œil étranger ? J'aurais voulu te prendre, te ramener de force à moi, puis te repousser et me jeter à terre, à l'idée que cet instant avait été possible…

– Était-ce donc le jour où… ?

– Oui, le jour où je me suis mise soudain à pleurer sous toi ; tu as cru que c'était par un désir trop intense de faire pénétrer mon cœur plus profond encore dans le tien. Ne sois pas fâché, il fallait que je te le dise et je ne sais pourquoi, ce n'était qu'une imagination, mais si pénible : je crois que c'est cela seulement qui m'a rappelé G. Qu'en penses-tu ?…

L'homme avait posé sa cigarette et s'était levé. Leurs regards s'agrippèrent l'un à l'autre, et ils eurent cette oscillation crispée du corps que l'on voit à deux acrobates debout côte à côte sur une corde. Puis, sans rien dire, ils relevèrent les stores et regardèrent la rue ; il leur semblait épier en eux-mêmes le craquement de tensions qui redonnaient à ils ne savaient quoi une forme nouvelle et l'apaisaient. Ils sentirent qu'ils ne pouvaient vivre l'un sans l'autre et qu'ensemble seulement, tel un système autonome bien réglé, ils pouvaient porter n'importe quelle charge. Quand ils pensaient l'un à l'autre, leur lien leur paraissait presque douloureux et maladif, tant ils le devinaient délicat, téméraire, insaisissable dans sa sensibilité aux moindres incertitudes.

Au bout d'un moment, quand le spectacle du monde extérieur leur eut rendu quelque assurance, ils se sentirent las et souhaitèrent s'endormir côte à côte. Ils n'éprouvaient plus rien que leur présence double, et persistait toutefois encore en eux – infime déjà et bu par l'obscurité – le sentiment comme d'un espace immense se déployant dans les quatre directions du ciel.

Le lendemain matin, Claudine prit le train pour la petite ville qui abritait l'école où était élevée sa fille Lili, âgée de treize ans. Lili était une enfant du premier mariage de sa mère, mais son père était un dentiste américain que Claudine, tourmentée par des rages de dents, avait consulté lors d'un séjour à la campagne. A cette époque, Claudine avait attendu vainement la visite d'un ami dont l'arrivée sans cesse ajournée avait mis sa patience à bout, et c'est dans une étrange ivresse faite d'irritation, de douleur physique et d'éther, avec le visage blanc et rond du dentiste qu'elle n'avait cessé de voir flotter pendant des jours au-dessus du sien, que l'aventure avait commencé. Jamais cet incident, ni aucun autre datant de cette première période perdue de sa vie, n'atteignit sa conscience. Quand elle dut retourner, quelques semaines plus tard, pour la fin du traitement, elle se fit accompagner par sa femme de chambre : ainsi avait-elle mis un terme à l'aventure. Il ne lui en resta que le souvenir d'un étrange nuage d'émotions qui l'avait troublée et excitée un instant comme un manteau qui lui eût été jeté sur la tête pour retomber bientôt après.

A toutes ses actions, à toutes ses expériences de cette époque s'attachait d'ailleurs un élément d'étrangeté. Il apparut qu'elle ne pouvait plus trouver de conclusion aussi rapide et durable que la première fois, et qu'elle dut céder longtemps, complètement en apparence, à l'emprise de certains hommes pour qui elle pouvait faire ensuite, dans un sacrifice total d'elle-même et comme en dehors de sa volonté, tout ce qu'ils exigeaient d'elle ; mais jamais elle n'en retirait l'impression d'avoir vécu une expérience intense ou importante. Elle commettait ou souffrait des actes passionnés parfois jusqu'à l'humiliation sans jamais perdre conscience que tout ce qu'elle faisait ne la touchait pas réellement et, pour l'essentiel, n'avait rien à voir avec elle. Ce mouvement d'une femme malheureuse, infidèle, banale, courait très loin d'elle comme un bruit de ruisseau, alors qu'elle avait pour tout sentiment celui d'être immobile à y songer.

Ce que cette ultime réserve et sauvegarde apportait à cette sorte d'abandon machinal à autrui, c'était la conscience, toujours confuse d'ailleurs, d'une intériorité pareille à un lointain accompagnement. Derrière tous les enchaînements des événements réels courait elle ne savait quoi de caché, et bien qu'elle n'eût jamais réussi encore à saisir cette secrète substance de sa vie et crût peut-être même que celle-ci n'arriverait jamais jusqu'à elle, elle n'en éprouvait pas moins constamment le sentiment de l'hôte qui ne pénètre qu'une seule fois dans une demeure inconnue et s'abandonne machinalement, non sans quelque ennui, à tout ce qui lui advient.

Plus tard, tout ce qu'elle faisait et subissait avait été absorbé dans l'instant où elle avait rencontré son actuel mari. Dès ce moment, elle était entrée dans une solitude et une paix telles que n'importait plus ce qui avait précédé, mais seulement ce qui s'ensuivrait, et que tout semblait, quand ce n'était pas oublié complètement, n'avoir eu lieu que pour fortifier leur sentiment mutuel. Une sensation étourdissante de croissance élevait autour d'eux comme des montagnes de fleurs, et très loin seulement persistait le souvenir d'une détresse subie, un arrière-plan dont tout se détachait, comme, sous l'effet de la chaleur, des mouvements engourdis par le sommeil s'arrachant à un froid glacial.

Un seul fil mince, pâle, perceptible à peine, courait peut-être encore de sa vie d'alors à celle de maintenant. Qu'aujourd'hui justement toutes ces pensées lui revinssent tenait peut-être au hasard, au fait qu'elle allait retrouver sa fille ou à n'importe quoi d'insignifiant : mais cela avait commencé à la gare quand soudain, discrètement – parmi la foule, bousculée et troublée par la foule – l'avait effleurée un sentiment qui, passant ainsi amputé devant elle et déjà fuyant, lui rappelait obscurément, de loin et pourtant dans un rapprochement quasi matériel, cette période à peu près oubliée de sa vie.

Le mari de Claudine n'avait pas eu le temps de l'accompagner à la gare ; elle attendait seule le train, la foule la pressait, la bousculait, la poussait lentement de-ci de-là, telle une lourde vague d'eau de vaisselle. Les sentiments affleurant sur les pâles visages ouverts par le matin, flottaient sur eux dans l'espace obscur comme le frai à la morne surface de l'eau. Claudine en éprouvait du dégoût. Elle aurait voulu écarter de son chemin, d'un geste négligent, cette cohue, mais – était-ce la supériorité matérielle du monde extérieur qui l'effrayait ou seulement cette lumière trouble, uniforme, indifférente sous l'immense verrière sale et l'enchevêtrement des poutrelles de métal – tandis qu'elle marchait parmi les voyageurs avec une apparence de sérénité et de courtoisie, elle sentait que cette attitude était contrainte et en souffrait secrètement comme d'une humiliation. Elle cherchait en vain un abri en elle-même ; c'était comme si elle s'était perdue lentement, bercée par la cohue ; ses yeux ne s'y retrouvaient plus, elle ne pouvait se ressaisir, et, s'y efforçait-elle, aussitôt la migraine tendait un voile souple et fin devant ses pensées.

Celles-ci, alors, se penchèrent vers l'intérieur, cherchant à ressaisir la journée précédente ; Claudine n'y gagna que la conscience de porter à l'insu de tous un bien fragile et précieux. Il ne fallait pas qu'elle trahît ce secret, parce que les autres ne comprendraient pas, parce que étant plus faible elle ne pourrait se défendre, et qu'elle avait peur. Elle s'avançait parmi eux, mince, effacée, tressaillant si quelqu'un passait trop près d'elle, protégée par la modestie de sa mine et pourtant pleine d'orgueil. En même temps, avec un ravissement caché, elle sentait son bonheur, et dès qu'elle cédait et s'abandonnait à cette angoisse vague, elle le sentait qui embellissait encore.

C'est à ce trait qu'elle reconnaissait son bonheur. C'était la même chose jadis, « une fois » pensa-t-elle soudain, comme si elle avait été longtemps ailleurs et pourtant jamais très loin. Il y avait autour d'elle un commencement incertain de jour, pareil à cette manière anxieuse qu'ont les malades de dissimuler leurs passions ; ses actes en morceaux se détachaient d'elle et trouvaient refuge dans la mémoire d'inconnus ; rien n'avait pu déposer en elle cette graine de fruit qui permet à une âme de gonfler doucement quand les autres, pensant l'avoir toute effeuillée, s'en détournent comblés… Pourtant, sur tout ce qu'elle subissait, il y avait comme le reflet d'un diadème, et un éclat tremblait dans la souffrance sourde, bourdonnante qui accompagnait sa vie. De temps en temps, il lui semblait que ses douleurs brûlaient comme de petites flammes en elle, et un besoin la poussait d'en rallumer d'autres sans cesse ; elle croyait alors sentir sur son front le tranchant d'un anneau aussi invisible et irréel que s'il eût été de verre et de rêve ; quelquefois, c'était seulement des chants lointains qui tournaient dans sa tête…

Claudine était assise immobile, tandis que le train traversait le paysage avec de légères oscillations. Ses compagnons de voyage causaient, mais leurs paroles n'étaient pour elle qu'un bourdonnement. Comme elle pensait maintenant à son mari, un bonheur las et doux enveloppait ses pensées telle une journée de neige. Pourtant, malgré tant de douceur, quelque chose empêchait tout élan, ou c'était comme quand un convalescent habitué à la chambre va faire dehors ses premiers pas, un bonheur qui oblige à s'arrêter et qui fait presque mal ; tandis que par-derrière durait l'appel de cette note vaguement tremblante qu'elle ne pouvait saisir, comme une chanson d'enfant, comme une souffrance, comme elle-même… Une note qui attirait à soi les pensées de Claudine, par larges ondes oscillantes, sans que ces pensées la pussent jamais voir en face.

Claudine se laissa aller en arrière et regarda dehors. L'idée de méditer plus longtemps ces questions l'épuisait ; ses sens étaient tout à fait éveillés et attentifs, mais quelque chose derrière eux souhaitait d'être tranquille, de s'étendre, de laisser le monde glisser sur soi… Les poteaux télégraphiques passaient inclinés en arrière, prêts à tomber, les champs avec leurs sillons sans neige, brun foncé, tournaient, puis venaient des buissons que l'on eût dit debout sur la tête avec des milliers de petites pattes écartées auxquelles étaient suspendues des milliers de petites clochettes d'eau qui tombaient, coulaient, étincelaient, scintillaient… C'était un élément joyeux et léger, un élargissement, comme quand des cloisons s'ouvrent, quelque chose de délié, de soulagé, d'infiniment tendre. La lourdeur douce se détachait aussi du corps, laissait aux oreilles une impression de neige fondante et peu à peu plus rien qu'un tintement continuel et capricieux. Claudine avait l'impression que sa vie avec son mari se déroulait dans une sphère mousseuse, toute de perles, de bulles et de petits nuages chuchotants, légers comme la plume. Elle ferma les yeux et s'abandonna à ces images.

Un moment plus tard, elle recommençait à penser. Les oscillations mesurées et régulières du train, la nature, dehors, qui semblait fondre et se dissoudre, on aurait dit Claudine délivrée d'un poids : elle s'aperçut soudain qu'elle était seule. Machinalement, elle leva les yeux. Autour de tous ses sens continuaient de passer des tourbillons bruissants : c'était comme quand on trouve ouverte une porte que l'on se souvient d'avoir toujours vue fermée. Peut-être y avait-il longtemps qu'elle éprouvait le désir d'une telle ouverture, peut-être quelque chose n'avait-il cessé de vibrer en secret dans l'amour des deux époux, mais dont elle n'avait rien su, sinon que cela les rapprochait toujours davantage. Elle avait l'impression maintenant que quelque chose de longtemps clos avait craqué discrètement en elle. Comme d'une blessure à peine visible, mais profonde, les pensées et les sentiments coulaient en gouttelettes incessantes, élargissant la plaie.

Dans nos rapports avec ceux que nous aimons, il y a un grand nombre de problèmes dont nous ajournons la méditation parce que l'édification de la vie commune presse davantage ; et plus tard, une fois figés dans la forme que nous avons choisie, nous ne pouvons plus rien voir autrement qu'à travers cette forme. Sans doute demeure-t-il quelque part un jalon singulier au bord de la route, un visage, un parfum qui traîne, dans l'herbe et la pierraille un sentier jamais foulé qui se perd : on sait que l'on devrait revenir sur ses pas, regarder, mais tout vous pousse à avancer, seuls vous retardent encore de légères toiles d'araignée, une branche bruissante, des rêves, tandis qu'une pensée demeurée informe semble silencieusement vous paralyser. Les derniers temps, quelquefois, ou même un peu plus que quelquefois, ce regard en arrière avait été pour Claudine une attention plus grande au passé. Sa fidélité se révoltait là contre, du fait qu'elle n'était pas un repos, mais une explosion de forces, un appui mutuel, un équilibre dû au mouvement incessant vers l'avant. C'était une course la main dans la main, mais avec parfois, inopinément, au beau milieu, cette tentation de s'arrêter, de rester seule, immobile, et de regarder autour de soi. Alors elle sentait dans sa passion quelque chose de contraignant, un entraînement forcé ; et même quand c'était surmonté, quand le remords l'envahissait avec la conscience de la beauté de leur amour, demeurait en elle une espèce d'ivresse pesante, figée, et c'est avec un ravissement mêlé d'inquiétude qu'elle voyait chacun de ses gestes brodé sur ce fond en gros dessins gauches comme sur un brocart d'or ; quelque part, néanmoins, une attirance persistait, silencieuse et pâle comme les ombres de mars sur la terre blessée par le printemps.

Il arrivait aussi que Claudine, dans son bonheur, prît soudain conscience que celui-ci n'était qu'un simple fait, presque un hasard ; elle se disait parfois qu'une autre forme d'existence, inconnue, devait lui être encore destinée. Peut-être n'était-ce là que l'enveloppe d'une pensée qu'elle avait gardée d'avant, non pas une pensée vraiment pensée, un simple sentiment tel celui qui pouvait l'avoir accompagnée en ce temps lointain, un mouvement vide, incessant, d'attention aux aguets qui – reculant et toujours insatiable – avait perdu depuis longtemps son contenu et s'ouvrait dans ses cauchemars comme l'entrée d'un interminable corridor.

Peut-être était-ce aussi un bonheur solitaire, plus merveilleux que tout. Une souplesse, une mobilité, une sensibilité obscure en un point de leurs rapports, là où, dans l'amour des autres, il n'y a qu'un squelette sans âme. Claudine devinait en elle une agitation légère, un désir presque maladif de crise, le pressentiment d'une dernière gradation. Quelquefois, on l'eût dit destinée à une peine d'amour inconnue.

Quand elle écoutait de la musique, il arrivait que ce pressentiment la touchât, en secret, très loin, quelque part… et elle s'effrayait de sentir son âme perdue si loin dans l'inconnaissable. Mais c'est au solstice d'hiver, chaque année, qu'elle se sentait la plus proche de tels confins. Dans ces journées nues, suspendues sans force entre la vie et la mort, elle éprouvait une mélancolie qui ne pouvait être celle de l'habituelle soif d'amour, mais presque l'envie d'abandonner le grand amour qui était son bien, comme si s'ébauchait devant elle la voie d'un ultime enchaînement qui ne la conduirait plus vers son bien-aimé, mais très loin, sans protection, dans la sécheresse tendre et fanée d'un douloureux espace. Claudine remarquait que cet appel venait d'un endroit lointain où son amour n'était plus seulement un événement entre eux deux, mais s'accrochait au monde par de pâles, d'incertaines racines.

Quand ils se promenaient ensemble, leurs ombres étaient à peine colorées et si légèrement liées à leur pas qu'on les eût dites incapables de l'attacher à la terre ; et la résonance du sol dur sous leurs pieds était si brève, s'éteignait si vite, les buissons dépouillés regardaient si fixement le ciel que c'était, dans ces heures d'une transparence illimitée, comme si les choses muettes, dociles, soudain s'étaient détachées d'eux et changeaient de figure, debout très hautes dans le demi-jour, tels des aventuriers, des étrangers, des êtres irréels saisis au moment de leur enfoncement dans le silence, pleins des débris de quelque chose d'incompréhensible à quoi rien ne répondait, que tous les objets rejetaient et dont émanait sur le monde une lueur brisée, réprouvée, isolée, s'allumant tantôt dans une chose, tantôt dans une pensée fuyante.

En de tels moments, Claudine pensait parfois qu'elle pourrait appartenir à un autre ; elle ne voyait pas là une infidélité, mais d'ultimes noces en un lieu où son mari et elle n'étaient pas, où ils n'étaient plus que musique, une musique que personne n'entendrait et dont rien ne répercuterait l'écho. Dans ces moments, en effet, son existence lui semblait une ligne grinçante qu'il lui fallait enfouir pour parvenir à s'entendre dans le labyrinthe du silence, quelque chose où un instant entraîne l'autre et où elle devenait ce qu'elle faisait – sans relâche, sans conséquence – mais où n'en demeurait pas moins une chose qu'elle ne parvenait jamais à faire. Tandis que Claudine avait soudain l'impression qu'ils ne pourraient s'aimer vraiment que dans le bruyant refus d'entendre certaine note très basse, presque follement intime, douloureuse, elle pressentait déjà les complications plus profondes, les enchaînements extraordinaires qui pouvaient se produire pendant les pauses, les instants silencieux où ils sortiraient du tumulte pour retrouver le fait, infini, de n'opposer aux événements inconscients qu'un sentiment unique ; et avec la souffrance de ceux qui avancent côte à côte mais solitaires vers les profondeurs – souffrance au prix de laquelle toute autre action n'était qu'étourdissement, emprisonnement volontaire et manière de s'anesthésier par le tapage – elle l'aimait, alors même qu'elle songeait à lui infliger la pire douleur terrestre.

Pendant des semaines, son amour gardait cette couleur ; puis elle passait. Mais elle revenait souvent, plus pâle, quand Claudine sentait la proximité d'un autre être. Il suffisait de n'importe qui disant n'importe quoi pour qu'elle eût l'impression d'être dévisagée avec surprise, comme si on lui eût dit : « Pourquoi donc es-tu encore ici ? » Jamais elle ne désirait ces inconnus : penser à eux lui était une peine, un dégoût. Mais soudain, l'immatériel vacillement du silence l'enveloppait de nouveau, et elle ne savait plus si elle s'élevait ou retombait.

Claudine regardait maintenant par la fenêtre. Dehors, rien n'avait changé. Mais – que ce fût la conséquence de ses réflexions ou, sinon, quoi ? – il y avait désormais entre elle et le paysage un obstacle infranchissable et fade, comme une mince répugnance laiteuse. La gaieté enfiévrée, trop légère, la gaieté myriapode s'était crispée jusqu'à devenir intolérable : quelque chose d'excessivement vivant – un ruissellement, ou un trépignement de mains, ou une excitation caricaturale – s'était mêlé à cette gaieté tout en restant pour Claudine muet et mort ; cela giclait de loin en loin comme un bavardage futile, cela glissait le long du convoi dans une espèce de monstrueux frottement.

Regarder ce mouvement dont sa sensibilité s'était

retirée lui faisait physiquement mal. Cette vie qui un instant auparavant encore était entrée en elle pour s'y changer en émotion, sans doute Claudine la voyait-elle toujours dehors, tout engourdie, encombrée d'elle-même, mais il suffisait que la jeune femme tentât de la tirer à soi pour que toutes choses s'effritent et s'écroulent sous ses yeux. Une laideur prenait forme et se frayait un passage dans le regard, étrangement, comme si l'âme de Claudine s'y fût penchée, immense, crispée, cherchant quelque chose et ne saisissant que le vide...

Alors l'idée lui vint qu'elle aussi – à l'image exacte de tout ce qu'elle voyait dehors – passait sa vie captive de soi, enchaînée à un lieu, dans une certaine ville, dans une certaine maison de cette ville, dans un certain appartement de cette maison et aussi dans un certain sentiment de soi, qu'elle aussi avait vécu des années en ce point imperceptible. Elle eut l'impression que son bonheur, pour peu qu'elle s'arrêtât et attendît, pourrait bien s'enfuir à son tour, aussi rapidement que ces amas de choses braillantes au-delà des vitres.

Cette impression ne lui fit pas l'effet d'un simple caprice de la pensée : elle reflétait une part de cet immense désert vertical où son cœur cherchait en vain un replat, et Claudine fut effleurée à cet instant par cela même qui empoigne le grimpeur accroché à une paroi. Vint un instant de grand froid et de grand silence où elle s'entendit sous la forme d'un incompréhensible chuchotement sur l'immense surface ; puis elle s'aperçut, à un brusque suspens du bruit, que son propre murmure était presque tari, alors que le front de pierre du vide était immense et lourd d'une foule de bruits cruellement oubliés.

Tandis qu'elle se ratatinait comme une très fine pellicule devant cette menace, qu'elle sentait à la pointe de ses doigts l'angoisse muette de penser à soi, tandis que ses sensations lui collaient à la peau comme de petits grains et que ses émotions ruisselaient comme du sable, elle entendit de nouveau l'étrange note : elle semblait, comme un point, comme un oiseau, flotter dans le vide.

Du coup, tout lui parut destin : qu'elle eût entrepris ce voyage, que la nature reculât devant elle, que dès le début du parcours elle eût éprouvé une telle crainte d'elle-même, des autres, de son bonheur. Dans son passé, elle crut voir soudain l'expression encore imparfaite d'un avenir qui ne faisait que commencer.

Pleine d'anxiété, elle continuait de regarder au-dehors. Mais peu à peu, sous la pression de l'immense étrangeté, son esprit eut honte de toute résistance, de toute force de contrainte. Claudine eut l'impression que son esprit devenait raisonnable ; la très subtile force de la faiblesse, du laisser-faire, l'envahit sournoisement, de sorte qu'il devint plus mince, plus transparent qu'un enfant, plus souple qu'une pièce de vieille soie ; et Claudine n'eut plus qu'une tendre ébauche de ravissement pour accueillir le très profond, le très poignant bonheur d'être étrangère au monde, le sentiment qu'elle ne pouvait y pénétrer, que de toutes les décisions aucune n'était faite vraiment pour elle et que, poussée au milieu d'elles à l'extrême bord de la vie, elle devinait, elle vivait le moment qui précède la chute dans l'immensité aveugle du vide.

Claudine se mit à rêver obscurément de sa vie précédente, de cette vie que des inconnus avaient exploitée et tarie, comme de ses pâles et faibles veilles de malade, quand les bruits de la maison erraient d'un appartement à l'autre, qu'elle n'avait plus de place nulle part et que, soulagée du poids de son âme, elle menait on ne savait où une vie tout aérienne.

Dehors, le paysage grondait silencieusement. Claudine, en pensée, sentait les êtres devenir de plus en plus grands, bruyants et sûrs, elle courait se réfugier en elle-même, effrayée, elle n'avait plus rien que sa nullité propre, son absence de poids, son mouvement vers elle ne savait quoi. Puis, peu à peu, le train se mit à rouler sans plus de bruit du tout, en un lent balancement, à travers une région encore plus enneigée, le ciel devenait de plus en plus bas, et il ne fallut pas longtemps pour qu'à quelques pas déjà des fenêtres il commençât de traîner sur le sol en sombres rideaux de flocons lentement emportés vers l'avant. Dans le wagon, la lumière se fit jaune et douteuse ; Claudine ne vit plus de ses compagnons de voyage que des silhouettes floues qui oscillaient lentement, sans réalité, de-ci de-là. Elle ne savait plus à quoi elle pensait ; mais, très doucement, l'envahit le désir d'être seule au milieu d'une histoire inconnue : ce fut dans son âme comme un jeu de troubles imperceptibles et de grands mouvements irréels qui les poursuivaient à tâtons. Elle voulut se rappeler son mari, mais de son amour déjà presque passé elle ne put ressaisir que l'image saugrenue d'une chambre aux fenêtres longtemps fermées. Elle s'efforça de rejeter ce sentiment, mais il ne s'écarta que très peu et demeura comme à portée de la main. Le monde avait la fraîcheur exquise d'un lit où l'on reste seul… Elle eut alors l'impression qu'une décision l'attendait, et elle ne savait d'où lui venait cette impression, elle n'était ni heureuse ni indignée, elle sentait seulement qu'elle ne voulait rien faire et rien empêcher, et ses pensées sortaient et s'enfonçaient lentement dans l'espace neigeux sans se retourner, toujours plus loin, comme quand on est trop fatigué pour revenir sur ses pas et que l'on marche, marche, sans répit…

Vers la fin du trajet, le voyageur avait dit : « Une idylle, une île enchantée, une belle femme au centre d'une féerie de blancs dessous et de dentelles… », en faisant un geste dans la direction du paysage. « Stupide », pensa Claudine, mais elle ne sut pas tout de suite quoi répondre.

Ce fut comme quand quelqu'un heurte à la porte et qu'un grand visage sombre flotte derrière les vitres pâles. Elle ne savait pas qui était cet homme, et peu lui importait ; elle sentait seulement qu'il était là, qu'il voulait quelque chose, que quelque chose maintenant commençait à se faire réel.

Comme quand un léger vent se lève parmi les nuages, les ordonne en cortège et lentement s'éloigne, elle sentit dans les doux nuages immobiles de son cœur le mouvement de cette réalisation agir, sans aucune racine en elle, et lui passer devant… Pareille en cela à beaucoup d'êtres sensibles, elle aimait, dans l'incompréhensible défilé des faits, tout ce qui n'était pas elle-même, tout ce qui n'était pas l'esprit, l'impuissance, la honte et la douleur de l'esprit : de même que l'on bat, par la tendresse, un être faible, un enfant, une femme, et que l'on rêve ensuite d'être le vêtement qui enveloppe seul, dans l'obscurité, leur souffrance.

Ils arrivèrent à destination tard après-midi, dans un train presque vide. Les gens sortirent des wagons au compte-gouttes : l'une après l'autre, les gares avaient fait le tri parmi eux. On aurait dit maintenant qu'on les balayait à coups de balai hâtifs : il fallait les répartir entre les seuls trois traîneaux qui assuraient la liaison, une heure de trajet, entre la gare et la localité voisine. Quand Claudine commença de réfléchir, elle se trouvait déjà avec quatre autres personnes dans l'un des petits véhicules. De l'avant venait l'odeur étrange des bêtes fumant dans le froid, avec des vagues de lumière éparse qui tombaient des lanternes ; parfois l'obscurité refluait jusque sur le traîneau et le traversait ; Claudine vit alors qu'ils avançaient entre deux hautes rangées d'arbres comme dans un sombre couloir se rétrécissant en direction de l'issue.

A cause du froid, elle était assise en sens contraire de la marche, et il y avait en face d'elle cet homme, grand, large, enveloppé dans sa fourrure. Il barrait la route aux pensées de Claudine qui cherchaient à revenir en arrière. Comme si un portail se fût refermé, chacun des regards de la jeune femme trouvait devant soi cette sombre figure. Elle nota qu'elle le regardait de temps en temps pour l'examiner, comme s'il ne s'agissait plus pour elle que de connaître son apparence et que tout le reste fût réglé déjà. Mais elle sentit avec plaisir qu'il restait tout à fait vague, le premier venu, qu'il n'était qu'une masse obscure d'inconnu. Parfois, cette masse semblait se rapprocher d'elle, pareille à une forêt mouvante dans l'entremêlement de ses troncs, et lui peser dessus.

Dans le petit traîneau, cependant, le filet de la conversation enveloppait les voyageurs. L'homme y prenait part, donnant des réponses banalement intelligentes comme on en entend beaucoup, avec une pincée de cet assaisonnement qui semble envelopper l'homme, face à la femme, d'un parfum pénétrant et sûr. Dans ces moments où s'affirmait une exigence comme naturelle de suprématie virile, elle se sentait gênée et se rappelait, non sans honte, qu'elle n'avait pas repoussé très nettement les allusions de l'inconnu. Quand venait son tour à elle de parler, il lui semblait le faire avec trop d'empressement, comme si elle n'était plus qu'un bras sans force, cassé, un moignon inutile.

Elle voyait bien, aussi, qu'elle était ballottée de-ci de-là sans qu'elle y pût rien, qu'à chaque tournant elle était touchée aux bras, ou aux genoux, qu'elle s'appuyait parfois de tout le haut du corps contre un autre corps ; et par l'effet de quelque ressemblance cachée, elle avait l'impression que ce petit traîneau était une chambre sans lumière, que ces hommes l'entouraient avec une ardeur insistante, qu'elle subissait anxieusement Dieu sait quels outrages, en souriant, en feignant de ne pas s'en apercevoir, les yeux détournés d'elle-même, le regard fixe.

Tout cela ressemblait à ces cauchemars du demi-sommeil dont l'irréalité ne nous échappe jamais complètement ; elle s'étonnait seulement de l'intensité du rêve ; jusqu'au moment où l'homme se pencha au-dehors, regarda le ciel et dit : « Nous allons être bloqués par la neige. »

Du coup, les pensées de Claudine se dégourdirent complètement. Elle leva les yeux : les gens plaisantaient innocemment et gaiement, comme quand on aperçoit, tout au bout d'un sombre passage, de la lumière et de petites silhouettes. Elle eut soudain un sentiment remarquablement calme et même indifférent de réalité. Elle observa avec stupéfaction qu'elle n'en avait pas moins celui, très intense, qu'on la touchait. Cela l'effraya presque, car c'était une clarté de conscience blafarde, presque éblouissante, où rien ne pouvait plus sombrer dans la confusion des rêves, que nulle pensée ne pouvait franchir et où pourtant les êtres, parfois, devenaient énormes, dentelés telles des montagnes, comme s'ils glissaient soudain à travers une brume invisible dans laquelle le réel prenait une forme inattendue, gigantesque et douteuse. Alors, elle se sentit presque humble et craintive devant eux, sans jamais perdre complètement néanmoins l'impression que sa faiblesse était aussi un étrange pouvoir : comme si les limites de son être avaient été repoussées au-delà d'elles-mêmes, invisibles mais ultrasensibles, vibrant au moindre choc. Pour la première fois, elle eut peur de ce jour étrange dont la solitude avait sombré peu à peu avec elle comme un chemin souterrain dans le chuchotement indistinct de la pénombre intérieure et qui maintenant, dans une contrée étrangère, remontait soudain à la surface d'événements implacablement vrais, la laissant seule en face d'une réalité immense, inconnue, qu'elle n'avait jamais cherchée.

Elle regarda l'inconnu à la dérobée. Il alluma une allumette : sa barbe, un de ses yeux furent éclairés. Même ce geste insignifiant parut à Claudine remarquable ; elle éprouva soudain la fermeté des événements, elle sentit comment chacun s'enchaînait naturellement à l'autre et se dressait là, stupide, placide, néanmoins pareil à une puissance simple, gigantesque, à un monument de pierre. Elle se dit que c'était sûrement quelqu'un de tout à fait banal. Peu à peu, un sentiment discret, fuyant, insaisissable d'elle-même l'envahit : elle eut l'impression de flotter devant cet homme dans l'obscurité comme une pâle écume floconneuse, créature dissoute, en lambeaux. Maintenant, elle trouvait à lui répondre courtoisement un bizarre plaisir ; en même temps, impuissante, l'âme immobile, elle suivait des yeux ses propres actions et sentait sur elle comme accroupie dans l'espace brusquement approfondi d'un grand épuisement, une jouissance partagée entre le plaisir et le tourment.

A un moment donné, elle se rappela que jadis, quelquefois, les choses avaient commencé de la sorte. A la pensée d'un tel retour, une épouvante sifflante, irrésistiblement désirante, l'effleura un instant comme à l'idée d'un péché encore innommé ; elle se demanda soudain s'il s'était aperçu qu'elle le regardait, et son corps, sombre cachette autour des secrets de l'âme, fut envahi par une sensualité sourde, presque servile. Mais l'inconnu était toujours assis dans l'obscurité, massif et calme, souriant simplement de loin en loin, et encore n'était-ce peut-être qu'une idée qu'elle se faisait.

Ainsi s'enfonçaient-ils tout près l'un de l'autre dans le profond crépuscule. Peu à peu réapparut dans les pensées de Claudine la sourde agitation qui l'avait déjà fouaillée une fois. Elle essaya de se dire que tout cela n'était que le silence intérieur de ce soudain voyage solitaire parmi des inconnus qui tournait à la fantasmagorie ; parfois, elle croyait de nouveau que c'était le vent qui, en l'enveloppant de son froid rude et brûlant, paralysait ses pensées et sa volonté. De temps en temps, c'était plus étrange : comme si son mari était de nouveau tout près d'elle et que cette faiblesse, cette émotion des sens fussent dans leur amour à tous deux l'intrusion d'un fabuleux bonheur. Puis une fois, inopinément, comme elle venait de tourner de nouveau les yeux vers l'inconnu et qu'elle sentait cet abandon immatériel de sa volonté, de sa dureté, de son inviolabilité, il y eut au-dessus de son passé une lumière, comme au-dessus d'un espace indicible et d'ordonnance étrange : ce fut un singulier sentiment d'avenir, comme si des heures depuis longtemps passées revivaient. Un instant plus tard, ce n'était plus qu'une tremblotante lueur d'intelligence dans le noir ; seul vibrait encore tout au fond d'elle quelque chose, comme si cet espace avait été le paysage encore inconnu de son amour, encombré de formes immenses, légèrement bourdonnant, désordonné, incompréhensible. Elle ne savait plus comment cela s'était fait, elle se sentait intimidée, attendrie, recroquevillée, traversée de résolutions saugrenues, insaisissables, qui lui étaient dictées par ce lointain.

Elle ne put s'empêcher de penser à des journées étrangement coupées des autres qui s'étendaient devant elle, débouchant l'une dans l'autre, comme une enfilade de pièces dans une partie écartée d'une maison. En même temps, elle percevait chaque claquement de sabots qui l'en rapprochait, elle jetée sans défense dans l'insignifiant présent de cette promiscuité forcée. Elle se mêlait, avec des rires prématurés, à la conversation, tandis qu'au-dedans d'elle c'était comme un grand espace ramifié, impuissant à force d'être vaste, couché sous un drap de silence.

Dans la nuit, brusquement, elle s'éveilla, comme sur un coup de sonnette. Elle se rendit compte qu'il neigeait, et se tourna vers la fenêtre : il y avait dans l'air une mollesse lourde comme un mur. Elle s'en approcha sur la pointe des pieds nus. Tout se passait avec rapidité, et elle devina obscurément qu'elle posait les pieds sur le sol comme un animal. Puis elle se mit à considérer de tout près, d'un regard hébété, le grillage épais des flocons. Tout cela, elle le fit comme on sursaute en plein sommeil, avec l'étroit espace d'une conscience émergeant comme une petite île déserte. Il lui sembla être très loin d'elle-même. Tout à coup, elle se rappela les mots, elle se rappela le ton qu'il avait eu pour les dire : « Nous serons bloqués par la neige. »

Essayant de se ressaisir, elle se retourna. La chambre derrière elle était étroite, avec dans cette étroitesse quelque chose de bizarre qui faisait penser à une cage, ou à une volée de coups. Claudine alluma une lampe et éclaira les objets : lentement, le sommeil se détachait d'eux, et il lui parut qu'ils ne s'étaient pas encore retrouvés : l'armoire, le coffre, le lit... Comme s'il y avait eu en eux quelque chose de trop ou de pas assez, un rien, un rien rêche, murmurant... Ils se dressaient dans la lueur désolée de la flamme, aveugles, caves ; la table et les murs faisaient l'impression d'être couverts d'une infinité de poussière où il faudrait marcher pieds nus. La chambre donnait sur un couloir étroit au plancher de bois, aux murs chaulés. Claudine savait qu'au-dessus de la montée d'escalier était suspendue à un anneau de fil de fer une faible lampe ; celle-ci projetait au plafond cinq ronds clairs et branlants, puis sa lumière s'achevait sur la chaux des murs comme des traces de mains sales et tâtonnantes. Tout autour dormaient des inconnus. Une brusque et violente chaleur imaginaire envahit Claudine. Elle aurait aimé crier doucement, comme les chats crient d'angoisse et de convoitise, à se voir là debout dans la nuit, tandis que sans un bruit la dernière ombre de ses actes qui lui avaient paru si bizarres rentrait dans les murs de nouveau parfaitement lisses de son âme. Elle se dit : « S'il venait maintenant, s'il essayait simplement de faire ce que sûrement il voulait... »

Elle ne sut pas comment, mais elle prit peur. Quelque chose siffla au-dessus de sa tête comme une balle enflammée ; pendant plusieurs minutes, il n'y eut plus rien que cet effroi singulier et derrière, cet espace étroit, silencieux, droit comme un coup de fouet. Puis elle essaya de se représenter son compagnon de voyage.

Elle n'y parvint pas : elle sentait seulement le pas animal, la longue et prudente foulée de ses propres pensées. De loin en loin seulement, elle retrouvait un détail de sa personne tel qu'il était en réalité, sa barbe, un de ses yeux, brillant... Puis le dégoût la prit. Elle sentit qu'elle ne pourrait plus jamais appartenir à un inconnu. A ce moment précis, en même temps que cette répugnance, devant ce corps nouveau, de son corps mystérieusement désireux d'un seul autre, elle sentit – comme à un niveau inférieur – un besoin de se pencher en avant, un vertige, le pressentiment peut-être de l'insécurité humaine, peut-être une peur de soi, peut-être simplement un désir insaisissable, absurde, tâtonnant que cet autre s'approchât en dépit de tout ; et son angoisse la traversa comme le froid mordant qui précède immédiatement les ravages du plaisir.

Entre-temps, indifférente, une heure s'était mise à soliloquer quelque part, des pas avaient retenti sous sa fenêtre puis disparu, des voix paisibles... Dans la chambre il faisait frais, et la chaleur du sommeil, sur la peau de la jeune femme, s'évaporait. Indécise, abandonnée, Claudine vacillait avec cette vapeur dans l'obscurité comme dans un nuage de faiblesse... Devant les objets durs et droits au regard fixe, depuis longtemps redevenus insignifiants, elle eut honte de son trouble à la conscience qu'elle était là en train d'attendre un inconnu. Obscurément, pourtant, elle comprenait que ce n'était pas l'étranger qui l'attirait, mais uniquement cette attente debout en pleine nuit, le bonheur aigu, sauvage, aveugle d'être soi, d'être cette femme en son éveil ouverte comme une blessure parmi les choses inanimées. Et tandis qu'elle sentait battre son cœur comme si elle avait porté une bête dans sa poitrine – affolée, cachée quelque part – son corps s'éleva étrangement dans son oscillation immobile et se referma autour de ce cœur comme une grande fleur inconnue et ployée dans laquelle frémit soudain l'ivresse – corde tendue dans l'invisible immensité – de mystérieuses noces ; et elle entendit le cœur lointain du bien-aimé marcher, irrégulier, nerveux, sans patrie, retentissant dans le silence comme une musique dispersée par-delà les limites, tremblante comme une étoile ; elle fut saisie par la terrible solitude de cette consonance qui la cherchait ainsi que par une étreinte démesurée, bien au-delà des contrées habitables des âmes.

Elle comprit alors que quelque chose devait s'accomplir en ce lieu, et elle cessa de se rendre compte qu'elle était restée ainsi debout : des quarts d'heure, des heures… Le temps était autour d'elle sans mouvement, alimenté par des sources invisibles, tel un lac sans rives ni bouches. Une seule fois, elle n'eût pu dire quand, parvint à sa conscience du fond de cet horizon illimité un trait obscur, un éclair de pensée, et au moment où il passa devant elle, elle y reconnut le souvenir de certains rêves depuis longtemps engloutis de sa vie antérieure – elle croyait être faite prisonnière par des ennemis et contrainte à s'humilier devant eux. Mais, à peine ce souvenir lui était-il revenu que déjà la pensée commençait à disparaître, à se ratatiner : hors de l'étendue fumante, des perches, des cordages s'élevèrent une dernière fois dans un enchevêtrement éblouissant de cauchemar ; elle se souvint qu'elle n'avait jamais pu se défendre, qu'elle criait dans son sommeil, jusqu'à perdre toutes ses forces et ses sens ; elle se souvint de la misère sans mesure et sans forme de sa vie…

Puis ce fut passé. Il ne resta plus dans le reflux du silence que des lueurs, une vague essoufflée et mourante, comme si s'était produit quelque événement indicible… Là-dessus, venant de très loin encore, l'envahit soudain – de même que jadis la terrible impuissance de sa vie ressurgissait derrière les rêves une seconde fois, insaisissable, dans l'imaginaire – une promesse, le miroitement d'une nostalgie, une douceur inconnue, un sentiment de la personne qui – mis à nu par l'implacable tyrannie de son destin – tout en exigeant dans son ivresse un affaiblissement toujours plus périlleux, la troublait étrangement : comme s'il eût été, ce sentiment, la part égarée en elle et cherchant avec une vaine tendresse à s'accomplir, d'un amour pour lequel il n'y avait pas encore de nom dans le langage du jour et de la morale rigide.

A ce moment, Claudine se demanda si elle ne venait pas justement de rêver une dernière fois ce rêve au moment de s'éveiller. Depuis des années elle croyait l'avoir oublié ; tout à coup, l'époque de ce rêve semblait être droit derrière elle, comme en se retournant on découvre soudain un visage qui vous suivait. Elle eut le sentiment bizarre que dans cette chambre perdue, sa vie refluait sur soi comme des empreintes sur une surface brouillée. Dans le dos de Claudine brûlait la petite lampe qu'elle avait allumée, mais la jeune femme gardait son visage tourné vers l'ombre ; peu à peu, elle perdit toute idée d'elle-même, sa silhouette ne lui sembla plus qu'un drôle de trou creusé dans le noir et dans l'instant présent. Très lentement la gagna l'impression qu'en réalité elle n'était nullement dans cette chambre, que quelque chose d'elle-même avait erré, erré à travers l'espace et les années et s'éveillait maintenant très loin d'elle, égaré dans les hauteurs, que l'emprise de ce rêve enfoui ne s'était pas relâchée… Une demeure émergea quelque part… des hommes… une angoisse atroce de bête piégée… Puis une rougeur au front, les lèvres qui fondent… la conscience qu'il va encore en venir un autre, le sentiment lointain de ses cheveux dénoués, de ses bras, comme si son infidélité se répétait dans chacune de ces parties d'elle-même… Puis brusquement – au milieu de son désir forcené de se garder pour le bien-aimé, avec la croissante fatigue des mains levées pour la supplication – cette idée : « Nous avons été infidèles l'un à l'autre avant de nous être connus. » A vrai dire, ce ne fut qu'une demi-pensée scintillant silencieusement, presque un simple sentiment ; une amertume merveilleusement agréable, comme dans le vent qui se lève de la mer court parfois un âpre souffle ; ce fut presque seulement cette autre idée : « Nous nous aimions avant de nous être connus… » Comme si soudain, en Claudine, l'infinie tension de leur amour s'étendait bien au-delà du présent jusque dans ce temps d'infidélité du fond duquel il leur était venu, ce temps d'infidélité n'ayant peut-être été, finalement, que la première forme de l'éternelle présence, en eux, de cet amour.

Claudine se laissa retomber et pendant longtemps, comme étourdie, ne sentit rien, sinon qu'elle était assise sur une chaise nue devant une table nue. Puis ce fut sans doute à ce fameux G. qu'elle songea, à la conversation allusive qui avait précédé son départ ; à des paroles jamais dites. Puis, à un moment quelconque, entra par l'entrebâillement de la fenêtre l'air humide et doux de la nuit enneigée, qui descendit tendrement, silencieusement le long de ses épaules nues. Alors, douloureusement et à grande distance, comme le vent vient aux champs noirs de pluie, elle commença de penser que ce serait un plaisir discret comme la pluie, comme un ciel au-dessus d'un paysage, d'être infidèle, un accomplissement mystérieux de sa vie…

Dès le lendemain matin, une curieuse atmosphère de passé enveloppa toutes choses.

Claudine voulait se rendre au pensionnat. Elle s'éveilla tôt, avec le sentiment de sortir d'une eau pesante et limpide ; elle ne se rappelait rien des émotions de la nuit. Elle avait approché la glace de la fenêtre pour se coiffer ; il faisait encore sombre dans la chambre. Mais comme elle arrangeait sa coiffure – le regard attentif dans le petit miroir aveugle – elle eut l'impression d'être une jeune paysanne qui se fait belle pour la promenade du dimanche, et elle sentit avec force que c'était pour les professeurs qu'elle allait voir, peut-être pour l'inconnu ; dès lors, elle ne put plus se délivrer de cette absurde idée. Sans doute celle-ci n'avait-elle aucun fondement intime, mais elle s'attachait à tous les gestes de Claudine, et chacun des mouvements de la jeune femme prenait un air de maniérisme grossier, bêtement sensuel qui ne cessait de s'infiltrer lentement, dégoûtamment, de la surface dans les profondeurs. Au bout d'un moment, Claudine en vint même à s'immobiliser ; mais c'était décidément par trop stupide pour empêcher plus longtemps l'inévitable ; et tandis que cela continuait à vibrer en accompagnant les gestes d'un sentiment de désobéissance, d'un mélange de volontaire et d'involontaire, dans un enchaînement plus nébuleux que celui des décisions réelles, tandis que les mains de Claudine fouillaient sa souple chevelure et que les manches de son déshabillé glissaient sur ses bras blancs, il lui sembla de nouveau que cela s'était déjà passé – une fois, ou toujours. Elle s'étonna de voir, maintenant qu'elle était éveillée, dans le vide du matin, ses mains aller et venir comme si elles ne dépendaient pas de sa volonté mais d'une quelconque puissance inconnue et indifférente. Lentement, l'humeur de la nuit se releva autour d'elle, des souvenirs émergèrent à mi-hauteur puis sombrèrent de nouveau, et il y eut une tension devant ces aventures presque oubliées comme un rideau palpitant. Une clarté inquiète parut aux fenêtres. Claudine sentit, en regardant cette lumière égale et aveugle, un mouvement qui ressemblait à une libération volontaire de la main, une sorte de dérive lente et fascinante parmi des bulles d'argent brillant et d'étranges poissons aux yeux énormes. Le jour se leva.

Elle prit une feuille de papier et écrivit à son mari : « … Tout est singulier. Cela ne durera que quelques jours, mais il me semble que je flotte très haut au-dessus de moi, engloutie dans je ne sais quoi. Notre amour, dis-le-moi, qu'est-il donc ? Aide-moi, j'ai besoin de t'entendre. Je sais qu'il est pareil à une tour, mais il me semble ne plus sentir maintenant que ce qui tremble autour d'une étroite éminence… »

Quand elle voulut envoyer cette lettre, l'employé lui dit que les communications étaient coupées.

Elle sortit de la ville. Tout autour, c'était comme une mer, un vaste espace blanc. Parfois un corbeau le traversait, parfois surgissait un buisson noir. La vie ne recommençait qu'à ras du sol, en petits points noirs isolés.

Claudine revint sur ses pas, erra dans les rues de la ville, anxieuse, pendant une heure peut-être. Elle parcourut les moindres ruelles, refit au bout d'un certain temps une partie du trajet parcouru, puis l'abandonna, et, dans une nouvelle direction, traversa des places où elle put encore sentir la trace de son passage quelques minutes plus tôt. Partout, dans cette bourgade coupée du réel, s'insinuait le ballet d'ombres blanches qu'elle avait vu dans l'étendue fiévreuse et vide. De hauts remparts de neige se dressaient devant les maisons ; l'air était clair et sec ; sans doute la neige continuait-elle à tomber, mais clairsemée, en petits disques minces, cassants, brillants, comme si c'était bientôt fini. Parfois, au-dessus des portes fermées, les fenêtres semblaient faites de verre bleu ciel, et sous les pas aussi le sol rendait un bruit de verre. Mais, de temps en temps, un bloc de neige gelée roulait au bas d'une gouttière, et le trou dentelé qu'il avait creusé dans le silence ne se refermait pas de quelques minutes. Puis soudain, quelque part, le mur d'une maison s'illuminait de rose, d'un jaune délicat, couleur de canari… Alors ce qu'elle faisait apparaissait à Claudine étrange, d'une intensité anormale ; dans la tranquillité silencieuse, un instant, tout le visible semblait se répéter comme en écho dans un autre visible. Sur quoi tout, autour d'elle, retombait en soi ; les maisons formaient d'incompréhensibles labyrinthes, comme des champignons dans la forêt ou des buissons au milieu d'une grande plaine, et cette immensité était vertigineuse. Il y avait quelque chose en Claudine comme un feu, comme un liquide affreusement amer, et tandis qu'elle marchait et songeait, elle se faisait l'effet d'un vase mystérieux porté de rue en rue, flamboyant de ses minces cloisons.

Elle déchira la lettre et s'entretint jusqu'à midi avec les professeurs du pensionnat.

Le calme régnait dans les salles. Quand Claudine, de sa place, regardait au-dehors à travers les sombres et profondes ogives, il lui semblait voir un grand espace assourdi, voilé par la lumière grise de la neige. En ce lieu, les êtres paraissaient étrangement corporels, terriblement pesants et distincts. Elle ne prononça, elle n'entendit que les paroles les plus impersonnelles, mais cela seul, parfois, avait toute l'apparence de l'abandon. Elle s'en étonna : ces hommes ne lui plaisaient pas, il n'en était pas un chez qui elle eût noté un seul détail séduisant ; au contraire, en chacun d'eux, la repoussaient les marques d'un niveau de vie inférieur au sien. N'empêche qu'elle sentait en eux la virilité, l'autre sexe, avec une intensité qu'il lui semblait n'avoir jamais connue, ou en tout cas depuis longtemps oubliée. Elle s'aperçut que c'était l'intensification par la pénombre de l'expression du visage, l'incompréhensible exaltation de leur morne banalité par sa laideur même, qui flottait vaguement autour de ces êtres comme le fumet de colossales et maladroites bêtes antédiluviennes. Peu à peu elle reconnut jusqu'en ce lieu ce sentiment d'insécurité qu'elle ne cessait d'éprouver depuis qu'elle était seule ; une étrange sensation de sujétion commença à l'obséder dans les plus petits détails, à tous les tournants des phrases, dans l'attention qu'elle était obligée de leur prêter, même dans le simple fait de sa présence et de ses paroles.

Claudine, alors, s'impatienta, jugea qu'elle ne s'était que trop attardée ; l'atmosphère et la pénombre de la pièce lui parurent étouffantes, troublantes. L'idée lui vint brusquement, pour la première fois, qu'elle, qui ne s'était jamais séparée encore de son mari, à peine seule, elle allait peut-être réellement retomber dans son passé.

Ses impressions n'étaient plus maintenant vagues ni flottantes, elles s'étaient attachées à des êtres réels. Ce qui inquiétait Claudine n'était pas toutefois ces hommes, mais le fait d'être sensible à leur présence, comme si, tandis que l'enveloppaient leurs propos, quelque chose en elle s'était déplacé et légèrement ébranlé : non pas un sentiment particulier, mais le quelconque fond sur lequel tous reposent – comme il arrive parfois quand on traverse une demeure qui nous déplaît, mais dont on devine peu à peu que des hommes peuvent y être heureux : soudain vient un moment où l'on est pris au piège, comme si l'on était ces hommes ; on voudrait faire un bond en arrière et l'on s'aperçoit, paralysé, que de tous côtés le monde s'est refermé et que lui aussi, sereinement, tourne autour de ce centre…

Dans la lumière grise, ces noirs personnages barbus apparaissaient à la voyageuse telles des formations géantes au centre de sombres boules faites tout entières de ce sentiment d'étrangeté ; et elle essaya de se représenter ce que serait les sentir se refermer autour de soi. Comme ses pensées sombraient ainsi rapidement dans un terrain boursouflé et boueux, elle n'entendit bientôt plus qu'une voix enrouée par la fumée et dont les propos étaient couchés dans un arôme de cigarette qui ne cessait d'effleurer son visage, et une autre voix, claire et haute comme du fer-blanc. Elle s'efforça d'imaginer le son que cette dernière devait avoir quand l'excitation sexuelle la faisait glisser de plusieurs tons et se briser ; puis, de nouveau, des gestes maladroits entraînèrent sa sensibilité dans d'étranges méandres… Claudine essaya d'éprouver, pour un monsieur qui sourirait souverainement, sereinement, les sentiments d'une femme qui eût cru en lui… Quelque chose d'étranger avec quoi sa vie n'avait rien de commun se dressa devant elle, tout près d'elle, immense, comme en surplomb, comme une bête velue à l'odeur entêtante : il lui sembla que son unique désir eût été de la cravacher et qu'elle observait, soudain figée et sans y rien comprendre, sur un visage plus ou moins semblable au sien, tout un jeu de nuances connues.

Elle se dit à part soi : « Des êtres comme nous, peut-être pourraient-ils vivre même avec de tels êtres… » Il y avait là un attrait bizarrement douloureux, une sorte d'exquis étirement du cerveau ; quelque chose comme une vitre mince était posé devant, contre quoi se pressaient douloureusement ses pensées afin de considérer fixement, au travers, un vague brouillard ; et en même temps, Claudine s'amusait à regarder l'homme dans les yeux, d'un regard limpide, insoupçonnable. Puis, elle essaya de se représenter son mari devenu étranger, vu de là-bas, en quelque sorte. Elle réussit à penser à lui très calmement : il restait un être merveilleux, sans pareil, mais un impondérable échappant à la raison s'était perdu, et il lui apparaissait un peu pâle, déjà moins proche, dans une clarté fraîche, abstraite, pareille à celle qui nous enveloppe parfois lors des ultimes assauts d'une maladie. Claudine comprit alors à quel point il était singulier qu'elle eût déjà pu vivre réellement une expérience analogue à celle avec laquelle elle ne faisait maintenant que jouer ; qu'il y eût un temps où sans hésitation, sans être arrêtée par rien, elle eût vu son mari comme elle cherchait maintenant à se le figurer…

Chaque jour, nous côtoyons certains êtres, nous marchons dans tel paysage, telle ville, telle demeure ; ce paysage, ou ces êtres nous accompagnent à chaque pas, à chaque pensée, sans opposer de résistance. Mais un beau jour, sur une légère secousse, ils s'arrêtent, soudain mystérieusement rigides, silencieux, détachés, obstinément clos. Nous retournons sur nous-mêmes, et nous découvrons auprès d'eux un inconnu. Dès ce moment, nous avons un passé. Qu'est-ce donc que cela ? se demandait Claudine, et elle fut incapable de découvrir ce qui avait pu changer.

Elle comprit au même moment que le plus simple était de répondre que c'était nous-mêmes qui avions changé ; mais elle commençait de sentir une résistance secrète à envisager la possibilité d'un tel changement.

Peut-être ne vivons-nous les grandes circonstances déterminantes de notre vie qu'avec la raison en quelque sorte sens dessus dessous. Tantôt Claudine ne comprenait pas la facilité avec laquelle elle pouvait ressentir comme étranger un passé qui avait été un jour aussi proche d'elle que son propre corps, tantôt il lui paraissait inconcevable que quelque chose eût jamais pu être différent de maintenant ; et comme elle passait de ce sentiment à l'autre, elle se rappela ce qui se produit quand on aperçoit au loin quelque chose et que l'on s'en approche pour savoir de quoi il s'agit : ce quelque chose pénètre dans votre univers, mais la place où l'on se trouvait auparavant semble étrangement vide. Ou encore, il suffit de se représenter telle chose que l'on a faite la veille : chaque seconde est toujours comme un abîme devant lequel s'arrête un homme malade, inconnu, de plus en plus vague ; simplement, l'on n'y pense pas… Soudain, dans un éclair, toute sa vie apparut à Claudine dominée par cette trahison perpétuelle, incompréhensible, qui fait qu'à chaque instant, alors qu'aux yeux d'autrui nous restons identique, nous nous détachons de nous-même sans savoir pourquoi, pressentant néanmoins dans ce détachement une dernière marque de tendresse, toute fraîche, à peine consciente, qui nous rattache à nous-même plus profondément que tout autre geste.

Tandis que ce sentiment miroitait encore en elle dans sa profondeur dévoilée, Claudine avait l'impression que la sécurité qui, à la surface, portait sa vie, comme un tournoiement, tout à coup avait cessé de nouveau de la porter, que cette vie se ramifiait en mille possibles, s'écartait comme les décors de plusieurs existences rangés les uns derrière les autres : et dans l'espace vide, blanc, mouvant qu'ils ménageaient ainsi entre eux, ce furent les professeurs qui réapparurent à tâtons, corps incertains, obscurs qui la regardaient en retrouvant malaisément leur place. Claudine éprouva une joie triste à n'être devant eux, enfermée dans son apparence, avec son sourire inaccessible d'étrangère, qu'un hasard pour elle-même, et à n'être séparée d'eux que par une enveloppe de faits et de contingences qui eût pu aussi bien être tout autre. Pendant que les paroles, insignifiantes et promptes, sautaient sur ses lèvres, couraient avec la rapidité morte d'un fil, elle se sentit troublée peu à peu à l'idée qu'elle-même – si jamais l'univers d'un de ces hommes se refermait sur elle – avec tout ce qu'elle ferait dès lors, serait *réelle*, comme si cette réalité était quelque chose d'insignifiant qui surgit parfois par l'ouverture arbitraire d'un instant ; alors que nous continuons à couler au-dessous, jamais rejoints par nous-mêmes, fleuve d'irréalité dont le bruit solitaire et doux à force d'être étranger au monde n'est entendu de personne. La sécurité de Claudine, cette façon qu'elle avait eue jusqu'alors d'être accrochée à un seul être de toute l'anxiété de son amour, lui apparut à cet instant comme quelque chose de casuel, non essentiel et superficiel en face du sentiment, presque insaisissable pour la raison, d'une appartenance impondérable à laquelle cette solitude prêtait une dernière intimité, au-delà de tout événement.

Tel était l'attrait qui s'exerçait sur elle quand elle se rappela le Conseiller. Elle comprit qu'il la désirait et qu'avec lui devait prendre corps ce qui n'était pour le moment qu'un jeu avec le possible.

Un instant elle hésita, comme devant une mise en garde ; le mot de « sodomie » lui vint à l'esprit : me livrerai-je à la sodomie ?! Mais derrière était cachée la tentation de son amour : « Pour que ton cœur entre dans le réel, il faut que je passe sous cette bête. Chose inimaginable. Afin que plus jamais, là où tu es resté, tu ne puisses avoir en moi une foi simple, assurée. Afin que je devienne insaisissable et défaillante à tes yeux comme un reflet pour peu que tu me laisses. Rien qu'un reflet, c'est-à-dire, tu le sais, que je ne suis quelque chose qu'en toi, à travers toi, aussi longtemps que tu me tiens solidement ; sinon, bien-aimé, je suis n'importe quoi, et notre union est si étrange… »

Alors, discrètement, l'envahit la tristesse infidèle des aventuriers, la mélancolie de ces actions que l'on ne commet pas pour elles-mêmes, seulement pour les avoir commises. Elle devina que le Conseiller était maintenant quelque part à l'attendre. L'horizon qui se resserrait autour d'elle lui parut s'emplir déjà de l'haleine de cet homme, et l'air tout proche adopter son odeur. La nervosité la gagna ; elle songea à prendre congé. Elle comprit qu'elle allait le rejoindre, et l'image de cet instant à venir était sur son corps comme une main glacée. C'était comme si quelque chose l'empoignait et l'entraînait vers une porte dont elle savait qu'elle se refermerait brusquement ; elle se défendait et déjà, néanmoins, épiait de tous ses sens.

Quand elle retrouva le Conseiller, il n'était déjà plus à ses yeux une connaissance récente, mais celui dont l'irruption est imminente. Elle savait qu'entre-temps il avait lui aussi pensé à elle et combiné quelque plan. Elle l'entendit qui disait : « Je me suis fait à l'idée de votre refus, mais jamais aucun homme n'aura pour vous une adoration aussi désintéressée. » Claudine ne répondit pas. Les paroles de l'homme étaient lentes, mais pleines de force ; elle sentait ce qu'il en adviendrait quand elles auraient agi. Elle dit : « Savez-vous que nous sommes vraiment bloqués par la neige ? » Tout cela, elle avait l'impression de l'avoir déjà vécu, et ses paroles semblaient s'immobiliser dans les traces d'autres paroles dites naguère. Elle ne prêtait pas d'attention à ce qu'elle faisait, mais bien à la différence qui voulait que ses actes de maintenant fussent du présent et que des actes analogues eussent été du passé ; à cet élément d'arbitraire, à cette haleine toute proche, toute fortuite de sentiment là-dessus. Elle se sentait grande, immobile, avec au-dessus d'elle le passé et le présent comme les vagues identiques d'un même océan.

Le Conseiller dit ensuite, à brûle-pourpoint : « Je sens que quelque chose en vous hésite. Je connais cette hésitation. Toute femme l'affronte une fois en sa vie. Vous appréciez votre mari, vous ne voulez sûrement pas le faire souffrir, et vous vous fermez. Mais vous devriez, au moins pour quelques instants, rejeter cette hésitation et connaître la tempête à votre tour. » De nouveau Claudine resta muette. Elle sentait qu'il pouvait mal interpréter ce mutisme, mais, chose curieuse, cela lui faisait du bien. Qu'il y eût quelque chose en elle qui ne se pouvait traduire par des actes et sur quoi les actes étaient sans pouvoir, quelque chose qui ne pouvait se défendre pour être enfoui au-dessous du royaume des mots, qui ne pouvait être compris qu'aimé comme il s'aimait lui-même, quelque chose qu'elle n'avait en commun qu'avec son mari, elle s'en rendait mieux compte en se taisant de la sorte ; c'étaient des noces intérieures, au moment même où elle abandonnait la surface de son être à cet inconnu qui l'altérait.

Ainsi marchaient-ils, devisant. Dans le cœur de Claudine, il y avait le sentiment d'être penchée au-dessus d'un abîme, plus proche que jamais de la merveilleuse énigme qui la liait à son mari. Il lui semblait parfois qu'elle s'adaptait déjà à son compagnon, quand même un autre ne l'eût pas encore trouvée changée, et que se ranimaient en elle des plaisanteries, des inspirations, des gestes de sa jeunesse pour lesquels elle se croyait depuis longtemps trop mûre. Il lui dit alors : « Chère madame, vous avez beaucoup d'esprit. »

Quand il parlait ainsi, marchant à son côté, elle s'apercevait que ses paroles suffisaient à remplir l'espace parfaitement vide qui les entourait. Peu à peu, dans cet espace, les maisons devant lesquelles ils passaient apparurent légèrement modifiées, comme aperçues dans les carreaux d'une fenêtre, et aussi la rue qu'ils longeaient ; Claudine elle-même, au bout d'un certain temps, se déforma, pas assez cependant pour qu'elle ne pût se reconnaître. Elle sentait la puissance émanant de cet homme quelconque, qui déplaçait imperceptiblement le monde en marchant ; la force dont il rayonnait et qui infléchissait la surface des choses, c'était la force toute simple de la vie. Claudine était troublée d'apercevoir aussi, dans ce monde glissant comme un miroir, sa propre image ; il lui semblait qu'il lui suffirait de céder encore un peu pour être obligée de s'identifier tout entière à cette image. Une fois, il lui dit : « Croyez-moi, c'est une pure question d'habitude. Si, à dix-sept ou dix-huit ans, vous aviez fait la connaissance d'un autre homme et qu'il fût devenu votre mari, vous auriez exactement le même mal aujourd'hui à vous imaginer dans les bras de votre époux actuel. »

Ils étaient arrivés devant l'église et se tenaient debout, très grands, très seuls, sur la vaste place. Claudine leva les yeux et vit les gestes du Conseiller se profiler sur le vide. Elle eut un instant l'impression qu'un millier de cristaux se hérissaient sur son corps ; une lumière faiblissante, vacillante, divisée, monta en elle, et l'homme qu'elle éclaira y prit un tout autre aspect dont toutes les lignes convergeaient en elle, vibrantes comme son propre cœur ; intérieurement, elle sentait le moindre mouvement de ce corps d'homme passer sur son propre corps. Elle voulut se rappeler qui il était, mais ce sentiment persista comme un reflet immatériel, libre de toute loi, flottant en elle tout en n'ayant pas l'air d'être sien.

L'instant d'après, il n'y eut plus alentour qu'une luminosité, une brume fuyante. Elle jeta les yeux de tous côtés : les maisons se dressaient bien droites et paisibles sur les quatre côtés de la place, l'horloge de la tour sonna. Les heures, rondes et métalliques, bondirent par les quatre baies du clocher, se dispersèrent dans leur chute et flottèrent un moment au-dessus des toits. Claudine imagina qu'elles allaient rouler et retentir ensuite au-dessus du pays, très loin, et elle frémit en pensant que des voix erraient ainsi par le monde, innombrables et lourdes tours, retentissantes cités de bronze, en dehors de toute raison… Monde indépendant, insaisissable, du cœur, qui ne s'associe qu'accidentellement, volontairement et provisoirement avec celui de la logique, telles ces ténèbres insondables et molles qui traversent parfois un ciel fixe et sans ombre.

Claudine se sentait contemplée par ce qui l'entourait. Elle devinait l'excitation de son compagnon comme une houle dans un espace déserté par les sens, comme quelque chose de sombre combattant dans la solitude. Peu à peu, il lui sembla que ce que cet homme attendait d'elle, cet acte en apparence extrême, était quelque chose d'absolument impersonnel, rien d'autre que cette façon d'être contemplée en restant soi-même tout inerte et sotte, comme il y a dans l'espace des points, une fois qu'on ne sait quoi d'insaisissable en a formé par hasard une figure, qui se considèrent avec la plus totale indifférence. Elle se recroquevilla, se fit toute petite, comme si elle n'était elle-même qu'un point. En même temps, elle avait d'elle-même un sentiment bizarre sans plus aucun rapport avec l'élévation et l'exigence de sa nature, et qui pourtant était le même que toujours… La conscience que cet homme devant elle avait l'esprit le plus odieusement banal du monde s'effaça. Il sembla à Claudine qu'elle était debout très loin dans la campagne : autour d'elle, les sons dans l'air et les nuages au ciel étaient immobiles, ils s'enfonçaient à la fois sur place et dans l'instant, tandis qu'elle-même n'était rien de plus qu'eux, quelque chose de flottant, de retentissant… Elle crut pouvoir comprendre l'amour des bêtes, des nuages, des bruits. Elle sentit les yeux du Conseiller chercher les siens… elle eut peur, elle désira se ressaisir, elle devina soudain dans ses vêtements l'enveloppe qui enfermait sa dernière parcelle de tendresse, et dessous le sang dont elle crut sentir l'odeur aiguë, tremblante ; elle n'eut plus rien que ce corps qu'elle devait livrer et – ultime félicité – le sentiment de son âme infiniment spiritualisé, tendu au-delà du réel, en guise de sentiment de son corps. Elle ne sut si son amour en cet instant atteignait le comble de l'audace ou s'il pâlissait déjà, et si ses sens s'ouvraient simplement comme des judas.

Puis elle fut dans la salle à manger. C'était le soir. Elle se sentit seule. Une femme lui dit : « J'ai vu votre fille cet après-midi qui vous attendait, c'est une enfant délicieuse, elle vous donne sûrement beaucoup de joie. » Claudine n'était pas retournée au pensionnat ce jour-là. Il lui fut impossible de répondre : on aurait dit qu'il n'y avait plus d'elle, parmi ces gens, qu'une partie tout insensible de son corps, cheveux, ongles, ou que sa peau était de corne. Puis elle répliqua deux mots tout de même avec l'impression que tout ce qu'elle disait était comme serré dans un sac où des lacets : ses propres paroles lui apparaissaient étrangères parmi des propos étrangers, elles frétillaient comme des poissons frôlant le corps humide et froid d'autres poissons dans la multitude des opinions inexprimées.

Un dégoût la prit. Elle sentit de nouveau que ce qui comptait n'était pas ce que les gens disaient, ce qu'ils pouvaient expliquer au moyen des mots, mais que toutes les justifications étaient ailleurs, dans un sourire, un silence, une interrogation intérieure. Elle éprouva soudain une nostalgie indicible du seul homme qui fût aussi solitaire qu'elle, que personne ici ne comprendrait non plus et qui ne possédait rien, hors cette souple tendresse riche d'images fugaces qui accueille le rude choc du dehors comme une fièvre embaumée ; fièvre qui transforme tous les événements extérieurs en grandes surfaces amorties, tandis qu'au-dedans de soi toutes choses flottent dans l'éternel, mystérieux équilibre de la lucidité.

Mais alors que, dans un pareil état d'esprit, une salle comme celle-là, avec ses occupants, se refermait autour de Claudine comme une seule masse pesante, brûlante et tournoyante, ici, de temps en temps, les choses se figeaient secrètement, ou s'étiraient, ou sautaient sur place, ou la repoussaient d'un air bourru. C'était une armoire, une table. Une gêne s'installait entre elle et ces choses familières qui avouaient soudain une incertitude, un vacillement. Claudine retrouva soudain la laideur qui l'avait frappée dans le paysage de son voyage, non pas une laideur simple, mais comme une main qui l'empoignait à travers les choses. Des trous s'ouvraient devant elle, comme si – depuis que cette dernière sécurité en elle avait commencé de sombrer dans une torpeur de rêve – quelque chose, dans la nouvelle disposition adoptée à ses yeux par les objets, s'était détendu ; et le monde, du fait de ces intermittences, au lieu d'être un enchaînement musical d'impressions, n'était plus autour d'elle qu'un interminable bruit.

Elle sentit que quelque chose, de ce fait, naissait en elle, comme quand on marche au bord de la mer : le sentiment d'être inébranlable en face de ce tumulte qui éparpille toute action et toute pensée à l'exception de l'instant présent, et peu à peu une incertitude, et lentement l'impression de ne plus pouvoir se limiter, de ne plus sentir ses limites, de se dissoudre en un désir de cris, de gestes fous, démesurés, une volonté, surgie Dieu sait d'où, d'agir interminablement, rien que pour s'assurer qu'on est toujours là. Il y avait dans ce naufrage où chaque seconde, telle une solitude sauvage, coupée de tout, parfaitement irresponsable, considérait le monde d'un regard hébété, une puissance d'aspiration, de destruction goulue. Cette puissance arrachait à Claudine des gestes, des paroles venus elle ne savait d'où, qui passaient devant elle et qui n'en étaient pas moins elle. Le Conseiller, assis en face, ne pouvait s'empêcher de constater que cette puissance rapprochait de lui quelque chose qui portait, dissimulé en soi, tout ce qu'il y avait de mieux aimé dans le corps de cette femme ; déjà Claudine ne voyait plus rien que le mouvement incessant que faisait la barbe de l'homme montant et redescendant tandis qu'il parlait, avec une régularité soporifique, comme la barbe d'une chèvre qui eût mâché des paroles étouffées, mais terrifiantes.

Elle avait grand-pitié d'elle-même ; en même temps, que tout cela fût possible lui était une souffrance bourdonnante, berçante. Le Conseiller lui dit : « Je vois sur vous que vous êtes de ces femmes dont le destin est la tempête. Vous êtes fière et vous souhaitez le cacher : croyez-moi, un connaisseur de l'âme féminine ne s'y trompe pas. » C'était comme si elle ne cessait de retomber dans son passé. Mais quand elle jetait les yeux autour d'elle, elle sentait, dans cette chute à travers les âges de l'âme accumulés comme des eaux profondes, le hasard – non pas que les choses autour d'elle eussent maintenant cet aspect, mais que cet aspect eût l'air d'en être inséparable – monstrueusement agrippé, telle, sur un visage, une expression indélébile. C'était aussi bizarre que si, dans la chaîne discrètement égrenée des faits, un maillon avait sauté soudain : tous les visages, toutes les choses se figeaient peu à peu avec une expression arbitraire, bousculés et recomposés dans une ordonnance anormale. Claudine seule glissait au loin, descendait parmi objets et visages, chacun de ses sens frémissant et déployé.

La grande cohésion affective que les années avaient assurée à son existence apparut un instant au loin dévoilée et presque dépouillée de valeur. Claudine pensa : on creuse une ligne, n'importe quelle ligne continue, pour se maintenir debout dans la présence muette des choses ; cette ligne est notre vie. Un peu comme quand on parle sans arrêt en se donnant l'illusion que chaque mot est lié au précédent et au suivant, tant l'on craint de chanceler à l'instant où le silence nous emportera, et d'être dissous par l'immobilité ; mais c'est pure faiblesse, pure angoisse devant le caractère vertigineusement accidentel de tout ce que l'on fait…

Le Conseiller dit encore : « C'est le destin. Il y a des hommes dont le destin est d'apporter le trouble, il faut l'accueillir, rien ne peut nous en protéger… » A peine l'entendit-elle. Ses pensées, cependant, s'écartelaient en contradictions étranges. Elle voulait, d'une seule phrase, d'un seul grand geste irréfléchi, se libérer, se précipiter aux pieds du bien-aimé ; elle sentait qu'il en était temps encore. Mais quelque chose la forçait à s'arrêter devant ce qu'il y eût eu de véhément, de criard dans cette attitude ; devant cette obligation d'être fleuve pour ne pas tarir, de presser sa vie contre soi pour ne pas la perdre, de chanter, uniquement pour ne pas devoir se taire à force de désarroi. Elle ne voulait pas. Devant ses yeux une hésitation flottait, pareille à une parole pensive. Ne pas crier, comme tous les autres, pour cacher le silence. Pas de chant non plus. Rien qu'un chuchotement, un mutisme… Rien, le vide…

Puis ce fut comme si elle se penchait lentement en avant, sans bruit, par-dessus le bord. Le Conseiller dit : « N'aimez-vous pas le spectacle ? J'aime, en art, la finesse des dénouements heureux qui nous consolent du quotidien. La vie déçoit, elle nous frustre si souvent de la fin. Le naturel n'est-il pas bien pauvre ?… »

Elle entendit cela soudain très clairement, tout près. Encore persistait quelque part une main, une chaleur dispensée avec ménagements, la présence de qui l'on tutoie… Puis elle s'abandonna, portée par l'assurance qu'ils pourraient être encore l'un pour l'autre, elle et son mari, l'essentiel, un rapport muet, incrédule, cohérent comme un tissu d'une légèreté suave et mortelle, comme une arabesque pour un goût encore inexistant ; qu'ils pourraient être chacun un son qui ne décrit de figure que dans l'âme de l'autre et nulle part ailleurs, si celle-ci n'écoute pas.

Le Conseiller se redressa, la regarda. Elle se sentit soudain debout devant lui ; très loin d'elle, le seul homme qu'elle aimait devait être en train de penser quelque chose, et Claudine comprit qu'il lui était impossible de savoir quoi. Au même moment la parcourut, protégé par les ténèbres de son corps, un mouvement d'égarement. Elle vit alors dans ce corps qui abritait comme une patrie toutes ses sensations une sorte de gêne, d'obstacle. Dans le sentiment que ce corps avait de soi, sentiment qui était l'enveloppe la plus intime d'elle-même, elle découvrit une infidélité inéluctable qui la séparait de son bien-aimé ; et dans une expérience encore inconnue et qui semblait s'être abattue sans force sur elle, il lui parut que sa dernière fidélité – celle que gardait son corps – se changeait, dans ses plus profonds replis, en son contraire.

Peut-être n'avait-elle pas alors d'autre désir que d'abandonner ce corps à son bien-aimé, mais de ce désir, l'incertitude profonde des valeurs psychiques fit la convoitise de cet homme inconnu. Déjà Claudine envisageait, hébétée, la possibilité de se retrouver elle-même dans ce corps, même si en lui elle subissait ce qui allait la détruire ; déjà elle frémissait devant ce corps qui se dérobait mystérieusement à tout choix autre que physique comme devant un vide obscur où elle eût été enfermée ; et cependant, ce corps, dans une amère béatitude, lui soufflait : « Rejette-moi loin de toi ! Que je sois étendu, désarmé dans l'égarement des sens, ouvert comme à coups de couteau par l'inconnu ! Que je m'emplisse d'horreur, de dégoût, de violence, de tressaillements incontrôlés ! Pour enfin sentir en moi, dans une fidélité étrangement mise à nu, autour de ce rien, de cette vibration, de cette totalité informe, de cette maladive certitude de l'âme, quelque chose comme la lèvre d'une blessure de cauchemar cherchant en vain, dans les tourments de l'éternel désir d'union, l'autre lèvre ! »

Comme une lumière derrière de fines ramures, montait parmi les pensées de Claudine, du fond des patientes ténèbres des années, pour l'envelopper peu à peu, la nostalgie qu'avait son amour de mourir. A un moment donné, elle s'entendit répondre, très loin dans cette immensité rayonnante, comme si elle avait admis ce que disait le Conseiller : « Je ne sais s'il pourrait le supporter… »

Pour la première fois elle parlait de son mari : elle prit peur, car plus rien n'avait l'air réel ; mais déjà elle pouvait sentir l'irrésistible puissance des paroles ainsi lâchées dans l'existence. Le Conseiller se hâta d'enchaîner : « Vous l'aimez, n'est-ce pas ? » Le ridicule de la fausse assurance avec laquelle il passait à l'attaque n'échappa point à Claudine, et elle dit : « Non. Non, je ne l'aime pas, pas du tout. » Résolue et tremblante.

Quand elle eut regagné sa chambre, elle ne comprenait déjà presque plus ce mensonge, mais elle n'en sentait pas moins le charme incompréhensible, comme d'un travesti. Elle pensait à son mari ; parfois, un fragment de sa personne brillait soudain, comme quand on lève les yeux, de la rue, vers des fenêtres éclairées ; alors seulement elle comprit ce qu'elle faisait. Son mari lui apparut très beau, elle aurait voulu être auprès de lui ; puis cette lumière même s'éteignit dans son cœur. Elle se blottit dans son mensonge, puis de nouveau ce fut comme si elle était dehors, dans la rue, dans l'obscurité. Elle eut froid. Vivre lui faisait mal ; et pas seulement vivre, mais chaque objet regardé, chaque souffle. Dans son amour pour son mari, elle pouvait se réfugier comme dans une boule chaude et radieuse, elle s'y trouvait à l'abri, les choses cessaient de fendre la nuit telles de coupantes étraves, elles étaient amorties, atténuées. Elle disait non cependant.

Claudine se rappela qu'elle avait déjà menti une fois. Non pas jadis, car alors il n'y avait jamais de mensonges, tout ce qu'elle disait, c'était elle-même, simplement. Mais une fois, plus tard, bien que ce fût la vérité, quand elle avait dit qu'elle était allée se promener, un soir, pendant deux heures : elle comprit soudain qu'elle avait menti ce jour-là pour la première fois. Dans l'humeur même où elle s'était trouvée quelques instants plus tôt dans la salle à manger bondée, elle avait erré alors dans les rues, égarée, agitée comme un chien perdu, regardant les maisons. Quelque part, un homme ouvrait la porte à une femme, content de sa propre courtoisie, de la rondeur de son geste, de l'élégance de son accueil ; ailleurs, un autre se rendait avec son épouse en visite, et il était dignité parfaite, sérénité totale, mari accompli ; et il y avait ainsi partout, comme dans une étendue d'eau indifféremment accueillante, de petits centres tourbillonnants entourés de cercles dont le mouvement, tourné vers l'intérieur, s'arrêtait soudain quelque part, comme un mur aveugle, rejetant le reste indifférent du monde ; et partout, à l'intérieur de ces cercles, c'était la même façon d'être porté par l'écho de sa propre voix dans un étroit espace qui accueille chaque mot et le prolonge jusqu'au suivant, afin que l'on n'entende pas ce que l'on ne pourrait supporter : l'espace intermédiaire, l'abîme entre le choc de deux actions où l'on perd le sentiment de soi-même et où l'on s'effondre, quelque part dans le silence entre deux mots, qui pourrait être aussi bien le silence entre les mots d'un tout autre compagnon.

Alors l'idée lui était venue secrètement que parmi ces êtres pouvait en vivre un autre pour qui l'on n'était pas fait mais à qui l'on pourrait se faire, avec qui l'on oublierait à jamais celle que l'on était aujourd'hui. Les sentiments ne vivent que s'ils s'enchaînent : la seule chose qui importe, c'est qu'un moment de la vie succède sans solution de continuité à l'autre ; il y a mille façons d'y parvenir. Pour la première fois depuis le début de son amour, l'idée l'avait traversée qu'il n'était que hasard : qu'il était né d'un hasard quelconque et que son mari et elle ne faisaient plus que le maintenir. Pour la première fois, elle s'était sentie profondément incertaine et avait deviné dans son amour cette dernière conscience de soi, sans visage, destructrice, qui d'ordinaire l'eût toujours ramenée à elle-même, et qui cette fois ne la distinguait plus de personne. Il lui avait semblé qu'il lui fallait se laisser sombrer au plus vite dans le mouvement, dans l'irréalité, dans l'exil ; elle avait couru dans la tristesse des rues vides, regardant les maisons et refusant toute autre compagnie que le bruit de ses talons sur les pavés dans lequel elle s'entendait courir, réduite à un simple mouvement, tantôt en avant, tantôt en arrière d'elle-même.

Mais tandis qu'elle n'avait compris cette fois-là que l'écroulement, l'arrière-plan toujours mobile fait de sentiments irréalisés devant lesquels toute cohésion s'épuise, la dévaluation, le caractère improbable, insaisissable rationnellement, de sa propre vie, et qu'elle avait été près de pleurer, troublée et fatiguée par le secret où elle pénétrait, maintenant, dans l'instant où elle repensait à ce premier mensonge, elle subissait, souffrait jusqu'au fond, dans cette fragilité transparente, mince, miroitante des illusions nécessaires à la vie, le sens des noces : le fait que l'on n'existe qu'à travers l'autre – fait pareil à un sombre corridor de cauchemar –, la solitude perdue qui n'ose plus se réveiller, ce glissement de l'amour comme entre deux miroirs derrière lesquels on sait qu'il y a le néant. Ici, dans cette chambre, couverte de son aveu mensonger comme d'un masque, attendant l'aventure d'un autre en elle, elle sentait la merveilleuse, périlleuse, exaltante nature du mensonge et de la tromperie en amour : sortir secrètement de soi pour entrer dans ce qui ne sera plus accessible à l'autre, dans ce que l'on évite toujours, dans la dissolution de la solitude ; enfin, pour l'amour d'une vérité plus grande, dans le vide qui se creuse quelquefois, un instant, derrière les idéaux.

Tout à coup, elle entendit des pas étouffés, un craquement de l'escalier, un arrêt ; une halte qui faisait grincer légèrement le plancher derrière sa porte.

Ses yeux se tournèrent vers l'entrée. Il lui parut étrange que derrière ces minces planches un homme fût debout ; elle sentait seulement l'indifférente contingence de cette porte de chaque côté de laquelle s'accumulaient des tensions inaccessibles l'une à l'autre.

Elle s'était déjà déshabillée. Sur la chaise devant le lit, ses vêtements étaient encore tels qu'elle les avait retirés. L'air de cette chambre louée un jour à l'un, le lendemain à l'autre, approchait en tâtonnant le parfum de son intimité à elle. La jeune femme jeta les yeux autour d'elle. Elle remarqua, sur une commode, une serrure de laiton déglinguée ; ses yeux s'attardèrent sur un petit tapis, usé jusqu'à la corde par les pieds innombrables qui s'y étaient posés, devant le lit. Elle pensa soudain à l'odeur qui s'était exhalée de ces pieds pour pénétrer des âmes d'inconnus, familière, protectrice comme l'odeur de la maison natale. Imagination bizarrement double dans son flamboiement, tantôt incompréhensible et répugnante, tantôt irrésistible, comme si l'amour-propre de tous ces êtres refluait en Claudine et qu'elle ne fût plus elle-même qu'un regard aux aguets. L'homme était toujours derrière la porte, bougeant à peine, de sorte que l'on n'entendait rien que de très légers bruits involontaires.

Alors une envie la prit de se jeter sur ce tapis, de baiser les traces répugnantes de ces pas, de s'exciter sur elles comme une chienne flairant un chien. Ce n'était pas de la sensualité, mais seulement quelque chose qui hurlait en elle comme le vent ou criait comme un enfant. Elle se mit à genoux sur le sol, les dessins figés du tapis lui apparurent encore plus gros et plus absurdes ; elle vit ses lourdes cuisses de femme pliées sans beauté comme quelque chose qui n'aurait aucun sens et pourtant une gravité incompréhensible, ses mains restèrent face à face sur le sol telles deux bêtes à cinq pattes. Elle se rappela soudain la lampe de la rue avec ses anneaux qui erraient sur la couverture, horriblement muets, les murs, les murs nus, le vide et de nouveau cet homme qui était toujours là, bougeant de temps en temps, craquant comme un arbre dans son écorce, l'afflux du sang à la tête comme un buisson, tandis qu'elle était ainsi accroupie avec simplement une porte entre eux, sentant néanmoins d'une certaine façon la douceur et la plénitude de son corps mûr, avec ce reste d'âme qui demeure jusque dans les plus funestes blessures, ce reste immobile à côté de l'altération et de la dislocation de l'être, son âme détournée de ce spectacle vers une attention difficile et continue, comme à côté d'un animal abattu.

Puis elle entendit l'homme qui s'éloignait prudemment. Elle comprit soudain, comme hors d'elle, que l'infidélité, c'était cela : plus intense, simplement, que le mensonge.

Elle se redressa lentement sur les genoux. Elle considéra, comme hagarde, ce fait incompréhensible que déjà maintenant tout aurait pu être accompli, et elle trembla, comme quand on a été délivré d'un danger par le simple hasard et non par un effort personnel. Elle essaya de penser cette pensée jusqu'au bout. Elle vit son corps couché sous celui de l'étranger, avec une netteté qui affluait dans tous les détails comme un ruissellement ; elle sentit son blêmissement, les paroles ignominieuses de l'abandon et les yeux de l'homme, déployés au-dessus d'elle pour la maintenir en bas, des yeux hérissés comme des ailes de rapace. Et continuellement elle se redisait : l'infidélité, c'est cela. Elle pensa que quand elle retournerait de cet homme à son mari, celui-ci lui dirait qu'elle lui était devenue comme étrangère, et qu'elle pourrait lui répondre seulement d'un sourire désarmé, d'un sourire qui signifierait : « Crois-moi, rien de tout cela n'était dirigé contre nous… » Néanmoins au même moment elle sentit ses genoux se presser absurdement contre le sol comme un objet, et elle se sentit inaccessible, avec cette fragilité douloureuse, désarmée, des plus secrètes possibilités humaines, que nul mot, nul retour ne retient ni n'ordonne dans le contexte de la vie. Il n'y eut plus en elle une seule pensée ; elle ne sut plus si elle agissait mal ; tout était autour d'elle comme une étrange et solitaire souffrance. Une souffrance qui était elle-même comme un espace, un espace défait, flottant et néanmoins comme rassemblé autour d'une obscurité douce, un espace légèrement ascendant. Au-dessous se répandait peu à peu une lumière intense, évidente et neutre dans laquelle tout ce que Claudine faisait, sa grimace de triomphe, le sursaut et l'abandon derniers de son âme, lui apparaissaient lointains, minuscules, glacés, détachés, à une distance infinie d'elle-même…

Au bout d'un temps assez long, ce fut comme si de nouveau un doigt prudemment tâtonnant cherchait la poignée de la porte, et elle sut que l'étranger était aux aguets. Il y eut en elle, comme un tourbillon, le désir de ramper vers l'entrée et de tirer le verrou.

Mais elle resta couchée sur le sol au centre de la pièce. Un sentiment nouveau la retint, celui qu'elle était aussi odieuse que jadis ; l'idée que tout cela pouvait n'être qu'une rechute dans son passé lui coupa les muscles, comme un coup de hache. Tout à coup elle leva les mains, appelant son mari à l'aide. Elle devina une pensée fugace qui la frôlait, et qui lui apparut vraie pourtant : nous nous sommes rencontrés mystérieusement à travers le temps et l'espace, maintenant j'entre en toi par des chemins de douleur.

Puis vinrent le calme, l'étendue. L'irruption des forces douloureusement contenues après la brèche dans le barrage. Sous la voûte de l'instant, sa vie, passé et avenir, fut un miroir d'eau immobile et scintillant. Il est des choses que l'on ne peut jamais faire, on ne sait pourquoi, les plus importantes peut-être. On sent qu'une oppression terrible pèse sur la vie, une raideur, un étau comme sur des doigts gelés. Et parfois cela se dissout, comme la glace sur les prés, on est songeur, on est une clarté sombre qui s'éploie dans l'étendue. Mais la vie, la vie osseuse, décisive, sans y faire attention, s'accroche ailleurs, et l'on n'agit pas.

Soudain Claudine se leva tout à fait, et l'idée qu'il le fallait la poussa silencieusement en avant ; ses mains retirèrent le verrou. Rien ne bougea, personne ne heurta. Elle ouvrit la porte et regarda dans le corridor : personne, les murs vides semblaient regarder fixement, dans la douteuse lumière de la lampe, un espace vide. Elle devait ne pas l'avoir entendu partir.

Elle se coucha. Des reproches lui traversèrent l'esprit. Déjà toute bordée de sommeil, elle se dit qu'elle faisait souffrir son mari, mais avec le sentiment étrange que tout ce qu'elle faisait, il le faisait aussi. Déjà dans l'oubli du sommeil, il lui sembla que tous nous livrions ce qui se laissait livrer, pour étreindre d'autant plus étroitement ce dont nous ne pouvons approcher. Une seule fois, précipitée un instant dans la lucidité, elle se dit : cet homme va remporter sur nous la victoire. Mais que signifiait vaincre ? Puis la pensée de Claudine glissa de nouveau le long de cette question dans l'assoupissement. Sa mauvaise conscience lui parut un dernier reste de tendresse qui l'accompagnait encore. Un immense égoïsme, approfondissant ténébreusement le monde, s'éleva au-dessus d'elle comme au-dessus d'un mourant ; elle vit derrière ses yeux fermés des buissons, des nuages et des oiseaux et, là au milieu, elle se sentit minuscule ; tout, pourtant, semblait n'être là que pour elle. Vint un instant où elle se referma, exclut d'elle-même tout ce qui n'était pas elle, et dans un accomplissement qui relevait déjà presque du rêve, ce fut un grand amour qui ne contenait plus qu'elle seule, une résolution tremblante de toutes les apparentes contradictions.

Le Conseiller ne revint pas. Elle s'endormit sereinement, la porte ouverte, comme un arbre dans un pré.

Le lendemain matin s'ouvrit une journée d'une mystérieuse douceur. Claudine crut s'éveiller derrière de clairs rideaux qui retenaient au-dehors toute la masse du réel. Elle sortit faire une promenade, le Conseiller l'accompagna. Il y avait en elle un chancellement, une sorte d'ivresse d'air bleu et de neige blanche. Ils atteignirent la périphérie de la ville, ils regardèrent la campagne : l'étendue blanche était rayonnante, solennelle.

Ils s'arrêtèrent à une barrière qui clôturait un petit chemin vicinal. Une paysanne jetait du grain aux poules, une tache de mousse jaune étincelait sous le ciel. « Croyez-vous ?… » dit Claudine en se retournant pour regarder l'air bleu clair au fond de la ruelle, « … depuis combien de temps cette guirlande est-elle suspendue là ? L'air la sent-il ? Comment vit-elle ?… » Elle n'ajouta rien, et d'ailleurs ne savait pas pourquoi elle avait dit cela. Le Conseiller sourit. Il semblait à Claudine que tout était gravé dans du métal, le burin tremblant encore de la pression de la main. Elle était debout à côté de cet homme, et tandis qu'elle sentait qu'il la regardait et peut-être notait en elle tel ou tel trait, quelque chose s'ordonnait au fond d'elle-même, clair et vaste comme des champs alignés sous le regard d'un oiseau tournoyant.

Cette vie bleue et sombre avec une petite tache jaune… que veut-elle ? Ces débandades de poules, le bruit léger du grain à travers quoi passe soudain comme le tintement d'une heure… à qui parlent-ils ? Ces choses privées de langage qui se fraient un chemin dans les profondeurs, qui, quelquefois seulement, surgissent pour un passant par l'étroite faille d'une seconde, et d'ordinaire restent mortes… que veulent-elles ? Elle les regardait avec des yeux muets et devinait les objets sans les penser ; simplement comme des mains, parfois, sont posées sur un front, quand plus rien ne peut être dit.

Puis elle n'écouta plus qu'avec un sourire. Le Conseiller croyait resserrer soigneusement autour d'elle les mailles de son filet, elle le laissait faire. Tandis qu'il parlait, elle avait seulement l'impression que l'on éprouve en marchant entre des maisons à l'intérieur desquelles des gens parlent ; au monde de sa réflexion s'en mêlait parfois un second qui entraînait de-ci de-là ses pensées, elle le suivait librement, puis resurgissait un instant en elle-même, à demi, douteusement, puis de nouveau sombrait, tant cette sorte de captivité était confuse.

Entre-temps, elle devinait, comme si c'était son propre sentiment, à quel point cet homme s'aimait. L'idée de la tendresse qu'il avait pour lui-même excitait légèrement les sens de Claudine. Tout, autour de cette tendresse, se taisait, comme si l'on pénétrait dans un domaine où ont cours d'autres décisions, des choix sans paroles. Elle se sentait pressée par le Conseiller, elle se sentait céder, mais il ne s'agissait pas de cela. Il y avait simplement en elle quelque chose comme un oiseau sur une branche, et qui chantait.

Le soir, elle mangea légèrement, et fut se coucher tôt. Tout était déjà un peu mort en elle, la sensualité aussi. Néanmoins, après un court sommeil, elle s'éveilla et comprit que le Conseiller était assis en bas à l'attendre. Elle prit ses vêtements et s'habilla. Elle se leva et s'habilla, rien d'autre : nul sentiment, nulle pensée, seule la conscience lointaine d'un tort et peut-être aussi, quand elle fut prête, une émotion nue, insuffisamment protégée. Ainsi descendit-elle. La pièce était vide, les chaises et les tables avaient l'air rigide de sentinelles. Le Conseiller était assis dans un coin.

Dans la conversation, elle avait dit quelque chose comme : « Je me sens seule là-haut » ; elle savait qu'il l'interpréterait mal. Au bout d'un moment il lui prit la main ; elle se leva. Elle hésita. Puis elle courut dehors. Elle sentait qu'elle agissait comme une petite oie, et c'était pour elle un attrait de plus. Dans l'escalier, elle entendit des pas qui la suivaient, les marches gémissaient, elle forma soudain une pensée infiniment lointaine, abstraite, et son corps trembla autour d'elle comme une bête que l'on traque dans une forêt.

Quand le Conseiller fut assis auprès d'elle dans la

chambre, il lui dit, incidemment : « Tu m'aimes, n'est-ce pas ? Sans doute ne suis-je ni un artiste, ni un philosophe, mais un homme entier, cela je le crois, entier. » Elle répondit :

– Qu'est-ce que c'est, un homme entier ?

– Tu poses de drôles de questions, dit le Conseiller vexé.

Sur quoi elle précisa :

– Ce n'est pas ce que je voulais dire. Je trouve étrange que l'on ait du goût pour quelqu'un justement parce qu'on a du goût pour lui, pour ses yeux, sa langue, non pour ce qu'il dit, mais pour le son de sa voix…

Le Conseiller l'embrassa :

– Ainsi, tu m'aimes ?

Claudine trouva encore la force de répondre :

– Non, j'aime être près de vous, le fait, le hasard que je sois près de vous. On pourrait être aussi bien chez les Esquimaux. En culottes de peau. Les seins tombants. Et trouver cela beau. N'y aurait-il pas alors d'autres hommes non moins entiers ?

Le Conseiller répliqua :

– Tu te trompes. Tu m'aimes. Il y a seulement que tu ne peux encore t'en rendre raison : c'est justement le signe de la passion vraie.

Involontairement, comme elle le sentait ainsi s'éployer au-dessus d'elle, quelque chose en Claudine hésita. Mais il lui dit :

– Tais-toi.

Claudine se tut. Elle ne parla plus qu'une fois : pendant qu'ils se dévêtaient. Elle se mit à parler à tort et à travers, des paroles nulles qui n'étaient qu'une manière douloureuse de traverser quelque chose :

– … c'est comme quand on franchit un défilé : les bêtes, les fleurs, les gens, tout a changé ; soi-même, on est tout différent. On se dit : Si j'avais toujours vécu ici, que penserais-je de ceci, quel sentiment aurais-je de cela ? Il est étrange qu'il suffise d'une ligne à passer. J'aimerais vous embrasser, puis vite faire un bond en arrière et regarder, puis revenir à vous. Chaque fois, franchissant cette frontière, je sentirais mieux le passage. Je deviendrais de plus en plus pâle ; les hommes mourraient ou non, ils se ratatineraient plutôt : les arbres et les bêtes aussi. Finalement, tout ne serait plus qu'une très fine fumée… plus qu'une mélodie dans l'air… au-dessus du vide…

Elle dit encore :

– Je vous en prie, partez !

Elle dit :

– Cela me répugne.

Il se contenta de sourire. Elle dit alors :

– Je t'en prie, va-t'en !

Satisfait, il soupira et dit :

– Enfin, enfin ! chère petite chimérique, tu m'as dit tu !

Elle sentit alors, en frissonnant, que son corps, quoi qu'elle en eût, se gonflait de plaisir. En même temps, elle avait l'impression de penser à quelque chose qu'elle avait éprouvé un certain printemps : une façon de pouvoir être là comme pour tous, et quand même uniquement pour un seul. Et très loin d'elle, comme les enfants disent de Dieu qu'il est grand, elle voyait l'image de son amour.

LA TENTATION DE VÉRONIQUE LA TRANQUILLE

On doit entendre quelque part des voix. Peut-être sont-elles simplement posées côte à côte et mêlées, comme muettes, sur les pages d'un journal intime, la voix sombre, profonde, soudain d'un bond dressée autour d'elle-même, de la femme, selon que les pages en disposent, et enveloppée par la voix tendre, ample, traînante de l'homme, cette voix ramifiée, inachevée, à travers laquelle pointe ce qu'elle n'a pas encore eu le temps de voiler. Peut-être n'est-ce pas cela non plus. Peut-être y a-t-il quelque part dans le monde un point où ces deux voix, qui d'ordinaire ne se distinguent partout que mal de la confusion lasse des bruits quotidiens, fusent comme deux rayons et s'enlacent ; peut-être devrait-on chercher ce point dont on ne devine ici la proximité qu'à une agitation, comme le mouvement d'une musique qui, non encore perceptible, s'imprime déjà en lourds plis obscurs dans le rideau encore indéchiré des lointains. Ce point trouvé, il se pourrait que les fragments donnés ici s'arrachent à leur maladive faiblesse pour s'installer d'un bond dans la clarté, la fermeté et l'évidence.

« Monde qui tourne ! » Après coup, dans les jours qui avaient imposé à Jean un choix terrible entre une imagination tendue avec une invisible rigueur comme un fil et la réalité ordinaire, dans ces jours d'ultime effort désespéré pour attirer cet insaisissable dans le réel, dans ces jours où il avait ensuite renoncé pour se jeter dans la simple vie comme dans un fouillis de plumes chaudes, il interpellait son expérience comme une personne. Tous ces jours-là, il se parla des heures à lui-même, et à haute voix, parce qu'il avait peur. Quelque chose en lui s'était affaissé, aussi mystérieusement inéluctable qu'une douleur qui soudain se concrétise dans le corps, devient tissu enflammé, réalité croissante et enfin maladie, maladie régnant bientôt sur tout l'être avec le doux sourire équivoque des tortionnaires.

« Monde qui tourne ! implorait Jean, si tu pouvais exister aussi au-dehors de moi ! Si tu avais une robe par les plis de laquelle je pouvais te retenir. Si je pouvais parler avec toi. Si je pouvais dire : tu es Dieu, avec, quand je parle de toi, pour l'amour d'une plus grande réalité, un petit caillou sur la langue ! Si je pouvais dire : je m'en remets à toi. »

Mais c'était simplement avoir la bouche dans la poussière et un cœur pareil à un enfant, cherchant à tâtons quelque chose. Jean savait seulement qu'il avait besoin de cela parce qu'il était lâche, il le savait. Cela se produisait pourtant, comme pour tirer de sa faiblesse une force qu'il pressentait et qui l'attirait comme rien jamais ne l'avait attiré sinon dans la jeunesse : la tête énergique, encore complètement privée de visage, d'une puissance douteuse ; tête dont on sent que l'on pourrait grandir des épaules jusqu'à son niveau, puis se la poser et enfin lui prêter son propre visage.

Il avait dit une fois à Véronique que ce quelque

chose, c'était Dieu. Il était craintif et pieux, c'était il y avait longtemps, sa première tentative pour fixer en un mot l'indéterminé dont ils sentaient tous deux la présence. Ils glissaient côte à côte dans la maison obscure ; ils montaient, ils descendaient côte à côte. Mais à peine avait-il exprimé cette idée qu'elle avait perdu toute valeur et cessé de traduire ce qu'il voulait dire.

Ce qu'il voulait dire n'était peut-être alors que quelque chose d'analogue à ces figures qui se forment dans la pierre – personne ne sait où vit, ni ce que peut être dans la pleine réalité ce à quoi elles semblent faire allusion –, sur les murs, dans les nuages, dans les tourbillons de l'eau ; ce qu'il voulait dire, c'était peut-être seulement l'incompréhensible message de quelque chose d'encore absent, pareil à ces mines bizarres qui correspondent non pas au visage sur lequel elles sont posées, mais à d'autres, devinés soudain au-delà de tout ce que l'on connaît ; c'étaient de petites mélodies dans le bruit, des sentiments cachés au fond des êtres... Oui, il y avait en lui des sentiments qui, lorsque ses mots les cherchaient, se révélaient n'être pas encore des sentiments : c'était seulement comme si quelque chose en lui s'était étiré, prolongé, avec des pointes s'enfonçant déjà en lui telles des racines pour s'y abreuver – sa crainte, sa tranquillité, sa taciturnité ; de même que parfois les choses s'étirent, certains jours de printemps d'une luminosité fiévreuse, quand leurs ombres s'allongent au-dessus d'elles et s'immobilisent dans une même direction, tels les reflets dans un ruisseau.

Il disait souvent à Véronique que ce qu'il y avait en lui n'était vraiment ni crainte ni faiblesse, mais seulement cette espèce d'angoisse qui n'est parfois qu'un bruissement autour d'un événement jamais vu encore ou jamais passé au crible ; ou comme quand on sent parfois en toute certitude et sans y rien comprendre que l'angoisse ressemblera à une femme, ou que la faiblesse sera un matin dans une ferme, entourée de cris d'oiseaux. C'était dans cette étrange disposition d'esprit que naissaient en lui ces ébauches intraduisibles d'impressions.

Une fois, Véronique le regarda de ses grands yeux tranquilles et rétifs – ils étaient assis tout à fait seuls dans la pénombre de l'une des salles – et lui demanda :

– Il y a donc en toi aussi quelque chose que tu ne peux ni sentir ni comprendre clairement : et tu l'appelles simplement Dieu, conçu comme une réalité extérieure à toi, comme si ce quelque chose, une fois nommé, pouvait te prendre par la main… Et peut-être est-ce cela que tu ne veux jamais appeler lâcheté ni mollesse : conçu comme une personne qui pourrait t'abriter dans les plis de son vêtement. Et si tu te sers, pour exprimer certaines directions, certains mouvements sans objet, certaines visions qui n'atteignent jamais en toi le niveau de la vie réelle, de mots tels que « Dieu », n'est-ce pas que ces mots, dans leurs vêtements obscurs, nous viennent d'un autre monde avec l'assurance d'étrangers sortant d'un vaste État bien ordonné, comme des vivants ? N'est-ce pas cela, parce qu'ils sont comme des vivants, et parce que tu voudrais à tout prix que cette expérience fût réelle ?

– Ce sont des choses, fit-il, qui sont derrière l'horizon de la conscience, des choses qui glissent, visibles, derrière cet horizon ; ou peut-être s'agit-il simplement d'un nouvel horizon de la même conscience, inconnu, inexploré, possible, brusquement révélé et où il n'y a pas encore de choses…

Alors déjà, il pensait que c'étaient des idéaux, et non des troubles ou les symptômes de quelque maladie de l'âme ; que c'étaient les pressentiments d'un ensemble encore anticipé ; et que si l'on parvenait à les assembler comme il le fallait, quelque chose apparaîtrait soudain, volant en éclats comme sous l'effet d'un choc, des plus fines ramifications des pensées aux cimes des arbres ; quelque chose qui serait dans le moindre des gestes comme le vent dans les voiles. Jean bondit alors sur ses pieds et fit un grand geste qui trahissait un désir presque physique.

Véronique resta cette fois-là un long moment sans répondre, puis elle dit :

– En moi aussi il y a quelque chose… tu sais : quand je pense à Déméter…

Elle s'arrêta, et ce fut la première fois qu'ils évoquèrent ce nom entre eux.

Au commencement, Jean ne comprit pas à quoi cela rimait. Véronique raconta qu'une fois elle était debout à une fenêtre qui dominait une basse-cour, qu'elle regardait le coq sans penser à rien ; peu à peu seulement, Jean comprit qu'elle parlait de la basse-cour de leur maison. Puis Déméter s'approcha et prit place à côté d'elle. Elle commença de s'apercevoir qu'elle avait cessé tout de même de penser à quelque chose pendant tout ce temps, seulement c'était tout à fait obscur, et elle ne reconnaissait ce à quoi elle avait songé que maintenant. Et la présence de Déméter, contait-elle – Jean comprendrait bien qu'elle commençait à deviner confusément tout cela –, la présence de Déméter l'y aidait tout en l'oppressant. Au bout d'un moment, elle avait compris que c'était au coq qu'elle avait pensé. Mais peut-être n'avait-elle rien pensé du tout et seulement regardé, et ce qu'elle avait regardé était-il resté en elle comme un corps étranger, faute d'être dissous par la réflexion. Il semblait d'ailleurs que ce coq lui eût rappelé vaguement autre chose qu'elle n'avait pu retrouver non plus. Et plus avait duré la présence de Déméter à ses côtés, plus nettement et anxieuscment ellc avait commencé à deviner le contour encore vide en elle de cette image. Véronique regarda Jean d'un air interrogateur, pour voir s'il la comprenait.

– C'était toujours l'indicible indifférence avec laquelle l'animal redescendait…

C'était cela qu'elle avait vu, dit-elle. Maintenant encore, elle voyait l'événement le plus simple du monde et néanmoins le plus incompréhensible, dans cette manière indiciblement indifférente de redescendre, d'être d'un coup délivré de toute excitation et de rester là un moment l'air hébété et lointain, comme égaré dans une lumière fade, pourrissante. Puis Véronique dit :

– Parfois, certains après-midi morts, quand j'allais me promener avec ma tante, c'était la même chose au-dessus de ma vie ; je croyais pouvoir le sentir, il me semblait que l'image de cette mauvaise lumière émanait de mon estomac…

Il y eut une pause. Véronique avala sa salive pour trouver des mots.

Elle revint sur le même sujet :

– Ensuite, je ne cessais de voir refluer de loin la même vague, qui l'emportait, puis, très vite, l'abandonnait de nouveau…

Il y eut encore un silence.

Puis les paroles de Véronique se glissèrent au travers, comme s'il leur fallait se cacher mystérieusement dans le grand espace obscur, et aller s'accroupir tout près du visage de Jean.

– C'est dans un de ces moments-là que Déméter m'a pris la tête et l'a serrée contre sa poitrine sans un mot, chuchota Véronique.

Le silence une fois de plus se referma. Mais Jean avait l'impression qu'une invisible main l'avait effleuré dans l'obscurité ; et quand Véronique poursuivit, il frémit.

– Je ne sais comment nommer ce qui m'advint alors, je devinai soudain que Déméter devait être comme le coq, vivre dans un immense et terrible vide dont il sortait parfois brusquement, d'un bond...

Jean sentit qu'elle le regardait. Il lui était pénible qu'elle parlât de Déméter tout en disant des choses dont il sentait vaguement qu'elles le concernaient, lui. Le soupçon, une mystérieuse crainte lui vint que Véronique pût songer à transformer ce qui était chez lui purement abstrait et ne faisait qu'effleurer Dieu – visions pareilles à ces cadres d'émotions tout de suite vides dans l'indécision de l'insomnie – en un acte qu'il serait contraint de consommer. Il lui sembla, sans qu'il pût se défendre, que la voix de Véronique prenait une nuance de cruauté, de compassion et de lubricité à la fois quand elle poursuivit :

– Je me suis écriée : « Jean ne ferait jamais une chose pareille ! » Mais Déméter s'est contenté de répondre : « Peuh ! Jean ! » en fourrant les mains dans ses poches. Et puis, te souviens-tu, la première fois que tu es revenu nous voir, comment Déméter t'a pris à partie ? « Véronique dit que tu vaux mieux que moi, t'a-t-il jeté ironiquement, mais tu n'es qu'un lâche ! » A ce moment-là, tu n'étais pas homme à te laisser traiter ainsi ; tu lui as répliqué : « Je voudrais bien voir ça ! » Là-dessus, il t'a donné un coup de poing en pleine figure. Alors, n'est-ce pas, tu as voulu le lui rendre ; mais quand tu as vu son visage menaçant et commencé à sentir la douleur qui s'avivait, tu as eu soudain une peur terrible de lui (oh ! je sais, presque une peur dévouée, affectueuse) et tu as souri, n'est-ce pas ? sans savoir pourquoi, tu as souri et souri encore, le visage un peu crispé que je devinais, un peu timide sous ses yeux furieux, et pourtant avec une douceur, une assurance si chaleureuses, si jaillissantes qu'elles équilibraient soudain l'insulte et l'adoptaient... C'est après que tu m'as dit vouloir te faire prêtre... Et je compris soudain que la bête, ce n'était pas Déméter, mais toi...

Jean bondit. Il ne comprenait pas. Il s'écria :

– Comment peux-tu dire cela ? A quoi penses-tu ?

Véronique, déçue, se défendit :

– Pourquoi n'es-tu pas devenu prêtre ? Un prêtre a quelque chose d'une bête ! Ce vide à l'endroit où les autres ont leur personne ! Cette douceur vide qui semble garder un instant les événements accumulés suspendus en l'air, comme un tamis bientôt allégé. Il faudrait essayer de partir de cette douceur. J'ai été si heureuse quand j'ai compris cela...

Jean sentit ce qu'il y avait d'immodéré dans sa voix et qu'il lui fallait se taire, que réfléchir à l'affirmation de Véronique l'eût détourné de lui-même. Une sorte de chaleur l'envahit, le gonfla, de l'effort qu'il faisait pour distinguer ses rêveries propres de celle de Véronique qui, cachée quelque part dans la brume, ressemblait aux siennes, tout en étant beaucoup plus réelle et plus étroite, comme une chambre à deux.

Quand ils se furent calmés, Véronique dit :

– Il s'agit de cette chose que je crois ne pas comprendre encore tout à fait et que nous devrions chercher ensemble.

Elle ouvrit la porte et regarda dans l'escalier. Ils eurent tous deux le sentiment qu'ils s'assuraient s'ils étaient bien seuls, et la sombre demeure vide fut soudain retournée au-dessus d'eux comme un grand volume concave. Véronique reprit :

– Tout ce que j'ai dit était à côté. Moi-même je ne sais ce que c'est. Mais dis-moi, toi, ce que tu as ressenti, dis-moi ce qu'il en est de cette douce, de cette souriante angoisse. Ce jour-là, quand Déméter t'a frappé, tu m'es apparu tout à fait impersonnel, dévêtu complètement, réduit à une tendresse chaleureuse et nue…

Jean ne sut que répondre. Trop de possibilités lui passaient par la tête. C'était comme s'il entendait parler dans une pièce voisine et comprenait à certains mots isolés qu'il s'agissait de lui. Il demanda simplement, un jour :

– En as-tu aussi parlé avec Déméter ?

– Oui, mais beaucoup plus tard, dit Véronique hésitante, une seule fois.

Elle ajouta au bout d'un moment :

– Il y a quelques jours. Je ne sais ce qui m'y a poussée.

Jean sentit obscurément quelque chose dans sa conscience, très loin, une frayeur : la jalousie devait ressembler à cela.

Ce fut seulement après un long moment qu'il entendit Véronique recommencer de parler. Il comprit qu'elle disait :

– … Ça m'a fait un drôle d'effet, je comprenais si bien cette femme…

Il demanda, machinalement :

– Quelle femme ?

– Mais la paysanne, là-haut.

– Ah oui ! la paysanne…

– La paysanne dont parlent les garçons des villages, répéta Véronique. Mais peux-tu l'imaginer, toi aussi ?

Pour tout ami, elle n'avait plus que ses deux grands chiens. Ce qu'ils disent est peut-être ignoble, mais imagine : ces deux grandes bêtes à de certains moments dressées, grinçant des dents, exigeantes, impérieuses, comme si tu leur étais semblable, et d'une certaine manière tu l'es, pleine d'angoisse devant leur pelage, hormis en toi un point minuscule… Mais tu sais qu'il suffira d'un geste, l'instant d'après, pour qu'elles ne soient plus de nouveau que des bêtes dociles, tapies… Ce ne sont pas seulement des bêtes, c'est toi et la solitude, c'est toi et encore toi, c'est toi et une pièce vide toute en crins, ce n'est pas le désir d'une bête mais de quelque chose que je ne saurais exprimer, et dont je me demande comment je puis si bien le comprendre.

Jean se fit suppliant :

– Ce dont tu parles est un péché, une ignominie !

Véronique ne céda point :

– Tu voulais devenir prêtre, pourquoi ? Je me disais : parce qu'après tu ne serais plus un homme, pour moi. Écoute : Déméter m'a dit, brutalement : « Celui-ci ne t'épousera pas, ni celui-là ; tu vas rester ici et vieillir comme ta tante… » Ne comprends-tu pas que j'aie eu peur ? Cela ne t'arrive-t-il pas aussi ? Je n'avais jamais pensé que ma tante fût un être humain. Jamais je ne l'avais vue ni comme un homme ni comme une femme. Tout d'un coup, j'ai eu peur que ce fût là quelque chose que je pouvais moi aussi devenir, et j'ai senti que quelque chose devait se passer. Il m'a paru soudain que pendant longtemps elle n'avait pas vieilli, qu'elle était devenue très vieille d'un seul coup. Déméter me disait : « Nous pouvons faire ce que nous voulons. Nous avons peu d'argent, mais nous sommes la plus vieille famille de la province. Nous ne vivons pas comme tout le monde : Jean n'est pas allé au ministère et moi je ne suis pas allé à l'armée, il n'est même pas devenu ecclésiastique. Tout le monde nous méprise un peu, parce que nous ne sommes pas riches, mais nous n'avons pas besoin d'argent et nous n'avons pas besoin d'eux. » C'est peut-être parce que la pensée de ma tante m'avait effrayée que cela m'a atteint soudain si mystérieusement, obscurément, comme le soupir léger d'une porte ; et en écoutant Déméter, j'ai pensé à notre maison, mais l'as-tu oubliée ? notre maison telle que tu l'as toujours sentie, le jardin et la maison… Oh ! le jardin !… Parfois, en plein été, je pensais : ce doit être comme ça quand on est couché dans la neige, un bien-être sans espoir, on flotte entre chaud et froid, on voudrait bondir et on se laisse aller dans une sorte de doux ruissellement. Quand tu penses au jardin, tu ne sens pas une beauté vide, ininterrompue, mais de la lumière, de la lumière dans une sourde démesure, de la lumière qui vous coupe la parole, bienfait insensé sur la peau, et un craquement, un frottement dans les écorces, un sifflement perpétuel dans les feuillages… N'est-ce pas en toi comme si la beauté de la vie qui s'achève auprès de nous en ce jardin était quelque chose de plat, d'horizontal, d'infini, qui vous enferme et vous isole comme une mer où l'on se noierait si l'on y voulait pénétrer ?…

Véronique maintenant avait bondi sur ses pieds. Elle était debout devant Jean : les doigts de ses mains brillant dans quelque lumière perdue semblaient aller chercher les mots, anxieusement, dans l'obscurité. Mots qui avançaient à tâtons :

– … Souvent, ensuite, je pense à notre maison, à ses ténèbres avec les escaliers qui craquent et les fenêtres qui gémissent, ses recoins, ses grandes armoires et quelquefois, près d'une haute fenêtre étroite, de la lumière qui semble couler lentement comme d'un seau incliné ;

et une angoisse, comme s'il y avait tout près un homme portant une lanterne à la main. Déméter disait : « Ce n'est pas mon genre de trouver des mots, Jean s'y entend mieux, mais je t'assure, il y a quelquefois en moi un sursaut absurde, le vacillement d'un arbre, un son terrible, tout à fait inhumain, comme ces crécelles qu'agitent les enfants de chœur, à Pâques... Il suffit que je me penche pour me croire une bête... J'aimerais parfois me barbouiller le visage !... » Alors il me sembla que notre maison était un monde où nous étions seuls, un monde trouble où tout se déforme et devient bizarre comme dans l'eau, et il me sembla presque naturel de céder au désir de Déméter. Il disait : « Cela restera entre nous, c'est à peine réel puisque personne ne le saura, cela n'a pas avec le monde réel de rapport qui lui permette d'y accéder... » Ne va pas croire, Jean, que j'eusse le moindre sentiment pour lui. Il s'ouvrait simplement devant moi comme une grande bouche armée de dents prête à me dévorer ; en tant qu'homme, il m'était aussi étranger que tous les autres, mais je m'imaginai soudain que j'allais m'écouler en lui, retomber en mille gouttelettes entre ses lèvres, être absorbée comme par un animal en train de boire, indifféremment, sourdement... Il y a des aventures que l'on aimerait vivre quelquefois si on pouvait le faire à titre d'action pure, avec personne, avec rien. Mais à ce moment-là j'ai pensé à toi, je n'avais aucune idée précise, néanmoins j'ai repoussé Déméter... Il doit y avoir, pour la même action, ta manière à toi, la bonne manière...

Jean bredouilla une question :

– Que veux-tu dire ?

– J'ai une vague idée de ce que l'on pourrait être l'un pour l'autre, répondit Véronique. On a peur l'un de l'autre, malgré tout ; même toi, quelquefois, quand tu parles, tu es dur et solide comme un caillou jeté contre moi. Non, je pense à une manière d'être où l'on se dissoudrait intégralement dans ce rapport mutuel au lieu de rester comme un étranger à l'extérieur, aux aguets... Je ne saurais te l'expliquer... Ce que tu appelles Dieu quelquefois ressemble à cet état...

Elle ajouta ensuite des choses qui demeurèrent tout à fait obscures pour Jean :

– Celui que tu voulais dire sans doute n'est nulle part, parce qu'il est en tout. Il est une méchante grosse femme qui me force à lui embrasser les seins, et il est en même temps moi qui parfois, quand je suis seule, me couche de tout mon long par terre devant une armoire et pense de telles pensées. Et tu es peut-être comme ça ; tu es quelquefois aussi impersonnel et aussi retiré qu'une bougie dans le noir, qui n'est rien par elle-même et ne fait que rendre le noir plus vaste et plus visible. Depuis que je t'ai vu avoir peur ce jour-là, c'est pour moi comme si de temps en temps tu tombais de mes pensées et que seule restât la crainte comme une tache sombre circonscrite par un liséré chaud et souple. La seule qui importe, c'est que l'on soit comme ce qui se passe et non comme la personne qui agit : on devrait être seul chacun avec ce qui se passe, et en même temps ensemble, fermé, muet comme l'intérieur de quatre murs sans fenêtres dessinant un espace où tout peut réellement se produire, et pourtant sans chercher à pénétrer l'autre, comme si rien ne se produisait qu'en pensée...

Jean ne comprenait pas.

Véronique commença soudain de changer. Ce fut une sorte de retombement, même les lignes de son visage se déséquilibrèrent. Elle aurait pu dire quelque chose encore, mais à ses propres yeux elle ne semblait plus être celle qui venait pourtant de parler, et ses mots ne sortaient qu'en hésitant, comme sur une longue route toute inhabituelle :

– … Qu'en penses-tu ?… Je crois qu'aucun homme ne pourrait être impersonnel à ce point, une bête seule… Aide-moi, pourquoi suis-je toujours obligée, en pensant à ces choses, de penser à une bête ?

Jean essaya par divers moyens de la ramener à elle-même, il se mit soudain à parler : il avait envie d'en entendre plus.

Véronique se contentait de hocher la tête.

Jean. Dès ce moment, Jean sentit une terrible légèreté qui le faisait passer toujours à un cheveu de ce qu'il voulait. Il arrive que sans connaître le but que l'on vise dans l'obscurité, on sache pourtant qu'on va le manquer ; dès lors, on laisse la vie s'écouler comme dans une chambre verrouillée où l'on a peur. Quelque chose parfois l'angoissait, comme s'il était sur le point de se mettre inopinément à vagir, à courir à quatre pattes, à flairer les cheveux de Véronique : telles étaient les images qui lui venaient à l'esprit. Mais rien ne se produisait. Ils passaient l'un devant l'autre ; ils se regardaient ; ils échangeaient des paroles insignifiantes ou tâtonnantes, tous les jours.

Une fois, ce fut pour lui comme une rencontre dans la solitude, autour de laquelle la proximité irrégulière, désordonnée du monde semble d'un coup pétrifiée en voûte. Véronique descendait l'escalier et il attendait en bas ; ainsi étaient-ils tous deux debout dans la pénombre. Il ne pensait nullement qu'il allait attendre d'elle quelque chose ; ce fut comme si tous deux, tels qu'ils étaient là, faisaient partie d'un rêve de malade, tant il lui parut bizarrement nécessaire de dire alors : « Viens, partons ensemble ! » Mais de la réponse de Véronique il ne comprit que ces mots : pas d'amour... pas de mariage... je n'abandonnerai pas ma tante...

Il répéta sa tentative, disant :

– Véronique ! un être, mais quelquefois un simple mot, une chaleur, un souffle est comme un petit caillou dans un tourbillon qui te désigne soudain le centre autour duquel tu tournes... Nous devrions faire quelque chose ensemble, et peut-être le trouverions-nous...

Mais la voix de Véronique trahissait, plus encore que la première fois où elle lui avait répondu la même chose, une nuance de lubricité :

– Aucun homme ne peut être à ce point impersonnel, seule une bête le pourrait... Oui, peut-être si tu devais mourir...

Puis elle dit non. Alors, de nouveau, le saisit ce qui n'était pas une décision, mais une vision, ce qui ne se rapportait pas au réel, mais à soi seul, comme la musique, et il dit :

– Je pars. Et il n'est pas impossible que je meure...

Là encore, il savait que ce n'était pas ce qu'il voulait dire.

Pendant des heures, à cette époque-là, il essaya de se rendre raison, et se demanda ce que Véronique devait être en vérité pour exercer un tel pouvoir. Il disait parfois : « Véronique », et il sentait à ce nom la sueur qui y collait, l'humble marche désespérée à sa suite, la piètre consolation de n'en toucher qu'une abstraction. Il ne pouvait pas ne pas penser à ce nom chaque fois qu'il revoyait les deux bouclettes au-dessus du front, ces petites boucles soigneusement collées sur le front comme un élément rapporté, ou son sourire quand ils étaient à table et qu'elle servait sa tante. Il ne pouvait pas ne pas la regarder quand Déméter parlait ; mais il ne cessait de se heurter encore à quelque chose qui l'empêchait de comprendre comment un être tel que Véronique pouvait être devenu le centre de sa résolution passionnée. Et quand il réfléchissait, il y avait déjà dans son souvenir le plus frais une part depuis longtemps éteinte, comme l'odeur de bougies soufflées, autour d'elle, quelque chose qu'on élude comme les chambres d'amis dans la maison, qui reposaient, immobiles, sous des housses, derrière des rideaux tirés. C'était seulement quand il entendait Déméter parler, dire des choses aussi cruellement familières et ternes que ces meubles que personne n'utilisait, qu'il retirait de leurs rapports l'impression d'un vice à trois.

Plus tard, malgré tout, pensant à Véronique, il ne put s'empêcher de l'entendre disant non. Elle avait dit non à trois reprises, et dans ce non il avait cru entendre une inconnue. Le premier non avait été dit à mi-voix, étonnamment distinct pourtant de ce qui précédait et comme porté à travers la demeure ; le second comme un coup de fouet ou un agrippement éperdu ; le troisième à mi-voix de nouveau, un effondrement, la souffrance que l'on éprouve quand quelqu'un vous fait mal.

Parfois, maintenant, quand il pensait à elle, il avait l'impression qu'elle était belle. De cette beauté extrêmement composite que l'on peut aisément oublier puis trouver laide à nouveau. Il ne pouvait s'empêcher de penser, quand elle émergeait devant lui de l'obscurité de la maison qui si étrangement se refermait derrière elle, sans aucun mouvement, et quand elle glissait devant lui avec sa sensualité puissante, insolite – comme atteinte d'une maladie inconnue –, il ne pouvait s'empêcher chaque fois de penser qu'elle sentait en lui un animal. Il trouvait cela incompréhensible et terrifiant, surtout doué de cette réalité plus grande qu'il ne l'avait voulu croire d'abord. Et même quand elle était hors de sa vue, il voyait tout d'elle avec une extrême netteté : sa haute taille et sa poitrine large, un peu plate, son front droit et bas, ses cheveux réunis en masse sombre au-dessus des douces boucles insolites, sa grande bouche voluptueuse et le léger duvet noir qui ombrait ses bras. Et la façon qu'elle avait de tenir la tête penchée, comme si le cou était trop mince pour la porter sans ployer, et la douceur particulière, l'indifférence presque impudique avec laquelle elle portait le corps un peu en avant quand elle marchait. Mais ils ne se parlaient presque pas.

Véronique avait entendu soudain un oiseau appeler et un autre lui répondre. L'épisode s'acheva ainsi. Par ce petit événement fortuit, comme il arrive quelquefois, l'épisode se conclut, et commença ce qui lui était à elle seule réservé.

Alors en effet, prudente, furtive comme le contact d'une langue prompte, aiguë, aux poils souples, passa l'odeur des herbes hautes et des fleurs des champs sur son visage. Et la dernière conversation, qui s'était paresseusement étirée – comme on agite encore entre ses doigts quelque chose à quoi l'on ne pense plus depuis longtemps –, s'interrompit. Véronique fut effrayée. Elle ne remarqua l'étrangeté de son effroi qu'après coup, à la rougeur qui lui monta au visage et à un souvenir qui lui revint après des années, inattendu, brûlant, intensément vivant. A vrai dire, d'innombrables souvenirs l'avaient assaillie les derniers temps ; il lui sembla qu'elle avait déjà entendu cet appel la nuit précédente, et l'avant-veille, et une autre nuit encore, quinze jours plus tôt. Il lui sembla aussi qu'à un certain moment, encore antérieurement, elle avait été tourmentée par ce contact, dans son sommeil peut-être. Les derniers temps, ces bizarres souvenirs ne cessaient de la hanter, enveloppant un point obscur tout au fond d'elle, pareils à des essaims volant tous vers le même but – toute son enfance ; mais cette fois, elle sut avec une certitude presque anormale que c'était cela même qu'elle attendait. Un souvenir aussitôt reconnu, enfin, après tant d'années, sans aucun rapport avec rien, mais brûlant, vivant encore.

Elle aimait alors la toison d'un gros saint-bernard, surtout sur le poitrail, là où les vastes pectoraux saillaient à chaque pas au-dessus des côtes telles deux collines ; toison qui était là d'une abondance si folle et d'un brun si doré, évoquant si fortement d'incalculables richesses, une paisible infinité, que le regard s'y perdait, même quand il se bornait, non moins paisiblement, à se poser sur une petite partie de la fourrure. Et tandis que Véronique n'éprouvait guère d'ordinaire qu'un sentiment unique, indivis et puissant, d'affection, la tendre camaraderie des fillettes de quatorze ans, l'amitié que l'on peut avoir pour les choses, là, en revanche, c'était parfois comme dans un paysage. On marche, il y a la forêt et la prairie d'un côté, la montagne et le rocher de l'autre, et dans cette vaste ordonnance chaque chose est simple et docile comme un caillou, et en même temps, considérée en soi, terriblement composite, riche d'une vie contenue, de sorte que votre admiration se double d'angoisse, comme devant une bête qui étend les pattes et se fige, à l'affût.

Un jour qu'elle était ainsi couchée à côté de son chien, l'idée lui vint que tels devaient être les géants ; avec des montagnes, des vallées, des forêts de crin sur la poitrine, des oiseaux chanteurs se balançant dans les cheveux, de petites puces sur les oiseaux, des… elle ne pouvait aller plus loin, mais il n'y avait pas de raison que cela finît jamais ; là encore, tout s'emboîtait et se comprimait si parfaitement que l'immobilité de l'ensemble semblait timidité devant un ordre tout-puissant. Véronique pensa que si la colère s'emparait de ces géants, toute cette vie multiple devait exploser et vous inonder d'une terrible plénitude, et que si l'amour les jetait sur vous, ce devait être avec un piétinement de montagnes en marche, un fracas de forêts ; une douce toison devait vous pousser sur le corps, et des picotements de vermine, une voix dans son bonheur lancer un cri intraduisible, et leur souffle envelopper, engloutir toutes choses comme dans une meute d'animaux.

Quand Véronique, ce jour-là, s'aperçut que ces rêveries soulevaient ses petits seins pointus en obéissant exactement au rythme de l'haleine velue à son côté, elle les refusa soudain, et se contint, comme elle eût essayé, en d'autres circonstances, d'une conjuration. Mais, quand elle ne put plus se défendre et que son souffle, en dépit de tous ses efforts, recommença de battre comme si cette autre vie l'attirait lentement à soi, elle ferma les yeux et se remit à penser aux géants, entraînée dans un fiévreux cortège d'images qui s'était fait d'ailleurs beaucoup plus proche et plus oppressant, comme une masse de nuages bas.

Quand elle rouvrit les yeux, longtemps après, tout était comme avant, sauf que le chien était maintenant assis à la regarder. Véronique s'aperçut alors que quelque chose de pointu, de rouge, d'arqué par la souffrance du plaisir, avait surgi sans bruit de la toison couleur d'écume ; et au moment de se lever, elle sentit sur son visage le contact tiède, tressaillant, de la langue du chien. Du coup, elle se sentit aussi bizarrement paralysée que si elle avait été elle-même une bête ; en dépit de l'angoisse et de la répugnance qui l'envahissaient, quelque chose de brûlant s'était tapi en elle, comme si désormais… comme des criailleries d'oiseaux et des battements d'ailes dans une haie, jusqu'à ce que tout se calme et que le bruit devienne aussi doux qu'un froissement de plumes…

C'était cette émotion d'alors, cet effroi étrangement brûlant, qui lui permettaient maintenant de tout reconnaître. Sans qu'elle pût savoir à quoi, elle devinait qu'elle avait éprouvé à l'instant, après tant d'années, exactement la même crainte.

Maintenant, il y avait Jean d'un côté, qui devait partir le jour même, et elle de l'autre. Treize ou quatorze ans s'étaient écoulés, depuis longtemps ses seins n'étaient plus aussi pointus, ni leur bec aussi rouge, aussi curieux ; ils s'étaient affaissés légèrement, ils étaient un peu tristes comme des bonnets de papier abandonnés sur une vaste surface, parce que la cage thoracique s'était aplatie et élargie, et c'était comme si l'espace autour d'eux avait grandi. Elle savait cela moins pour l'avoir vu dans la glace – quand elle était nue, dans son bain ou en changeant de robe, car depuis longtemps elle s'en tenait alors au strict nécessaire –, elle le devinait seulement à son sentiment, parce qu'il lui semblait quelquefois que si elle avait pu s'enfermer naguère de toutes parts et en toute sécurité dans ses robes, elle ne faisait plus maintenant que s'en couvrir. Le sentiment qu'elle avait d'elle-même, vue en quelque sorte de l'intérieur, ç'avait été naguère d'être une goutte d'eau bien ronde, bien tendue, et c'était maintenant depuis longtemps d'être une petite mer aux bords incertains ; sentiment si large, si lâche, si mou qu'il se serait confondu sans doute avec de la paresse ou une négligence lasse si ne s'y était adjoint parfois la sensation de quelque chose de merveilleusement doux qui se frottait au-dedans d'elle, très lentement, de ses milliers de plis précautionneux.

Sans doute y avait-il eu un temps où elle était plus proche de la vie et la sentait mieux, comme de ses propres mains ou sur son propre corps. Depuis longtemps elle ne savait plus ce que c'était, elle savait seulement que quelque chose devait être intervenu ensuite pour l'en séparer. Elle était restée tout ce temps sans savoir ce qu'avait pu être cette bizarre aventure, un rêve ou une angoisse diurne, si elle avait eu peur de quelque chose qu'elle avait vu, ou de ses propres yeux : jusqu'à aujourd'hui. Entre-temps, en effet, sa faible vie quotidienne s'était déposée sur ces impressions et les avait brouillées comme un vent doux et persistant brouille les traces dans le sable ; seule la monotonie de sa vie résonnait encore dans son âme, bourdonnement doux, sans cesse ascendant et descendant. Elle ne connaissait plus de grandes joies ni de grandes souffrances, rien qui se détachât nettement ou durablement du reste ; peu à peu, sa vie lui était devenue de plus en plus indistincte. Les jours passaient les uns comme les autres, les années se suivaient, toutes pareilles. Sans doute était-elle encore consciente que chacune lui enlevait et lui ajoutait quelque chose, qu'elle-même changeait lentement dans leur cours, mais jamais aucune ne se distinguait clairement de l'autre. Véronique avait de sa propre personne un sentiment vague, fluide, et quand elle se tâtait intérieurement, elle ne trouvait qu'une alternance de formes approximatives et voilées, comme on sent bouger quelque chose sous une couverture sans deviner ce que c'est. Peu à peu, ç'avait été comme si elle vivait sous une étoffe molle ou une cloche de corne mince qui fût devenue de plus en plus opaque. Les choses ne cessaient de reculer, perdaient leur physionomie, et même sa conscience de soi s'enfonçait de plus en plus dans la distance. Entre elles demeurait un espace vide, énorme, dans lequel le corps de Véronique vivait ; ce corps voyait les choses autour de lui, il souriait, il vivait, mais tout était d'une terrifiante incohérence ; et souvent rampait sans bruit à travers ce monde un dégoût tenace qui barbouillait tous les sentiments d'une sorte de masque de goudron.

Ce fut seulement quand s'ébaucha en elle cet étrange mouvement qui s'achevait aujourd'hui qu'elle se demanda si elle n'allait pas retrouver enfin sa vitalité antérieure. Plus tard, elle avait dû sans doute se demander si ce n'était pas de l'amour. De l'amour ? il y avait longtemps que celui-ci serait venu, et lentement, très lentement. Pourtant trop vite encore pour le rythme de sa vie ; le rythme de sa vie était encore plus lent, extrêmement lent, il n'était plus alors qu'une lenteur à ouvrir puis à refermer les yeux, et dans l'intervalle une sorte de regard qui ne pouvait se fixer sur les choses, qui glissait, qui passait lentement devant elles sans les toucher. C'est avec ces yeux-là qu'elle avait vu cela venir, et c'est pourquoi elle ne pouvait croire que ce fût de l'amour ; elle avait horreur de cet homme aussi obscurément que de tout ce qui lui était étranger, sans haine véritable, sans âpreté, comme un lointain pays au-delà des frontières, où ce que l'on est se confond mollement, tristement, avec le ciel. Mais elle savait depuis que si sa vie avait perdu la joie, c'était que quelque chose la forçait à détester toute étrangeté ; et tandis qu'elle se sentait d'ordinaire simplement pareille à quelqu'un qui ignore le sens de ses actes, il lui semblait parfois maintenant qu'elle n'avait fait qu'oublier ce sens, et qu'elle pourrait avec un peu de chance se le rappeler. Quelque chose de merveilleux la tourmentait, qui devait se produire ensuite, comme le souvenir d'une chose importante qu'on a oubliée mais qui n'est pas loin du seuil de la conscience. Tout cela commença lors du retour de Jean, quand lui revint brusquement à la mémoire, sans qu'elle comprît à quel effet, le sourire qu'il avait eu après que Déméter l'eut frappé.

Depuis lors, c'était pour elle comme si quelqu'un était survenu qui possédait ce qui lui manquait, et que ce quelqu'un traversât silencieusement le désert de plus en plus nocturne de sa vie. Il passait, simplement, et les choses commençaient vaguement à s'ordonner aux yeux de Véronique : pour peu qu'il les regardât. Parfois, quand il souriait de lui-même, effrayé, Véronique avait le sentiment qu'il pouvait avaler le monde, le garder dans son corps et le sentir de l'intérieur ; puis, quand il le reposait doucement, prudemment devant lui, qu'il était un jongleur travaillant seul, avec des anneaux : rien de plus. Véronique souffrait simplement d'imaginer, avec une intensité aveugle, combien de choses devaient être belles aux yeux de cet homme : elle était jalouse de quelque chose qu'il ne faisait peut-être que sentir. Bien que tout ordre, sous ses yeux à elle, eût vite fait de s'écrouler et qu'elle n'eût pour les choses que l'amour avide d'une mère pour un enfant qu'elle est trop faible pour guider, quelquefois, maintenant, sa négligence lassée commençait à vibrer comme une note, comme une note qui sonne dans l'oreille, comme une note qui sonne dans l'oreille et bâtit quelque part dans le monde un espace, y allume une lumière… Une lumière, et des êtres dont les gestes sont faits de nostalgie prolongée, comme ils pourraient l'être de lignes de plus en plus longues qui ne se rencontreraient que très loin, presque à l'infini. Jean disait que c'était des idéaux, et elle reprenait courage, avec l'espoir qu'ils pussent un jour devenir réels. Peut-être essayait-elle seulement de se redresser, mais ce mouvement la faisait souffrir encore comme si son corps était malade et incapable de la porter.

C'est alors aussi que tous ses souvenirs commencèrent à lui revenir, tous sauf un. Ils revinrent tous, elle ne savait pourquoi, mais elle sentait seulement à quelque chose qu'il en manquait encore un, et que c'était pour celui-là seul que tous les autres revenaient. L'idée s'ébaucha en elle que Jean allait pouvoir l'aider à le retrouver, que toute sa vie en dépendait. Elle comprenait également que ce qu'elle devinait ainsi n'était pas une force, mais la tranquillité et la faiblesse de Jean, cette faiblesse tranquille, invulnérable, qui était derrière lui comme un grand espace où il se trouvait seul avec tout ce qui lui advenait. Mais Véronique n'allait pas plus loin, elle s'inquiétait de ne rien découvrir de plus et elle souffrait, parce que chaque fois qu'elle se croyait sur le point de trouver, l'image d'une bête de nouveau s'interposait. Souvent elle voyait des bêtes, ou Déméter, quand elle pensait à Jean, et elle devinait qu'ils avaient tous deux un ennemi et tentateur commun, Déméter, dont la pensée était devant ses souvenirs telle une jungle où toutes ses forces s'épuisaient. Elle ne savait pas si tout cela se fondait sur le souvenir qu'elle ne retrouvait pas ou sur un sens qui devait encore prendre forme avant lui. Était-ce l'amour ? C'était passer, c'était errer dans l'amour. Elle-même ne le savait pas. C'était comme marcher sur une route avec un but donné, et l'idée – qui vous fait ralentir peu à peu – qu'avant d'y atteindre, on en aura trouvé un autre absolument différent.

Jean, lui, ne la comprenait pas. Il ne savait pas combien était lourd ce sentiment incertain d'une existence qui devait se fonder, pour elle et pour lui, sur quelque chose qu'elle ignorait encore complètement. Il la désirait simplement, réellement, pour femme, ou de quelque façon que ce fût. Véronique ne pouvait saisir cela, qui lui apparaissait dénué de sens et, sur l'instant, presque grossier. Jamais elle n'avait ressenti de convoitise précise, et jamais les hommes ne lui étaient apparus aussi manifestement comme un simple prétexte auquel on ne pouvait se tenir, prétexte à une chose différente qui ne s'incarnait en eux qu'imparfaitement. Aussi retomba-t-elle soudain en elle-même. Elle se blottit dans ses ténèbres, elle le regarda fixement ; et pour la première fois, non sans surprise, elle sentit dans ce recroquevillement une sorte de contact sensuel auquel elle s'abandonna voluptueusement, pensant que si c'était sous les yeux mêmes de Jean, cela ne lui en restait pas moins inaccessible. Quelque chose en elle se hérissa dans sa direction, comme une souple peau de chat crépitante ; et comme si elle suivait des yeux une petite bille scintillante, elle lâcha son « non » du fond de sa cachette et le fit rouler aux pieds de Jean… Et quand il voulut le fouler aux pieds, elle cria.

Maintenant que la séparation était déjà entre eux, inexorable, et faisait avec eux un dernier bout de chemin, ce souvenir plus enfoui que tous les autres avait surgi à son tour, brusquement, avec la plus grande netteté, dans la mémoire de Véronique. Elle sentit seulement que c'était lui, sans pouvoir dire à quel signe. Elle fut un peu déçue parce que rien dans son contenu ne lui disait pourquoi c'était bien lui. Elle se trouva seulement comme enveloppée d'une fraîcheur libératrice. Elle sentit qu'une fois déjà dans sa vie elle avait eu peur comme maintenant devant Jean, et elle ne comprit pas comment cela pouvait avoir eu tant d'importance pour elle, ni à quoi cela devait la conduire dans l'avenir. Ce fut tout à coup pour elle comme si elle se retrouvait sur son chemin, à l'endroit même où elle l'avait quitté naguère ; elle devina qu'en cet instant, l'aventure réelle, l'aventure avec le Jean réel, avait dépassé son point culminant et s'était achevée.

Elle crut que tout s'écroulait ; bien qu'ils fussent tout près l'un de l'autre, elle eut l'impression qu'ils ne cessaient de s'éloigner l'un de l'autre en tombant. Véronique regarda les arbres qui bordaient son chemin, ils étaient plus rigides, plus verticaux qu'il ne lui eût semblé naturel. Elle eut l'impression de comprendre alors seulement dans sa plénitude ce « non » qu'elle n'avait prononcé d'abord que dans la confusion d'un pressentiment, et elle comprit que c'était à cause de ce « non » que Jean partait, bien qu'il ne le désirât pas. Pendant un instant, elle eut le sentiment de lourdeur et de profondeur de deux corps couchés côte à côte qui ne sont plus qu'un corps et un corps, séparés, tristes, chacun n'étant que ce qu'il est pour soi : tant son émotion était déjà près de l'abandon. Quelque chose l'envahit qui la fit toute petite, toute faible, toute nulle comme un chiot boitant et geignant, ou comme un petit drapeau effrangé mendiant un souffle d'air, écrasée qu'elle était par cette puissance. Il y eut en elle le désir de retenir Jean comme une limace blessée qui, avec de légers tressaillements, en cherche une autre pour mourir, ouverte et collée à son corps.

Mais elle regarda Jean à ce moment-là presque sans savoir ce qu'elle pensait ; elle pressentit que la seule chose qu'elle en sût, ce souvenir soudain, absolument seul et nu en elle, n'était peut-être rien que l'on pût comprendre par soi-même, mais quelque chose seulement du fait qu'ayant été empêché un jour par une grande angoisse de s'accomplir, il s'était durci, fermé et enkysté en elle, et qu'il barrait la route à ce qu'il aurait pu devenir d'autre : qu'il fallait donc qu'elle s'en débarrassât comme d'un corps étranger. Déjà son sentiment pour Jean commençait à baisser, à refluer : une puissance longtemps prisonnière dessous, en apparence immobilisée et morte, débordait maintenant de Véronique, vague immense, impétueuse, délivrée, qui entraînait avec soi cet amour. A sa place, de ces lointains ainsi révélés au fond d'elle, surgissait une lueur, une sorte de voûte sans piliers, infiniment haut suspendue, un étincellement brouillé par les mailles du rêve…

La conversation qu'ils poursuivaient extérieurement s'abrégea, s'épuisa ; tandis qu'ils s'efforçaient de la prolonger, Véronique sentit qu'entre les mots, ce dialogue se transformait ; elle comprit une fois pour toutes que Jean devait partir, et elle voulut couper court. Tout ce qu'ils disaient, tout ce qu'ils tentaient encore lui semblait du temps perdu puisqu'il était décidé qu'il allait partir et ne plus revenir ; et parce qu'elle ne se trouvait plus du tout désireuse de faire ce qu'elle eût peut-être fait quand même en d'autres temps, ce qui restait de leurs rapports prit brusquement une expression figée, incompréhensible ; c'est à peine si Véronique vit à ce changement le moindre sens, la moindre justification :

ce fut rapide et dur, un fait, comme un objet saisi puis jeté…

Or, comme Jean était toujours debout devant elle dans le désordre de ses paroles, Véronique commença de sentir ce qu'il y avait d'insuffisant dans la présence, dans le voisinage réel de cet homme : cette insuffisance pesait lourdement sur quelque chose en elle qui déjà cherchait à s'élever elle ne savait où avec le souvenir de Jean. Véronique se heurtait partout à sa vivante présence comme on se heurte à un corps mort, rigide, hostile, qui résiste à tous les efforts pour l'écarter. Et comme elle s'apercevait qu'il continuait à la regarder avec la même insistance, Jean lui fit l'effet d'une grande bête épuisée dont elle n'arrivait pas à se dépêtrer : elle retrouva au fond d'elle-même le terrible souvenir pareil à un petit objet brûlant que l'on serre dans ses mains. Du coup, elle aurait eu envie de lui tirer la langue, bizarrement partagée qu'elle était entre le désir de fuir et l'attirance, perplexe un peu comme la femelle qui mord son poursuivant.

A ce moment, le vent recommença de souffler. Les sentiments de Véronique en furent comme élargis, délivrés de cette résistance, de cette haine qu'ils avaient absorbée comme une substance infiniment fluide, jusqu'à n'être plus qu'un effroi hagard où la jeune femme, dans le moment même qu'elle l'éprouva, se délaissa en quelque sorte ; tandis que tout le reste, autour d'elle, tremblait de prescience. L'opacité qui avait pesé jusqu'alors sur sa vie à la façon d'un brouillard épais s'était ébranlée soudain, et il semblait à Véronique voir les formes d'objets longtemps cherchés s'imprimer derrière un voile, puis de nouveau s'effacer. Sans doute rien ne dessinait-il encore le visage de Jean d'un trait assez précis pour que les doigts le pussent tenir, tout fuyait-il encore entre les mots tâtonnants et ne pouvait-on parler de rien ; mais on eût dit que chaque mot, désormais imprononcé, devenait visible de très loin déjà grâce à quelque vaste échappée, et qu'une compréhension – une sorte d'étrange unisson – l'accompagnait, de celles qui ordonnent les actions les plus banales pour en tirer le dessin d'un chemin d'ordinaire brouillé par les cailloux. Il y eut au-dessus du monde une sorte de fin masque de soie, argent clair, agité, comme sur le point de se déchirer. Véronique écarquilla ses yeux qui papillotèrent, comme sous le coup d'invisibles heurts.

Ils étaient debout côte à côte. Quand le vent se fit de plus en plus intense sur le chemin et se posa partout telle une merveilleuse bête souple et parfumée, sur le visage, dans la nuque, sous les aisselles... respira partout, étendit partout de souples cheveux de velours, se colla plus étroitement à la peau à chaque gonflement de la poitrine... l'effroi et l'impatience de Véronique se dénouèrent ensemble dans une chaleur pesante et lasse qui se mit à tournoyer autour d'elle, muette, aveugle, lente comme des bouffées de sang. Elle ne put s'empêcher de penser soudain à ce qu'elle avait entendu dire, que sur les humains vivaient des millions de petites créatures et que chaque respiration faisait circuler d'innombrables flots de vie. Un instant, surprise par cette pensée, elle hésita ; elle eut une impression d'obscurité chaude, comme dans une grande vague pourpre. Mais ensuite, tout proche dans cet afflux brûlant de sang, elle en devina un second, et comme elle levait les yeux, Jean était devant elle, ses cheveux semblaient poussés par le vent contre les siens qui tremblaient, déjà leurs pointes frémissantes s'effleuraient presque. Un plaisir écumant assaillit Véronique, comme quand deux essaims chancelants se confondent ; elle aurait aimé s'arracher la vie du corps pour, dans le brûlant abri des ténèbres, dans l'affolement de l'ivresse, la répandre sur son compagnon comme un pollen. Mais leurs corps étaient toujours debout, raides et gauches, laissant faire, les yeux clos, ce qui se passait dans leur secret, comme s'ils n'avaient pas le droit de le savoir ; ils étaient seulement de plus en plus vides, de plus en plus las ; puis ils s'affaissèrent légèrement, avec une extrême douceur, paisiblement, une délicatesse de chambre mortuaire, comme s'ils étaient sur le point de perdre leur sang l'un dans l'autre.

Quand le vent soufflait, elle avait l'impression que le sang de Jean lui montait sous la robe, qu'il lui emplissait le corps d'étoiles, de coupes, de bleu, de jaune, de fils minces, de tâtonnements et d'immobile volupté, comme des fleurs qui s'épanouissent au souffle de l'air. Et lorsque le soleil qui se couchait brilla à travers l'ourlet de sa robe, elle était encore debout, tout indolente, tranquille, impudiquement livrée, comme si son trouble était visible. Déjà elle ne pensait plus que de très loin à cette nostalgie qu'elle avait eue d'un accomplissement plus grand : nostalgie maintenant revêtue de la même tristesse discrète que des sonneries de cloches éloignées. Ils étaient debout côte à côte et se détachaient sur le ciel du soir, grands et graves, pareils à deux énormes bêtes voûtées.

Le soleil s'était couché. Véronique revint seule, songeuse, entre champs et prairies. Le sentiment d'elle-même que lui avait laissé la séparation semblait surgi de quelque coquille brisée au sol : si ferme, tout à coup, qu'elle avait l'impression d'être un couteau dans la vie de cet autre être. Tout était clairement articulé : il partait, il allait se tuer, elle n'examinait même pas la chose, c'était aussi massif qu'un objet sombre tombé à terre, aussi irréfutable qu'une coupure dans le temps : tout ce qui précédait la coupure s'était irrémédiablement figé, cette journée jaillissait de l'ensemble des autres, étincelante comme une épée. Véronique avait même l'impression de voir figuré matériellement dans l'air le mode selon lequel la relation de son âme avec cette autre âme était devenue quelque chose d'ultime, d'inaltérable, tronçon de branche ressortant sur le ciel de l'éternité. De temps en temps, elle éprouvait quelque tendresse pour Jean à qui elle devait cela, puis de nouveau plus rien, ou seulement le bruit de ses propres pas. Une détermination tournée avec insistance vers la solitude et sans autre but la poussait, entre prairies et champs. Le soir rapetissait le monde. Peu à peu, une joie étrange se mit à porter Véronique comme un air léger, cruel, qu'elle aspirait en frémissant, qui l'emplissait, la soulevait et dans lequel ses gestes se faisaient brusques, cherchaient les lointains, dans lequel ses pas se détachaient avec un léger élan du sol et s'élevaient plus haut que les forêts.

Elle se sentait presque mal de légèreté et de bonheur. Cette tension ne la quitta que lorsqu'elle posa la main sur le portail de sa maison. C'était un petit portail arrondi, solidement encastré dans le mur ; quand elle le referma, il s'interposa, impénétrable, entre elle et le monde extérieur, et elle fut dans l'obscurité comme dans une eau paisible, souterraine. Elle avançait lentement et sentait, sans les effleurer, la proximité des murs frais qui l'entouraient : sentiment d'étrange intimité.

Elle comprit ce que c'était qu'être chez soi, maître de soi.

Elle vaqua paisiblement à ses occupations habituelles, et la journée s'acheva comme toutes les autres. De temps en temps Jean reparaissait parmi ses pensées, puis elle regardait l'heure et savait où il devait être. Une fois, elle s'efforça de rester longtemps sans penser à lui, et lorsqu'elle s'y reprit une seconde fois, le train devait déjà rouler dans la nuit des vallées alpestres vers le sud, et des contrées inconnues opposèrent leurs ténèbres à sa conscience.

Elle se mit au lit et s'endormit rapidement. Mais son sommeil fut léger et plein d'impatience, comme de quelqu'un qui attend pour le lendemain une épreuve exceptionnelle. Il y eut sous ses paupières une clarté incessante, qui vers le matin parut s'éclairer encore et s'étendre à des distances indicibles ; quand Véronique s'éveilla, elle comprit que c'était la mer.

Maintenant, sans doute la voyait-il déjà devant lui, et n'avait-il plus d'autre devoir que de mettre sa résolution en œuvre. Sans doute prendrait-il une barque, et tirerait-il au large. Mais Véronique ignorait quand. Elle échafauda des hypothèses et compara, opposa des raisons. Irait-il tout droit du train à la barque ? Attendrait-il le soir ? L'heure où la mer est parfaitement calme et semble vous regarder avec de grands yeux ? Toute la journée elle fut dans la même agitation que si de fines aiguilles s'étaient plantées dans sa peau. Parfois, quelque part, d'un cadre doré qui brillait sur le mur, de l'obscurité de l'escalier ou de l'étoffe blanche qu'elle cousait, le visage de Jean émergeait. Blême avec des lèvres cramoisies… crispé, gonflé par l'eau… ou simplement une boucle noire au-dessus d'un front défoncé… De loin en loin, alors, semblaient l'envahir les fragments mouvants d'un soudain reflux de tendresse. Quand ce fut le soir, elle comprit que tout devait être accompli.

Très loin en elle, il y avait l'intuition que tout était dépourvu de sens, cette attente et cette façon de traiter comme une réalité des événements à ce point incertains. Parfois passait rapidement en elle l'idée que Jean n'était pas mort, c'était comme si l'on arrachait une couverture moelleuse, un fragment de réalité surgissait puis retombait. Le soir invisible et silencieux glissait autour de la maison ; ce fut alors comme si elle se disait : une nuit est venue une fois, puis est repartie, elle le savait. Mais soudain cela mourut. Un profond repos, un sentiment de mystère investit lentement Véronique de ses innombrables plis.

Vint la nuit, cette unique nuit de sa vie où ce qui s'était formé sous le brouillard de sa longue existence malade et qu'une inhibition avait tenu écarté du réel, grandit comme une tache qui dessine l'étrange contour d'expériences inouïes, et trouva enfin la force de se dresser dans sa conscience.

Poussée par un élan confus, elle alluma toutes les lampes de sa chambre et s'assit parmi elles, immobile au centre de la pièce ; elle prit le portrait de Jean et le posa devant elle. Il ne lui semblait plus que ce qu'elle avait attendu si longtemps fût simplement l'histoire de Jean, ni rien qui fût en elle, ni aucune imagination ; elle eut soudain le sentiment que sa conscience de l'espace avait changé, était devenue un domaine inexploré entre le rêve et la veille.

L'espace vide entre elle et les choses s'évanouit, et d'étranges tensions s'y créèrent. Les meubles pesaient à leur place, comme inamovibles – la table, l'armoire, la pendule contre le mur –, tout chargés de leur poids, séparés d'elle, clos sur eux-mêmes comme un poing fermé ; parfois pourtant ils semblaient de nouveau être en elle, ou la regarder à partir d'un espace qui était comme une vitre entre Véronique et le véritable espace. Ils étaient dressés là comme si pendant des années ils n'avaient attendu que ce soir pour se retrouver – tant ils se voûtaient, se ployaient, s'étiraient, tant leur démesure semblait inépuisable ; le sentiment de l'instant s'élevait et se creusait autour de Véronique comme si elle-même eût été soudain autour des choses, telle une chambre où eussent vacillé sans aucun bruit des bougies. Parfois cette tension l'épuisait, ensuite elle ne semblait plus que luire, une clarté montait dans tous ses membres et elle la sentait extérieure à elle ; elle était lasse d'elle-même comme de l'anneau doucement bourdonnant de quelque lampe. Ses pensées traversaient ou quittaient ce lumineux assouplissement avec des ramifications subtiles, visibles comme un très fin réseau d'artérioles. Puis le silence se fit de plus en plus profond, des voiles tombèrent autour de sa conscience telle la neige derrière des vitres éclairées, ici ou là une lumière y crépita, vive, dentelée... Mais, au bout d'un instant, Véronique se haussa de nouveau à l'extrême de sa lucidité, de sa tension, et sentit soudain avec la plus grande netteté que Jean devait être lui aussi maintenant dans cette nouvelle espèce de réalité, dans ce nouvel espace.

Les enfants et les morts n'ont pas d'âme. Mais l'âme des vivants, c'est ce qui les empêche d'aimer quand ils le veulent encore, ce qui, dans tout amour, retient un reste. Véronique sentit que ce qui ne parvient pas à se prodiguer même à travers le plus grand amour, c'est ce qui éloigne tous les sentiments de ce qui s'attache trop anxieusement à eux, ce qui donne à tous les sentiments quelque chose que l'être le mieux aimé ne peut atteindre, quelque chose de tout prêt à la conversion ; quelque chose, même quand ces sentiments sont dirigés vers lui, qui semble regarder en arrière avec un sourire perfide. Mais les enfants et les morts, qui ne sont encore rien ou ne sont plus rien, laissent penser qu'ils peuvent encore être tout ou avoir tout été ; ils sont comme la réalité creuse de récipients vides qui prêtent leur forme aux rêves. Les enfants et les morts n'ont pas d'âme, ou pas une âme de ce genre. Les bêtes non plus. Dans leur laideur menaçante, les bêtes effrayaient Véronique, mais elles avaient dans leurs yeux l'oubli instantané, tel un point, telle une larme.

Voilà ce que peut être l'âme, quelquefois, pour une quête confuse. Toute son obscure vie durant, Véronique avait eu peur d'un amour et en avait souhaité un autre : les rêves nous en offrent parfois de pareils à son désir. Les événements passent avec toute leur énergie, immenses, traînants, et pourtant pareils à quelque chose qui est situé en quelqu'un, qui fait mal, mais comme on se fait mal à soi-même, qui humilie, mais d'une humiliation fuyante comme un nuage déraciné que personne n'est là pour voir. Ainsi Véronique oscillait-elle entre Jean et Déméter… Les rêves ne sont pas situés en quelqu'un, ce ne sont pas non plus des fragments du réel, mais ils voûtent leur lieu quelque part dans un sentiment d'ensemble où ils flottent, sans poids, comme un liquide dans un autre liquide. En rêve, on se donne ainsi à son aimé, comme un liquide dans un autre ; avec un sentiment différent de l'espace. Car l'âme éveillée est un espace creux dans l'espace, impossible à combler ; l'espace à travers l'âme se vallonne comme de la glace boursouflée.

Véronique se rappela qu'elle avait quelquefois rêvé.

Jusqu'alors, elle n'en avait jamais rien su ; quelquefois seulement, quand elle s'éveillait – comme habituée encore à un autre mouvement –, elle s'était heurtée à l'étroitesse de sa conscience et quelque part, à travers une déchirure, avait aperçu encore une clarté… une simple déchirure, mais elle devinait au-delà un vaste espace. Maintenant, elle se rendait compte qu'elle devait avoir rêvé souvent. Elle voyait à travers sa vie éveillée celle de ses rêves, comme derrière le souvenir de conversations et d'actions apparaît longtemps après le souvenir d'un édifice de sentiments et de pensées qui était demeuré caché ; de même qu'on peut rester longtemps à ne se rappeler qu'un entretien et soudain découvrir, des années après, que les cloches n'avaient cessé de sonner pendant qu'on parlait… Conversations avec Jean, conversations avec Déméter… Par-dessous, elle commença de découvrir le chien, le coq, le coup de poing, Jean parlant de Dieu ; et ses mots, lentement, passèrent sur ces souvenirs comme avec de fins tentacules.

Véronique le savait elle-même de toujours : dans un espace quelconque, tout le monde sait ce que c'est qu'un animal, avec ses muqueuses malodorantes et baveuses ; mais en elle, cela devenait une obscurité agitée, informe, qui glissait parfois au-dessous de sa conscience claire, ou bien une forêt infinie et tendre comme un homme endormi ; en elle, cela n'avait plus rien d'une bête, sauf certains aspects de l'action de la bête sur son âme, prolongés au-delà de la bête… Ensuite Déméter avait dit : « Pour peu que je me penche… » Et Jean, au milieu du jour : « Quelque chose en moi s'est affaissé ; étiré, prolongé… » Il y eut alors en elle un désir pâle, vague, informe, que Jean fût réellement mort. Il y eut aussi – mal démêlée de sa veille

– une façon immobile, presque démente, de le regarder en laissant le regard s'insinuer doucement en lui de plus en plus profond, telles des aiguilles, pour voir si dans un tremblement de son sourire, un retroussis de ses lèvres, un quelconque signe de souffrance, une sorte de don funèbre ne se lèverait pas soudain à la rencontre de Véronique avec l'incalculable plénitude des choses vivantes. Alors les cheveux de Jean furent comme des taillis et ses ongles comme de grands miroirs, elle vit d'humides nuages dans le blanc de ses yeux et de petits étangs scintillants ; il fut là dans sa laideur exposée, ses frontières dégarnies de défenseurs, mais l'âme retraite encore dans un dernier reste de sentiment où il n'y avait plus de place pour elle. Il parlait de Dieu, et Véronique pensa : « Par Dieu, il entend ce sentiment *tout autre*, peut-être celui d'un espace où il aimerait vivre... » C'était là, de sa part, une pensée morbide. Mais elle se disait aussi : il faudrait qu'une bête fût comme cet espace, glissant tout près de vous, de même que l'eau, dans nos regards, forme d'immenses figures fluides, et se retrouve pourtant minuscule et lointaine quand on la considère comme extérieure à soi. Pourquoi donc est-il permis, dans les contes, d'imaginer de ces bêtes veillant sur des princesses ? Était-ce aussi maladif ? Dans cette nuit unique, Véronique se vit, elle et ces images, lumineuses sur un fond d'angoisse, l'angoisse de la retombée. Sa rampante vie éveillée se briserait une fois de plus sur cet obstacle, elle le savait, elle voyait que tout était maladie et impossibilité ; mais si l'on réussissait à tenir dans la main, comme de petits bâtons, les prolongements de ce rêve, sans ce qu'il s'y ajoute de répugnant lorsqu'ils s'agglutinent pour former un tout réel... La pensée de Véronique, cette nuit-là, parvint à concevoir l'idée d'une santé fabuleuse, alpestre, où maîtriser chacune de ses émotions devenait un jeu.

Ce bonheur tournoyait à travers ses pensées comme ces anneaux qu'un excès de tension, parfois, fait éclater. Tu es mort, voilà ce que rêvait son amour. Elle ne voulait pas exprimer par là autre chose que cet étrange sentiment situé entre elle et le monde extérieur et où vivait pour elle l'image de Jean ; mais le reflet de ces lumières était brûlant sur ses lèvres. Tout ce qui lui arriva cette nuit-là ne fut qu'un semblable reflet du réel qui, vacillant quelque part dans son corps parmi des fragments d'émotions, en projetait les ombres vagues à l'extérieur. Il lui sembla sentir Jean tout près d'elle, aussi proche qu'elle-même. Il appartenait à ses désirs et la tendresse de Véronique le traversait sans rencontrer aucun obstacle, comme les vagues font de ces molles méduses couleur de pourpre qui flottent dans la mer. Par moments, l'amour de Véronique était simplement au-dessus de Jean, vaste espace privé de sens comme la mer, lassé déjà, de même peut-être que la mer recouvrait déjà son cadavre, immense et douce tel un chat qui ronronne, poursuivi de rêves caressants. Et les heures s'écoulèrent comme le murmure des eaux.

Quand l'effroi la tira de ses songeries, elle éprouva pour la première fois du chagrin. Il faisait frais, les bougies s'étaient consumées, hors une seule qui brûlait encore. A l'endroit où Jean s'asseyait d'ordinaire, il y avait maintenant un trou que toutes ses pensées ne parvenaient pas à combler. Puis soudain, sans bruit, la dernière bougie s'éteignit à son tour, comme un dernier invité referme derrière soi la porte : Véronique resta dans l'obscurité.

De modestes bruits traversèrent la demeure, les marches de l'escalier en s'étirant timidement secouèrent le poids de qui venait de les descendre ; quelque part une souris grattait, un insecte forait le bois. Quand une pendule sonna, Véronique commença d'avoir peur. Peur de la vie continuelle de cet objet qui, tandis qu'elle passait la nuit à veiller, marchait sans repos, affairée, dans toutes les chambres, parfois au plafond, parfois très profond sous le parquet. Comme un tueur inconscient frappe et lacère simplement parce que les convulsions de sa victime ne veulent pas cesser, elle aurait aimé empoigner, étouffer le son léger qu'elle ne cessait plus d'entendre. Tout à coup, elle sentit sa tante dormir, dans la pièce la plus reculée, avec toutes ses rides sur son sévère visage de cuir. Les choses étaient debout, sombres, lourdes, détendues, et dans cette existence étrangère qui l'enveloppait une fois de plus, l'angoisse la reprit.

Quelque chose seulement – mais ce n'était plus qu'à peine un appui, simplement cela sombrait lentement avec elle – la retenait. Déjà elle pressentait que ce qu'elle éprouvait avec une sensualité si intense, ce n'était plus Jean, mais elle seule. Au-dessus de son imagination planait déjà la résistance de la réalité du jour, de la honte, des paroles raisonnables de sa tante, de l'ironie de Déméter, le resserrement de l'espace, déjà un peu d'aversion pour Jean, le pressentiment qu'elle serait bientôt amenée à ne plus voir en tout cela qu'une banale nuit d'insomnie ; et même ce souvenir si longuement poursuivi, comme s'il avait erré en secret pendant toutes ces heures, était redevenu minuscule et lointain sans avoir rien pu changer à sa vie. Néanmoins, comme un homme, les yeux cernés, va au-devant d'aventures qu'il n'avouerait à personne – et sa faiblesse, son isolement dans le monde de la force et de la raison lui semblent une mélodie ténue, discrète –, il y avait en Véronique, malgré son chagrin, une fine et insistante béatitude qui creusait son corps jusqu'à n'en faire plus qu'une tendre et souple petite capsule florale.

Elle eut envie soudain de se dévêtir. Pour soi seule, pour le sentiment d'être près de soi, d'être seule avec soi dans un obscur espace. Le léger crépitement de ses vêtements tombant sur le sol l'excita : c'était une tendresse qui osait quelques pas dans l'obscurité comme à la poursuite de quelqu'un, puis se ravisait et revenait en hâte se frotter à son propre corps. Et quand Véronique, lentement, avec un plaisir hésitant, reprit ses vêtements, ces étoffes qui montaient autour d'elle dans l'obscurité avec des plis où sa chaleur s'attardait paresseusement comme de l'eau stagne dans des creux sombres, et des parties bouffantes, ces étoffes étaient des espèces de cachettes où se blottir ; et quand son corps entrait secrètement en contact avec son enveloppe, une émotion sensuelle courait en Véronique comme une lampe dissimulée par des volets fermés erre inquiète dans une maison.

C'était toujours la même chambre. Le regard de Véronique chercha machinalement l'endroit du mur où était accroché le miroir, et n'y trouva pas son image ; elle ne vit rien… le glissement douteux peut-être d'une lueur dans le noir, ou peut-être n'était-ce qu'une illusion. L'obscurité emplissait la maison comme un liquide lourd, Véronique semblait n'y être nulle part. Elle commença de marcher, il n'y avait partout qu'obscurité, nulle part de Véronique, et pourtant elle ne sentait qu'elle-même ; là où elle allait, elle était et à la fois n'était pas, comme des paroles inexprimées au sein d'un silence. Ainsi avait-elle parlé naguère avec des anges, malade : ils étaient debout autour de son lit et leurs ailes, sans la toucher, produisaient un bruit léger, une note très haute qui coupait les objets en deux. Les objets s'effondraient comme des pierres sourdes, le monde entier n'était plus qu'un coquillage brisé, Véronique seule se rassemblait. Dévorée par la fièvre, amincie comme un pétale de rose fané, elle était devenue transparente à soi-même, elle devinait son corps de toutes parts, tout petit comme si elle le tenait serré dans sa main, tandis qu'autour de lui se tenaient des hommes aux ailes bruissantes, crépitantes comme une chevelure. Pour les autres, il n'y avait rien : ce bruit était devant toutes choses comme une grille flamboyante à travers laquelle le regard ne passait point. Jean lui parlait comme à quelqu'un qu'il faut ménager mais que l'on ne prend guère au sérieux ; dans la chambre voisine Déméter marchait de long en large, elle entendait son pas ironique et sa grande voix dure. Véronique sentait seulement que des anges étaient debout autour d'elle, les mains merveilleusement empennées ; et tandis que les autres la croyaient malade, où qu'ils fussent, ces anges ne cessaient jamais de l'entourer de leur cercle invisible. Cette fois-là déjà, Véronique crut avoir tout obtenu, mais ce n'était que la fièvre ; et elle comprit que les choses devaient ainsi finir quand la fièvre fut retombée.

Maintenant, un souvenir de cette maladie se retrouvait dans le sentiment si sensuel que Véronique avait d'elle-même. S'effaçant prudemment, elle évitait les objets et les devinait de très loin. Son espérance se raréfiait, s'affaissait légèrement ; devant cette retombée, tout dehors se crevait et se vidait, tandis que derrière lui, comme derrière d'immobiles rideaux de soie en lambeaux, tout, au contraire, s'assouplissait. Peu à peu, une grisaille, une douceur d'aube envahirent la demeure. Véronique était debout en haut à la fenêtre, le matin venait ; les gens se rendaient au marché. De temps en temps une voix jaillissait jusqu'à elle ; alors, comme soucieuse d'en éviter le choc, elle se penchait en arrière, dans la pénombre.

Dans une sorte d'enveloppement silencieux, une nostalgie aussi dépourvue de but et de désir que le vague tiraillement douloureux du ventre à l'approche de certaines dates envahit Véronique. Des pensées bizarres la traversèrent : « N'aimer ainsi que soi seule, n'est-ce pas comme si l'on était capable de faire n'importe quoi devant un autre ?... » Et lorsque entre ces pensées, comme une affreuse et dure vision maintenant, réapparut le souvenir qu'elle avait tué Jean, elle ne s'effraya point – simplement cela lui fit mal de le voir, c'était comme si elle s'était vue elle-même du dedans, amas de choses répugnantes, enroulement de viscères pareils à d'énormes vers ; en même temps, elle se voyait se regarder, avec horreur, bien qu'il y eût encore dans cette horreur de soi un reste inextirpable d'amour. Une fatigue libératrice s'éploya au-dessus d'elle, elle s'effondra et fut enveloppée dans ce qu'elle avait fait comme dans une fraîche fourrure, tout à fait triste et tendre, pause lucide, douce luminescence... comme quand on trouve encore quelque chose à aimer dans sa douleur et que l'on sourit parmi son chagrin.

Plus il faisait clair, plus il lui apparaissait improbable que Jean fût mort : cette idée n'était plus qu'un accompagnement discret dont elle se libérait lentement. C'était – dans une relation de nouveau très lointaine et douteuse avec lui – comme si une dernière frontière entre eux s'était ouverte. Elle éprouva une mollesse voluptueuse et une extraordinaire proximité. Plus une proximité de l'âme que du corps ; tout comme si elle se contemplait de ses yeux et à chaque contact ne ressentait pas seulement Jean, mais aussi le sentiment qu'il avait d'elle, fait indescriptible en quoi elle vit de mystérieuses noces spirituelles. Elle pensa qu'il était son ange gardien, qu'il était venu puis reparti à peine l'avait-elle vu, qu'il serait désormais toujours auprès d'elle, qu'il la regarderait se déshabiller et qu'elle le porterait sous sa robe quand elle sortirait : il aurait un regard aussi délicat qu'une légère et perpétuelle fatigue. Mais ni ces pensées ni ces sentiments ne concernaient le véritable Jean, celui qui lui était indifférent. Il y avait en elle une tension grise, et quand les pensées circulaient, elles s'ourlaient de clair comme de sombres figures sur un ciel d'hiver. C'était cela seulement, un ourlet. D'une délicatesse prudente. C'était un soulignement léger… une façon d'être plus intense, sans être là pourtant… un rien, et pourtant tout…

Assise tout immobile, elle jouait avec ces pensées. Il existe un monde, un peu à l'écart, un autre monde ou simplement une tristesse… comme des parois peintes de fièvre et de visions entre lesquelles les paroles des hommes sains n'ont pas d'écho et tombent sottement à terre, comme des tapis sur lesquels ils sont trop gauches pour marcher ; un monde tout à fait délié, sonore, à travers lequel elle s'avançait avec Jean ; un monde dans lequel, à tout ce qu'elle faisait succédait un silence, où tout ce qu'elle pensait glissait interminablement comme un chuchotement dans un labyrinthe.

Quand les carreaux furent tout à fait blêmes, quand ce fut tout à fait le jour, vint la lettre, la lettre qui ne pouvait pas ne pas venir, ainsi qu'elle le comprit aussitôt. Cela heurta à la porte et déchira le silence, comme un bloc de rocher fend une mince couche de neige, et par la porte ouverte firent irruption la lumière et le vent. La lettre disait : « Qui es-tu donc, pour que je ne me sois pas tué ? Je suis comme quelqu'un qui s'est sauvé dans la rue. Je suis sorti et je ne puis revenir en arrière. Le pain que je mange, la barque d'un brun presque noir, sur le sable, qui devait m'emmener au large, ce qu'il y a en ce lieu de plus discret, de plus confus, de chaud, de plein, la solidité sans précipitation de ce monde, tout ce qui vit et fait du bruit autour de moi me retient. Nous en parlerons. Tout, là dehors, est simple, incohérent, désordonné comme des décombres, mais j'ai été comme un pieu qu'on empoigne pour en faire une clôture, et qu'on enracine ainsi une seconde fois… »

Il y avait d'autres phrases dans la lettre, mais Véronique ne voyait que celle-ci : « Je me suis sauvé dans la rue. » Bien que cela dût venir, il y avait quelque ironie dans ce bond brutal que Jean avait fait pour lui échapper. Ce n'était rien, absolument rien, rien que le fraîchissement du matin quand on entend quelqu'un se mettre à parler plus fort, parce que le jour se lève. Tout s'était passé définitivement pour cet homme-là qui maintenant avait retrouvé un regard lucide, dégrisé. Alors, pendant un long temps, Véronique n'eut plus une pensée, plus un sentiment ; seul un silence immense que ne troublait pas la plus petite ride brillait autour d'elle, blafard et sans vie comme des étangs muets au printemps.

Quand, plus tard, elle se réveilla et se remit à réfléchir, ce fut de nouveau comme sous un lourd manteau qui gênait ses mouvements ; et ses pensées, comme des mains sous une couverture qu'elles ne peuvent rejeter perdent leur sens, sombraient dans la confusion. Elle ne parvenait plus à rejoindre la simple réalité. Qu'il ne se fût pas tué ne signifiait pas pour elle qu'il vécût encore, mais introduisait dans son existence à elle un mutisme soudain, une retombée ; quelque chose se taisait en elle et retrouvait ce murmure d'innombrables voix dont il avait eu tant de peine à sortir. De nouveau elle entendait ces voix de tous côtés. C'était ce couloir étroit où elle avait couru naguère, puis rampé ; ensuite c'était devenu plus large, elle s'était soulevée un peu, légèrement redressée : maintenant tout se refermait. Malgré le silence, Véronique avait la sensation qu'il y avait des gens autour d'elle qui ne cessaient de parler à demi-voix. Elle ne comprenait pas ce qu'ils se disaient. C'était fabuleusement mystérieux de ne pas comprendre. Toute sa sensibilité n'était plus qu'une mince surface laminée sur laquelle ces voix battaient en bruissant comme les branches d'un fourré.

Des visages inconnus émergèrent. C'était sans doute, elle le savait bien, sa tante, des amis, des familiers, Déméter, Jean : ils n'en restaient pas moins des visages inconnus. Elle eut soudain peur d'eux, comme quelqu'un qui redoute de mauvais traitements. Elle s'efforça de penser à Jean, mais elle n'arrivait plus à se représenter l'aspect qu'il avait encore quelques heures auparavant, il se confondait à ses yeux avec les autres. L'idée lui vint qu'il était parti très loin d'elle comme pour se perdre dans une foule ; elle eut l'impression que ses yeux, quelque part, devaient l'épier malicieusement. Pour s'en préserver, elle se recroquevilla, se fit toute petite comme si elle voulait se fermer, mais du coup elle ne se vit que de plus en plus vaguement.

Peu à peu, elle perdit même le sentiment d'avoir jamais été autre. C'est à peine si elle pouvait encore se distinguer de ces visages qui eux-mêmes ne se distinguaient plus guère entre eux : ils émergeaient puis se fondaient les uns dans les autres, ils lui répugnaient comme une chevelure dépeignée et pourtant elle s'embarrassait en eux, elle leur répondait, bien qu'elle ne les comprît pas ; elle avait seulement le besoin de faire quelque chose, il y avait en elle une agitation qui demandait à sortir, c'était sous sa peau comme des milliers de bestioles ; et sans cesse resurgissaient les anciens visages, au point que toute la maison fut bientôt envahie par cette agitation.

Véronique bondit sur ses pieds et fit quelques pas. Tout se tut brusquement. Elle appela, rien ne répondit ; elle appela encore et s'entendit à peine. Elle regarda autour d'elle, cherchant quelque chose, rien n'avait bougé de place. Nul doute pourtant qu'elle-même ne fût toujours là.

Ce qui suivit fut d'abord un chancellement de quelques jours. Parfois un effort désespéré pour se rappeler ce qu'avait pu être ce dont elle avait senti la réalité cette unique fois, et ce qu'elle avait fait pour que tout eût tourné ainsi. Pendant ces quelques jours, Véronique erra, nerveuse, dans la demeure ; il apparut même qu'elle se levait la nuit pour y rôder. Mais elle ne sentait alors, le plus souvent, que la nudité chaulée des murs qui l'entouraient de leurs questions à la lumière des bougies à quoi l'obscurité s'accrochait encore, comme en loques ; elle y devinait une volupté terrible qui se dressait, haute et immobile, contre les parois. Quand elle se représentait le parquet filant sous ses pieds nus, elle pouvait rester plusieurs minutes immobile à songer, comme si d'une eau courante elle avait voulu garder dans ses yeux un point situé exactement au-dessous d'elle ; puis un vertige la prenait, de ces pensées qu'elle ne pouvait plus percevoir, et c'est seulement quand ses orteils se crispaient entre les lames, effleurés par une fine et douce poussière, ou quand la plante de ses pieds devinait les petits défauts et les malpropretés du sol qu'elle se sentait allégée, comme si elle avait reçu un coup sur son corps dévoilé.

Mais, peu à peu, elle ne sentit plus que cette vie présente ; le souvenir de la nuit ne fut plus une chose dont elle eût attendu le renouvellement, mais seulement cette ombre de joie cachée qu'elle avait conquise et qui se projetait sur la réalité où elle vivait. Véronique se glissait parfois jusqu'à la porte soigneusement verrouillée de la maison et restait aux aguets jusqu'à ce qu'elle entendît le pas d'un passant. L'idée qu'elle était là debout, en chemise, presque nue et ouverte en bas, tandis que dehors passait un homme dont seule une planche la séparait, manquait de lui tordre le corps. Mais ce qui lui semblait le plus mystérieux était qu'il y eût dehors aussi une part d'elle-même, puisqu'un rayon de sa lampe passait par le trou de la serrure, et que le tremblement de sa main devait ainsi, grâce au rayon, bondir et tâtonner sur les vêtements du promeneur.

Une fois qu'elle se trouvait dans cette attitude, elle pensa brusquement qu'elle était seule désormais dans la maison avec Déméter, ce sac à vices. Elle tressaillit. Dès ce moment, leurs rencontres dans les escaliers se firent plus fréquentes. Ils se saluaient, mais leurs propos n'étaient jamais qu'insignifiants. Une fois seulement il resta debout près d'elle, et chacun s'efforça d'en dire un peu plus. Véronique remarqua ses genoux dans l'étroite culotte de cheval, ses lèvres pareilles à une courte mais large coupure sanglante, et elle se demanda comment serait Jean à son retour, puisqu'il allait finalement revenir ; à ce moment-là, la pointe de la barbe de Déméter sur la surface cendreuse d'une fenêtre lui parut gigantesque. Un instant après ils continuaient leur chemin, sans avoir encore échangé un seul mot.

TABLE

TROIS FEMMES

NOCES

COMPOSITION : CHARENTE-PHOTOGRAVURE À L'ISLE-D'ESPAGNAC
IMPRESSION : IMPRIMERIE B.C.I. À SAINT-AMAND (CHER)
DÉPÔT LÉGAL FÉVRIER 1995. N° 23814 (4/040)

Collection Points

DERNIERS TITRES PARUS

R80. La Barbare, *par Katherine Pancol*
R81. Si par une nuit d'hiver un voyageur, *par Italo Calvino*
R82. Gerardo Laïn, *par Michel del Castillo*
R83. Un amour infini, *par Scott Spencer*
R84. Une enquête au pays, *par Driss Chraïbi*
R85. Le Diable sans porte (tome 1 : Ah, mes aïeux !) *par Claude Duneton*
R86. La Prière de l'absent, *par Tahar Ben Jelloun*
R87. Venise en hiver, *par Emmanuel Roblès*
R88. La Nuit du Décret, *par Michel del Castillo*
R89. Alejandra, *par Ernesto Sabato*
R90. Plein Soleil, *par Marie Susini*
R91. Les Enfants de fortune, *par Jean-Marc Roberts*
R92. Protection encombrante, *par Heinrich Böll*
R93. Lettre d'excuse, *par Raphaële Billetdoux*
R94. Le Voyage indiscret, *par Katherine Mansfield*
R95. La Noire, *par Jean Cayrol*
R96. L'Obsédé (L'Amateur), *par John Fowles*
R97. Siloé, *par Paul Gadenne*
R98. Portrait de l'artiste en jeune chien, *par Dylan Thomas*
R99. L'Autre, *par Julien Green*
R100. Histoires pragoises, *par Rainer Maria Rilke*
R101. Bélibaste, *par Henri Gougaud*
R102. Le Ciel de la Kolyma (Le Vertige, II) *par Evguénia Guinzbourg*
R103. La Mulâtresse Solitude, *par André Schwarz-Bart*
R104. L'Homme du Nil, *par Stratis Tsirkas*
R105. La Rhubarbe, *par René-Victor Pilhes*
R106. Gibier de potence, *par Kurt Vonnegut*
R107. Memory Lane *par Patrick Modiano, dessins de Pierre Le-Tan*
R108. L'Affreux Pastis de la rue des Merles *par Carlo Emilio Gadda*
R109. La Fontaine obscure, *par Raymond Jean*
R110. L'Hôtel New Hampshire, *par John Irving*
R111. Les Immémoriaux, *par Victor Segalen*
R112. Cœur de lièvre, *par John Updike*
R113. Le Temps d'un royaume, *par Rose Vincent*
R114. Poisson-chat, *par Jerome Charyn*

R115. Abraham de Brooklyn, *par Didier Decoin*
R117. Les Enfants du sabbat, *par Anne Hébert*
R118. La Palmeraie, *par François-Régis Bastide*
R119. Maria Republica, *par Agustin Gomez-Arcos*
R120. La Joie, *par Georges Bernanos*
R121. Incognito, *par Petru Dumitriu*
R122. Les Forteresses noires, *par Patrick Grainville*
R123. L'Ange des ténèbres, *par Ernesto Sabato*
R124. La Fiera, *par Marie Susini*
R126. Le vent souffle où il veut, *par Paul-André Lesort*
R127. Si j'étais vous..., *par Julien Green*
R128. Le Mendiant de Jérusalem, *par Elie Wiesel*
R129. Mortelle, *par Christopher Frank*
R130. La France m'épuise, *par Jean-Louis Curtis*
R132. Le Dialogue des Carmélites, *par Georges Bernanos*
R133. L'Étrusque, *par Mika Waltari*
R134. La Rencontre des hommes, *par Benigno Cacérès*
R135. Le Petit Monde de Don Camillo
par Giovanni Guareschi
R136. Le Masque de Dimitrios, *par Eric Ambler*
R137. L'Ami de Vincent, *par Jean-Marc Roberts*
R138. Un homme au singulier, *par Christopher Isherwood*
R139. La Maison du désir, *par France Huser*
R140. Moi et ma cheminée, *par Herman Melville*
R141. Les Fous de Bassan, *par Anne Hébert*
R142. Les Stigmates, *par Luc Estang*
R143. Le Chat et la Souris, *par Günter Grass*
R144. Loïca, *par Dorothée Letessier*
R145. Paradiso, *par José Lezama Lima*
R146. Passage de Milan, *par Michel Butor*
R147. Anonymus, *par Michèle Manceaux*
R148. La Femme du dimanche
par Carlo Fruttero et Franco Lucentini
R149. L'Amour monstre, *par Louis Pauwels*
R150. L'Arbre à soleils, *par Henri Gougaud*
R151. Traité du zen et de l'entretien des motocyclettes
par Robert M. Pirsig
R152. L'Enfant du cinquième Nord, *par Pierre Billon*
R153. N'envoyez plus de roses, *par Eric Ambler*
R154. Les Trois Vies de Babe Ozouf, *par Didier Decoin*
R155. Le Vert Paradis, *par André Brincourt*
R156. Varouna, *par Julien Green*
R157. L'Incendie de Los Angeles, *par Nathanaël West*
R158. Les Belles de Tunis, *par Nine Moati*

R159. Vertes Demeures, *par Henry Hudson*
R160. Les Grandes Vacances, *par Francis Ambrière*
R161. Ceux de 14, *par Maurice Genevoix*
R162. Les Villes invisibles, *par Italo Calvino*
R163. L'Agent secret, *par Graham Greene*
R164. La Lézarde, *par Edouard Glissant*
R165. Le Grand Escroc, *par Herman Melville*
R166. Lettre à un ami perdu, *par Patrick Besson*
R167. Evaristo Carriego, *par Jorge Luis Borges*
R168. La Guitare, *par Michel del Castillo*
R169. Épitaphe pour un espion, *par Eric Ambler*
R170. Fin de saison au Palazzo Pedrotti, *par Frédéric Vitoux*
R171. Jeunes Années. Autobiographie 1, *par Julien Green*
R172. Jeunes Années. Autobiographie 2, *par Julien Green*
R173. Les Égarés, *par Frédérick Tristan*
R174. Une affaire de famille, *par Christian Giudicelli*
R175. Le Testament amoureux, *par Rezvani*
R176. C'était cela notre amour, *par Marie Susini*
R177. Souvenirs du triangle d'or, *par Alain Robbe-Grillet*
R178. Les Lauriers du lac de Constance, *par Marie Chaix*
R179. Plan B, *par Chester Himes*
R180. Le Sommeil agité, *par Jean-Marc Roberts*
R181. Roman Roi, *par Renaud Camus*
R182. Vingt Ans et des poussières
par Didier van Cauwelaert
R183. Le Château des destins croisés, *par Italo Calvino*
R184. Le Vent de la nuit, *par Michel del Castillo*
R185. Une curieuse solitude, *par Philippe Sollers*
R186. Les Trafiquants d'armes, *par Eric Ambler*
R187. Un printemps froid, *par Danièle Sallenave*
R188. Mickey l'Ange, *par Geneviève Dormann*
R189. Histoire de la mer, *par Jean Cayrol*
R190. Senso, *par Camillo Boito*
R191. Sous le soleil de Satan
par Georges Bernanos
R192. Niembsch ou l'immobilité, *par Peter Härtling*
R193. Prends garde à la douceur des choses
par Raphaële Billetdoux
R194. L'Agneau carnivore, *par Agustin Gomez-Arcos*
R195. L'Imposture, *par Georges Bernanos*
R196. Ararat, *par D. M. Thomas*
R197. La Croisière de l'angoisse, *par Eric Ambler*
R198. Léviathan, *par Julien Green*
R199. Sarnia, *par Gerald Basil Edwards*

R200. Le Colleur d'affiches, *par Michel del Castillo*
R201. Un mariage poids moyen, *par John Irving*
R202. John l'Enfer, *par Didier Decoin*
R203. Les Chambres de bois, *par Anne Hébert*
R204. Mémoires d'un jeune homme rangé
par Tristan Bernard
R205. Le Sourire du Chat, *par François Maspero*
R206. L'Inquisiteur, *par Henri Gougaud*
R207. La Nuit américaine, *par Christopher Frank*
R208. Jeunesse dans une ville normande
par Jacques-Pierre Amette
R209. Fantôme d'une puce, *par Michel Braudeau*
R210. L'Avenir radieux, *par Alexandre Zinoviev*
R211. Constance D., *par Christian Combaz*
R212. Épaves, *par Julien Green*
R213. La Leçon du maître, *par Henry James*
R214. Récit des temps perdus, *par Aris Fakinos*
R215. La Fosse aux chiens, *par John Cowper Powys*
R216. Les Portes de la forêt, *par Elie Wiesel*
R217. L'Affaire Deltchev, *par Eric Ambler*
R218. Les amandiers sont morts de leurs blessures
par Tahar Ben Jelloun
R219. L'Admiroir, *par Anny Duperey*
R220. Les Grands Cimetières sous la lune
par Georges Bernanos
R221. La Créature, *par Étienne Barilier*
R223. La Gloire de Dina, *par Michel del Castillo*
R224. Poisson d'amour, *par Didier van Cauwelaert*
R225. Les Yeux fermés, *par Marie Susini*
R226. Cobra, *par Severo Sarduy*
R227. Cavalerie rouge, *par Isaac Babel*
R228. Tous les soleils, *par Bertrand Visage*
R229. Pétersbourg, *par Andréi Biély*
R230. Récits d'un jeune médecin, *par Mikhaïl Boulgakov*
R231. La Maison des prophètes, *par Nicolas Saudray*
R232. Trois Heures du matin à New York
par Herbert Lieberman
R233. La Mère du printemps, *par Driss Chraïbi*
R234. Adrienne Mesurat, *par Julien Green*
R235. Jusqu'à la mort, *par Amos Oz*
R236. Les Envoûtés, *par Witold Gombrowicz*
R237. Frontière des ténèbres, *par Eric Ambler*
R238. Les Deux Sacrements, *par Heinrich Böll*
R239. Cherchant qui dévorer, *par Luc Estang*

R240. Le Tournant, *par Klaus Mann*
R241. Aurélia, *par France Huser*
R242. Le Sixième Hiver
par Douglas Orgill et John Gribbin
R243. Naissance d'un spectre, *par Frédérick Tristan*
R244. Lorelei, *par Maurice Genevoix*
R245. Le Bois de la nuit, *par Djuna Barnes*
R246. La Caverne céleste, *par Patrick Grainville*
R247. L'Alliance, tome 1, *par James A. Michener*
R248. L'Alliance, tome 2, *par James A. Michener*
R249. Juliette, chemin des Cerisiers, *par Marie Chaix*
R250. Le Baiser de la femme-araignée, *par Manuel Puig*
R251. Le Vésuve, *par Emmanuel Roblès*
R252. Comme neige au soleil, *par William Boyd*
R253. Palomar, *par Italo Calvino*
R254. Le Visionnaire, *par Julien Green*
R255. La Revanche, *par Henry James*
R256. Les Années-lumière, *par Rezvani*
R257. La Crypte des capucins, *par Joseph Roth*
R258. La Femme publique, *par Dominique Garnier*
R259. Maggie Cassidy, *par Jack Kerouac*
R260. Mélancolie Nord, *par Michel Rio*
R261. Énergie du désespoir, *par Eric Ambler*
R262. L'Aube, *par Elie Wiesel*
R264. L'Ouverture des bras de l'homme
par Raphaële Billetdoux
R265. Méchant, *par Jean-Marc Roberts*
R266. Un policeman, *par Didier Decoin*
R267. Les Corps étrangers, *par Jean Cayrol*
R268. Naissance d'une passion, *par Michel Braudeau*
R269. Dara, *par Patrick Besson*
R270. Parias, *par Pascal Bruckner*
R271. Le Soleil et la Roue, *par Rose Vincent*
R272. Le Malfaiteur, *par Julien Green*
R273. Scarlett si possible, *par Katherine Pancol*
R274. Journal d'une fille de Harlem, *par Julius Horwitz*
R275. Le Nez de Mazarin, *par Anny Duperey*
R276. La Chasse à la licorne, *par Emmanuel Roblès*
R277. Red Fox, *par Anthony Hyde*
R278. Minuit, *par Julien Green*
R279. L'Enfer, *par René Belletto*
R280. Et si on parlait d'amour, *par Claire Gallois*
R281. Pologne, *par James A. Michener*
R282. Notre homme, *par Louis Gardel*

R283. La Nuit du solstice, *par Herbert Lieberman*
R284. Place de Sienne, côté ombre
par Carlo Fruttero et Franco Lucentini
R285. Meurtre au comité central
par Manuel Vázquez Montalbán
R286. L'Isolé soleil, *par Daniel Maximin*
R287. Samedi soir, dimanche matin, *par Alan Sillitoe*
R288. Petit Louis, dit XIV, *par Claude Duneton*
R289. Le Perchoir du perroquet, *par Michel Rio*
R290. L'Enfant pain, *par Agustin Gomez-Arcos*
R291. Les Années Lula, *par Rezvani*
R292. Michael K, sa vie, son temps, *par J. M. Coetzee*
R293. La Connaissance de la douleur
par Carlo Emilio Gadda
R294. Complot à Genève, *par Eric Ambler*
R295. Serena, *par Giovanni Arpino*
R297. Le Premier Regard, *par Marie Susini*
R298. Regardez-moi, *par Anita Brookner*
R299. La Vie fantôme, *par Danièle Sallenave*
R300. L'Enchanteur, *par Vladimir Nabokov*
R301. L'Ile atlantique, *par Tony Duvert*
R302. Le Grand Cahier, *par Agota Kristof*
R303. Le Manège espagnol, *par Michel del Castillo*
R304. Le Berceau du chat, *par Kurt Vonnegut*
R305. Une histoire américaine, *par Jacques Godbout*
R306. Les Fontaines du grand abîme, *par Luc Estang*
R307. Le Mauvais Lieu, *par Julien Green*
R308. Aventures dans le commerce des peaux en Alaska
par John Hawkes
R309. La Vie et demie, *par Sony Labou Tansi*
R310. Jeune Fille en silence, *par Raphaële Billetdoux*
R311. La Maison près du marais, *par Herbert Lieberman*
R312. Godelureaux, *par Eric Ollivier*
R313. La Chambre ouverte, *par France Huser*
R314. L'Œuvre de Dieu, la part du Diable, *par John Irving*
R315. Les Silences ou la vie d'une femme
par Marie Chaix
R316. Les Vacances du fantôme, *par Didier van Cauwelaert*
R317. Le Levantin, *par Eric Ambler*
R318. Beno s'en va-t-en guerre, *par Jean-Luc Benoziglio*
R319. Miss Lonelyhearts, *par Nathanaël West*
R320. Cosmicomics, *par Italo Calvino*
R321. Un été à Jérusalem, *par Chochana Boukhobza*
R322. Liaisons étrangères, *par Alison Lurie*

R323. L'Amazone, *par Michel Braudeau*
R324. Le Mystère de la crypte ensorcelée *par Eduardo Mendoza*
R325. Le Cri, *par Chochana Boukhobza*
R326. Femmes devant un paysage fluvial, *par Heinrich Böll*
R327. La Grotte, *par Georges Buis*
R328. Bar des flots noirs, *par Olivier Rolin*
R329. Le Stade de Wimbledon, *par Daniele Del Giudice*
R330. Le Bruit du temps, *par Ossip E. Mandelstam*
R331. La Diane rousse, *par Patrick Grainville*
R332. Les Éblouissements, *par Pierre Mertens*
R333. Talgo, *par Vassilis Alexakis*
R334. La Vie trop brève d'Edwin Mullhouse *par Steven Millhauser*
R335. Les Enfants pillards, *par Jean Cayrol*
R336. Les Mystères de Buenos Aires, *par Manuel Puig*
R337. Le Démon de l'oubli, *par Michel del Castillo*
R338. Christophe Colomb, *par Stephen Marlowe*
R339. Le Chevalier et la Reine, *par Christopher Frank*
R340. Autobiographie de tout le monde, *par Gertrude Stein*
R341. Archipel, *par Michel Rio*
R342. Texas, tome 1, *par James A. Michener*
R343. Texas, tome 2, *par James A. Michener*
R344. Loyola's blues, *par Erik Orsenna*
R345. L'Arbre aux trésors, légendes, *par Henri Gougaud*
R346. Les Enfants des morts, *par Henrich Böll*
R347. Les Cent Premières Années de Niño Cochise *par A. Kinney Griffith et Niño Cochise*
R348. Vente à la criée du lot 49, *par Thomas Pynchon*
R349. Confessions d'un enfant gâté *par Jacques-Pierre Amette*
R350. Boulevard des trahisons, *par Thomas Sanchez*
R351. L'Incendie, *par Mohammed Dib*
R352. Le Centaure, *par John Updike*
R353. Une fille cousue de fil blanc, *par Claire Gallois*
R354. L'Adieu aux champs, *par Rose Vincent*
R355. La Ratte, *par Günter Grass*
R356. Le Monde hallucinant, *par Reinaldo Arenas*
R357. L'Anniversaire, *par Mouloud Feraoun*
R358. Le Premier Jardin, *par Anne Hébert*
R359. L'Amant sans domicile fixe *par Carlo Fruttero et Franco Lucentini*
R360. L'Atelier du peintre, *par Patrick Grainville*
R361. Le Train vert, *par Herbert Lieberman*

R362. Autopsie d'une étoile, *par Didier Decoin*
R363. Un joli coup de lune, *par Chester Himes*
R364. La Nuit sacrée, *par Tahar Ben Jelloun*
R365. Le Chasseur, *par Carlo Cassola*
R366. Mon père américain, *par Jean-Marc Roberts*
R367. Remise de peine, *par Patrick Modiano*
R368. Le Rêve du singe fou, *par Christopher Frank*
R369. Angelica, *par Bertrand Visage*
R370. Le Grand Homme, *par Claude Delarue*
R371. La Vie comme à Lausanne, *par Erik Orsenna*
R372. Une amie d'Angleterre, *par Anita Brookner*
R373. Norma ou l'exil infini, *par Emmanuel Roblès*
R374. Les Jungles pensives, *par Michel Rio*
R375. Les Plumes du pigeon, *par John Updike*
R376. L'Héritage Schirmer, *par Eric Ambler*
R377. Les Flamboyants, *par Patrick Grainville*
R378. L'Objet perdu de l'amour, *par Michel Braudeau*
R379. Le Boucher, *par Alina Reyes*
R380. Le Labyrinthe aux olives, *par Eduardo Mendoza*
R381. Les Pays lointains, *par Julien Green*
R382. L'Épopée du buveur d'eau, *par John Irving*
R383. L'Écrivain public, *par Tahar Ben Jelloun*
R384. Les Nouvelles Confessions, *par William Boyd*
R385. Les Lèvres nues, *par France Huser*
R386. La Famille de Pascal Duarte, *par Camilo José Cela*
R387. Une enfance à l'eau bénite, *par Denise Bombardier*
R388. La Preuve, *par Agota Kristof*
R389. Tarabas, *par Joseph Roth*
R390. Replay, *par Ken Grimwood*
R391. Rabbit Boss, *par Thomas Sanchez*
R392. Aden Arabie, *par Paul Nizan*
R393. La Ferme, *par John Updike*
R394. L'Obscène Oiseau de la nuit, *par José Donoso*
R395. Un printemps d'Italie, *par Emmanuel Roblès*
R396. L'Année des méduses, *par Christopher Frank*
R397. Miss Missouri, *par Michel Boujut*
R398. Le Figuier, *par François Maspero*
R399. La Solitude du coureur de fond, *par Alan Sillitoe*
R400. L'Exposition coloniale, *par Erik Orsenna*
R401. La Ville des prodiges, *par Eduardo Mendoza*
R402. La Croyance des voleurs, *par Michel Chaillou*
R403. Rock Springs, *par Richard Ford*
R404. L'Orange amère, *par Didier van Cauwelaert*
R405. Tara, *par Michel del Castillo*

R406. L'Homme à la vie inexplicable, *par Henri Gougaud*
R407. Le Beau Rôle, *par Louis Gardel*
R408. Le Messie de Stockholm, *par Cynthia Ozick*
R409. Les Exagérés, *par Jean- François Vilar*
R410. L'Objet du scandale, *par Robertson Davies*
R411. Berlin mercredi, *par François Weyergans*
R412. L'Inondation, *par Evguéni Zamiatine*
R413. Rentrez chez vous Bogner !, *par Heinrich Böll*
R414. Les Herbes amères, *par Chochana Boukhobza*
R415. Le Pianiste, *par Manuel Vázquez Montalbán*
R416. Une mort secrète, *par Richard Ford*
R417. La Journée d'un scrutateur, *par Italo Calvino*
R418. Collection de sable, *par Italo Calvino*
R419. Les Soleils des indépendances, *par Ahmadou Kourouma*
R420. Lacenaire (un film de Francis Girod)
par Georges Conchon
R421. Œuvres pré-posthumes, *par Robert Musil*
R422. Merlin, *par Michel Rio*
R423. Charité, *par Éric Jourdan*
R424. Le Visiteur, *par György Konrad*
R425. Monsieur Adrien, *par Franz-Olivier Giesbert*
R426. Palinure de Mexico, *par Fernando Del Paso*
R427. L'Amour du prochain, *par Hugo Claus*
R428. L'Oublié, *par Elie Wiesel*
R429. Temps zéro, *par Italo Calvino*
R430. Les Comptoirs du Sud, *par Philippe Doumenc*
R431. Le Jeu des décapitations, *par Jose Lezama Lima*
R432. Tableaux d'une ex, *par Jean-Luc Benoziglio*
R433. Les Effrois de la glace et des ténèbres
par Christoph Ransmayr
R434. Paris-Athènes, *par Vassilis Alexakis*
R435. La Porte de Brandebourg, *par Anita Brookner*
R436. Le Jardin à la dérive, *par Ida Fink*
R437. Malina, *par Ingeborg Bachmann*
R438. Moi, laminaire, *par Aimé Césaire*
R439. Histoire d'un idiot racontée par lui-même
par Félix de Azúa
R440. La Résurrection des morts, *par Scott Spencer*
R441. La Caverne, *par Eugène Zamiatine*
R442. Le Manticore, *par Robertson Davies*
R443. Perdre, *par Pierre Mertens*
R444. La Rébellion, *par Joseph Roth*
R445. D'amour P. Q., *par Jacques Godbout*
R446. Un oiseau brûlé vif, *par Agustin Gomez-Arcos*

R447. Le Blues de Buddy Bolden, *par Michael Ondaatje*
R448. Étrange séduction (Un bonheur de rencontre) *par Ian McEwan*
R449. La Diable, *par Fay Weldon*
R450. L'Envie, *par Iouri Olecha*
R451. La Maison du Mesnil, *par Maurice Genevoix*
R452. La Joyeuse Bande d'Atzavara *par Manuel Vázquez Montalbán*
R453. Le Photographe et ses Modèles, *par John Hawkes*
R454. Rendez-vous sur la terre, *par Bertrand Visage*
R455. Les Aventures singulières du soldat Ivan Tchonkine *par Vladimir Voïnovitch*
R456. Départements et Territoires d'outre-mort *par Henri Gougaud*
R457. Vendredi des douleurs, *par Miguel Angel Asturias*
R458. L'Avortement, *par Richard Brautigan*
R459. Histoire du ciel, *par Jean Cayrol*
R460. Une prière pour Owen, *par John Irving*
R461. L'Orgie, la Neige, *par Patrick Grainville*
R462. Le Tueur et son ombre, *par Herbert Lieberman*
R463. Les Grosses Rêveuses, *par Paul Fournel*
R464. Un week-end dans le Michigan, *par Richard Ford*
R465. Les Marches du palais, *par David Shahar*
R466. Les hommes cruels ne courent pas les rues *par Katherine Pancol*
R467. La Vie exagérée de Martín Romaña *par Alfredo Bryce-Echenique*
R468. Les Étoiles du Sud, *par Julien Green*
R469. Aventures, *par Italo Calvino*
R470. Jour de silence à Tanger, *par Tahar Ben Jelloun*
R471. Sous le soleil jaguar, *par Italo Calvino*
R472. Les cyprès meurent en Italie, *par Michel del Castillo*
R473. Kilomètre zéro, *par Thomas Sanchez*
R474. Singulières Jeunes Filles, *par Henry James*
R475. Franny et Zooey, *par J. D. Salinger*
R476. Vaulascar, *par Michel Braudeau*
R477. La Vérité sur l'affaire Savolta, *par Eduardo Mendoza*
R478. Les Visiteurs du crépuscule, *par Eric Ambler*
R479. L'Ancienne Comédie, *par Jean-Claude Guillebaud*
R480. La Chasse au lézard, *par William Boyd*
R481. Les Yaquils, *suivi de* Ile déserte, *par Emmanuel Roblès*
R482. Proses éparses, *par Robert Musil*
R483. Le Loum, *par René-Victor Pilhes*
R484. La Fascination de l'étang, *par Virginia Woolf*

R485. Journaux de jeunesse, *par Rainer Maria Rilke*
R486. Tirano Banderas, *par Ramón del Valle-Inclán*
R487. Une trop bruyante solitude, *par Bohumil Hrabal*
R488. En attendant les barbares, *par J. M. Coetzee*
R489. Les Hauts-Quartiers, *par Paul Gadenne*
R490. Je lègue mon âme au diable
par Germán Castro Caycedo
R491. Le Monde des merveilles, *par Robertson Davies*
R492. Louve basse, *par Denis Roche*
R493. La Couleur du destin
par Carlo Fruttero et Franco Lucentini
R494. Poupée blonde
par Patrick Modiano, dessins de Pierre Le-Tan
R495. La Mort de Lohengrin, *par Heinrich Böll*
R496. L'Aïeul, *par Aris Fakinos*
R497. Le Héros des femmes, *par Adolfo Bioy Casares*
R498. 1492. Les Aventures de Juan Cabezón de Castille
par Homero Aridjis
R499. L'Angoisse du tigre, *par Jean-Marc Roberts*
R500. Les Yeux baissés, *par Tahar Ben Jelloun*
R501. L'Innocent, *par Ian McEwan*
R502. Les Passagers du Roissy-Express
par François Maspero
R503. Adieu à Berlin, *par Christopher Isherwood*
R504. Remèdes désespérés, *par Thomas Hardy*
R505. Le Larron qui ne croyait pas au ciel
par Miguel Angel Asturias
R506. Madame de Mauves, *par Henry James*
R507. L'Année de la mort de Ricardo Reis, *par José Saramago*
R508. Abattoir 5, *par Kurt Vonnegut*
R509. Comme je l'entends, *par John Cowper Powys*
R510. Madrapour, *par Robert Merle*
R511. Ménage à quatre, *par Manuel Vázquez Montalbán*
R512. Tremblement de cœur, *par Denise Bombardier*
R513. Monnè, Outrages et Défis, *par Ahmadou Kourouma*
R514. L'Ultime Alliance, *par Pierre Billon*
R515. Le Café des fous, *par Felipe Alfau*
R516. Morphine, *par Mikhaïl Boulgakov*
R517. Le Fou du tzar, *par Jaan Kross*
R518. Wolf et Doris, *par Martin Walser*
R519. La Course au mouton sauvage, *par Haruki Murakami*
R520. Adios Schéhérazade, *par Donald Westlake*
R521. Les Feux du Bengale, *par Amitav Ghosh*
R522. La Spéculation immobilière, *par Italo Calvino*

R523. L'homme qui parlait d'Octavia de Cadix
par Alfredo Bryce-Echenique
R524. V., *par Thomas Pynchon*
R525. Les Anges rebelles, *par Robertson Davies*
R526. Nouveaux Contes de Bustos Domecq
par Jorge Luis Borges et Adolfo Bioy Casares
R527. Josepha, *par Christopher Frank*
R528. L'Amour sorcier, *par Louise Erdrich*
R529. L'Europe mordue par un chien, *par Christophe Donner*
R530. Les hommes qui ont aimé Evelyn Cotton
par Frank Ronan
R531. Agadir, *par Mohammed Khaïr-Eddine*
R532. Brigitta, *par Adalbert Stifter*
R533. Lune de miel et d'or, *par David Shahar*
R534. Histoires de vertige, *par Julien Green*
R535. Voyage en France, *par Henry James*
R536. La Femme de chambre du Titanic, *par Didier Decoin*
R537. Le Grand Partir, *par Henri Gougaud*
R538. La Boîte noire, *par Jean-Luc Benoziglio*
R539. Le Prochain sur la liste, *par Dan Greenburg*
R540. Topkapi, *par Eric Ambler*
R541. Hôtel du lac, *par Anita Brookner*
R542. L'Aimé, *par Axel Gauvin*
R543. Vends maison, où je ne veux plus vivre
par Bohumil Hrabal
R544. Enquête sous la neige, *par Michael Malone*
R545. Sérénissime, *par Frédéric Vitoux*
R546. Fleurs de ruine, *par Patrick Modiano*
R547. Les Girls du City-Boum-Boum, *par Vassilis Alexakis*
R548. Les Rives du fleuve Bleu, *par Emmanuel Roblès*
R549. Le Complexe polonais, *par Tadeusz Konwicki*
R550. La Patte du scarabée, *par John Hawkes*
R551. Sale Histoire, *par Eric Ambler*
R552. Le Silence des pierres, *par Michel del Castillo*
R553. Une rencontre en Westphalie, *par Günter Grass*
R554. Ludo & Compagnie, *par Patrick Lapeyre*
R555. Les Calendes grecques, *par Dan Franck*
R556. Chaque homme dans sa nuit, *par Julien Green*
R557. Nous sommes au regret de..., *par Dino Buzzati*
R558. La Bête dans la jungle, *par Henry James*
R559. Nouvelles démesurées, *par Adolfo Bioy Casares*
R560. Sylvie et Bruno, *par Lewis Carroll*
R561. L'Homme de Kiev, *par Bernard Malamud*
R562. Le Brochet, *par Eric Ambler*

R563. Mon valet et moi, *par Hervé Guibert*
R564. Les Européens, *par Henry James*
R565. Le Royaume enchanté de l'amour, *par Max Brod*
R566. Le Fou noir *suivi de* Le poing fermé, *par Arrigo Boito*
R567. La Fin d'une époque, *par Evelyn Waugh*
R568. Franza, *par Ingeborg Bachmann*
R569. Les Noces dans la maison, *par Bohumil Hrabal*
R570. Journal, *par Jean-René Huguenin*
R571. Une saison ardente, *par Richard Ford*
R572. Le Dernier Été des Indiens, *par Robert Lalonde*
R573. Beatus Ille, *par Antonio Muñoz Molina*
R574. Les Révoltés de la « Bounty »
par Charles Nordhoff et James Norman Hall
R575. L'Expédition, *par Henri Gougaud*
R576. La Loi du capitaine, *par Mike Nicol*
R577. La Séparation, *par Dan Franck*
R578. Voyage autour de mon crâne, *par Frigyes Karinthy*
R579. Monsieur Pinocchio, *par Jean-Marc Roberts*
R580. Les Feux, *par Raymond Carver*
R581. Mémoires d'un vieux crocodile, *par Tennessee Williams*
R582. Patty Diphusa, la Vénus des lavabos
par Pedro Almodóvar
R583. Le Voyage de Hölderlin en France
par Jacques-Pierre Amette
R584. Les Noms, *par Don DeLillo*
R585. Le Châle, *par Cynthia Ozick*
R586. Contes d'amour de folie et de mort, *par Horacio Quiroga*
R587. Liberté pour les ours !, *par John Irving*
R588. Mr. Stone, *par V. S. Naipaul*
R589. Loin de la troupe, *par Heinrich Böll*
R590. Dieu et nous seuls pouvons, *par Michel Folco*
R591. La Route de San Giovanni, *par Italo Calvino*
R592. En la forêt de longue attente, *par Hella S. Haasse*
R593. Lewis Percy, *par Anita Brookner*
R594. L'Affaire D., *par Charles Dickens*
Carlo Fruttero et Franco Lucentini
R595. La Pianiste, *par Elfriede Jelinek*
R596. Un air de famille, *par Michael Ondaatje*
R597. L'Ile enchantée, *par Eduardo Mendoza*
R598. Vineland, *par Thomas Pynchon*
R599. Jolie, la fille !, *par André Dubus*
R600. Le Troisième Mensonge, *par Agota Kristof*
R601. American Psycho, *par Bret Easton Ellis*
R602. Le Déménagement, *par Jean Cayrol*

R603. Arrêt de jeu, *par Dan Kavanagh*
R604. Brazzaville Plage, *par William Boyd*
R605. La Belle Affaire, *par T. C. Boyle*
R606. La Rivière du sixième jour, *par Norman Maclean*
R607. Le Tarbouche, *par Robert Solé*
R608. Leurs mains sont bleues, *par Paul Bowles*
R609. Une femme en soi, *par Michel del Castillo*
R610. Le Parapluie jaune, *par Elsa Lewin*
R611. L'Amateur, *par André Balland*
R612. Le Suspect, *par L. R. Wright*
R613. Le Tueur des abattoirs, *par Manuel Vázquez Montalbán*
R614. Mémoires du Capitán Alonso de Contreras
par Alonso de Contreras
R615. Colère, *par Patrick Grainville*
R616. Le Livre de John, *par Michel Braudeau*
R617. Faux Pas, *par Michel Rio*
R618. Quelqu'unbis est mort, *par Jean-Luc Benoziglio*
R619. La Vie quelque part, *par Anita Brookner*
R620. Iblis ou la Défroque du serpent
par Armande Gobry-Valle
R621. Fin de mission, *par Heinrich Böll*
R622. Les Mains vides, *par Maurice Genevoix*
R623. Un amour de chat, *par Frédéric Vitoux*
R624. Johnny s'en va-t-en guerre, *par Dalton Trumbo*
R625. La Remontée des cendres, *par Tahar Ben Jelloun*
R626. L'Enfant chargé de songes, *par Anne Hébert*
R627. L'Homme sans postérité, *par Adalbert Stifter*
R628. La Terre et le Sang, *par Mouloud Feraoun*
R629. Le Cimetière des fous, *par Dan Franck*
R630. Cytomégalovirus, *par Hervé Guibert*
R631. La Maison Pouchkine, *par Andreï Bitov*
R632. La Mémoire brûlée, *par Jean-Noël Pancrazi*
R633. Le taxi mène l'enquête, *par Sam Reaves*
R634. Les Sept Fous, *par Roberto Arlt*
R635. La Colline rouge, *par France Huser*
R636. Les Athlètes dans leur tête, *par Paul Fournel*
R637. San Camilo 1936, *par Camilo José Cela*
R638. Galíndez, *par Manuel Vázquez Montalbán*
R639. China Lake, *par Anthony Hyde*
R640. Tlacuilo, *par Michel Rio*
R641. L'Élève, *par Henry James*
R642. Aden, *par Anne-Marie Garat*
R643. L'Ange aveugle, *par Tahar Ben Jelloun*
R644. Dis-moi qui tuer, *par V. S. Naipaul*

R645. L'Arbre d'amour et de sagesse, *par Henri Gougaud*
R646. L'Étrange Histoire de Sir Hugo et de son valet Fledge *par Patrick McGrath*
R647. L'Herbe des ruines, *par Emmanuel Roblès*
R648. La Première Femme, *par Nedim Gürsel*
R649. Les Exclus, *par Elfriede Jelinek*
R650. Providence, *par Anita Brookner*
R651. Les Nouvelles Mille et Une Nuits, vol. 1 *par Robert Louis Stevenson*
R652. Les Nouvelles Mille et Une Nuits, vol. 2 *par Robert Louis Stevenson*
R653. Les Nouvelles Mille et Une Nuits, vol. 3 *par Robert Louis Stevenson*
R654. 1492. Mémoires du Nouveau Monde *par Homero Aridjis*
R655. Lettres à Doubenka, *par Bohumil Hrabal*
R656. Le Vieux qui lisait des romans d'amour *par Luis Sepúlveda*
R657. Cassandra, *par John Hawkes*
R658. La Fin des temps, *par Haruki Murakami*
R659. Mémoires d'un nomade, *par Paul Bowles*
R660. La Femme du boucher, *par Li Ang*
R661. Anaconda, *par Horacio Quiroga*
R662. Le Polygone étoilé, *par Kateb Yacine*
R663. Je ferai comme si je n'étais pas là *par Christopher Frank*
R664. Le Divin Enfant, *par Pascal Bruckner*
R665. Un homme remarquable, *par Robertson Davies*
R666. Une sécheresse à Paris, *par Alain Chany*
R667. Charles et Camille, *par Frédéric Vitoux*
R668. Les Quatre Fils du Dr March, *par Brigitte Aubert*
R669. 33 Jours, *par Léon Werth*
R670. La Mort à Veracruz, *par Héctor Aguilar Camín*
R671. Le Bâtard de Palerme, *par Luigi Natoli*
R672. L'Ile du lézard vert, *par Eduardo Manet*
R673. Juges et Assassins, *par Michael Malone*
R674. L'Enfant de Port-Royal, *par Rose Vincent*
R675. Amour et Ordures, *par Ivan Klíma*
R676. Rue de la Cloche, *par Serge Quadruppani*
R677. Les Dunes de Tottori, *par Kyotaro Nishimura*
R678. Lucioles, *par Shiva Naipaul*
R679. Tout fout le camp !, *par Dan Kavanagh*
R680. Les Sept Solitudes de Lorsa Lopez *par Sony Labou Tansi*

R681. Le Bout du rouleau, *par Richard Ford*
R682. Hygiène de l'assassin, *par Amélie Nothomb*
R683. Le Crime des pères, *par Michel del Castillo*
R684. Les Adieux, *par Dan Franck*
R685. Vu de l'extérieur, *par Katherine Pancol*
R686. Annam, *par Christophe Bataille*
R687. L'Homme de la passerelle, *par Isabelle Jarry*
R688. Bambini, *par Bertrand Visage*
R689. Nom de code : Siro, *par David Ignatius*
R690. Paradis, *par Philippe Sollers*
R691. Le Quinconce, vol. 1, *par Charles Palliser*
R692. Le Quinconce, vol. 2, *par Charles Palliser*
R693. Rituels, *par Cees Nooteboom*
R694. Félidés, *par Akif Pirinçci*
R695. Le Trouveur de feu, *par Henri Gougaud*
R696. Dumala, *par Eduard von Keyserling*
P1. Cent Ans de solitude, *par Gabriel García Márquez*
P2. Le Chevalier inexistant, *par Italo Calvino*
P3. L'Homme sans qualités, tome 1, *par Robert Musil*
P3. L'Homme sans qualités, tome 2, *par Robert Musil*
P5. Le Monde selon Garp, *par John Irving*
P6. Les Désarrois de l'élève Törless
par Robert Musil
P7. L'Enfant de sable, *par Tahar Ben Jelloun*
P8. La Marche de Radetzky, *par Joseph Roth*
P9. Trois femmes *suivi de* Noces, *par Robert Musil*
P10. Un anglais sous les tropiques, *par William Boyd*
P11. Grand Amour, *par Erik Orsenna*
P12. L'Invention du monde, *par Olivier Rolin*
P13. Rastelli raconte..., *par Walter Benjamin*
P14. Ce qu'a vu le vent d'ouest, *par Fruttero & Lucentini*
P15. L'Appel du crapaud, *par Günter Grass*
P16. L'Appât, *par Morgan Sportès*
P17. L'Honneur de Saint-Arnaud, *par François Maspero*
P18. L'Héritage empoisonné, *par Paul Levine*
P19. Les Égouts de Los Angeles, *par Michael Connelly*
P20. L'Anglais saugrenu, *par Jean-Loup Chiflet*
P21. Jacques Chirac, *par Franz-Olivier Giesbert*
P22. Questions d'adolescents, *par Christian Spitz*
P23. Les Progrès du progrès, *par Philippe Meyer*
P24. Le Paradis des orages, *par Patrick Grainville*
P25. La Rage au cœur, *par Gérard Guégan*
P26. L'Homme flambé, *par Michael Ondaatje*
P27. Ça n'est pas pour me vanter, *par Philippe Meyer*